她們將往何處去

日本時代女性的十字路與青春夢

主編 張文薰

著
張文薰
李心柔
林宇軒
阮芳郁
周欣
韓承澍
黃亮鈞

導讀

請回答，一九二二→二○二五

張文薰／國立臺灣大學臺灣文學研究所副教授兼所長

一九二二年，謝春木（a.k.a 追風）在東京發表〈她將往何處去〉，是臺灣新文學第一篇具有現代性意義的小說──這是臺灣文學研究的基礎知識，也是本書書名的由來。小說主角是等待未婚夫從東京回來完婚的少女桂花，得知未謀面的未婚夫已有戀愛對象後，她在母親與表哥的建議下接受退婚，進而為了改變因循保守的臺灣社會，決定前往東京留學。也就是說，這篇以問句為名的小說，早已設定了答案：她將往獲取新知識、爭取個人自由、實踐改革理想的東京前去。這篇小說的語言流暢、敘事觀點明確，從社會制度來解決個人處遇的情節也極為合理。問題是，從發問到回答，都是男性作者的意思。

「為了臺灣的社會，放一把革命的烽火。」這真的是失戀少女桂花、或是所有女性們都想要的嗎？

楊逵的〈送報伕〉、呂赫若的〈牛車〉、龍瑛宗的〈植有木瓜樹的小鎮〉、張文環的〈閹雞〉、吳濁流的《亞細亞的孤兒》，這些臺灣文學經典裡都有苦難的女性，她是慈愛的母親、是堅忍的妻子、是順從的女兒，或是嬌俏天真的夢中情人。她們在不幸中的自我犧牲，成為男性角色奮鬥向上的燃料；她們早在男性成為命運主角前就已經在場，當她們或死亡或沉默而退場，改變臺灣命運的英雄才會正式登場。

挖掘事件角落女性的身影，那是歷史家的任務，但要聽見生活摺縫間女性的聲音，還是只能靠文學。本書於是改變問法：「她們將往何處去？」就是以文學擅長的想像力，回應百年前當臺灣邁進現代性社會時刻，那個一度只能單選「東京」這個項目的嘗試。身為文學的學徒，我們回到作品的字裡行間，用考證與聯想，讓作為配角或背景的女性角色顯影，賦予她、她、她們，也擁有困惑的權利、出走的勇氣，描繪她們之間規模不一的反叛與連結。

她們曾經在作家的凝視下，走上早已鋪就的荊棘之路或康莊大道。比如為了償還家族負債而出嫁，從而在夫家苛待後瘋狂的她，是楊華〈薄命〉中的愛娥，更是呂赫若〈財子壽〉裡的玉梅。作家把她們無助地擺置在財、子、壽價值觀的祭壇，激發讀者產生「又是一個舊禮教下的犧牲者！」（〈薄命〉）的悲憤。同樣是為了成全父兄的理想，她們出嫁之外的選項，往往浮沉於風月，獨自面對陌生人的情慾消費，比如王詩琅〈夜雨〉中被賣作咖啡店女給的秀蘭，吳天賞〈蜘蛛〉裡周旋於調笑與調戲的小吃攤女老闆，都在暗示缺乏婚姻家庭保護傘的女性之可憐與可畏。而當受過教育、擁有知識視讀能力的她們展現出自主命運的野心，就會如王詩琅〈青春〉的月雲一樣，曾經被高女同學期許成為「我們的關屋敏子！」，卻突然

她們將往何處去 —— 4

罹病，只能在療養院中哀嘆：「戀愛！結婚！年輕的人應該享受的權利，我已沒有資格去享受了！」或如張文環〈論語與雞〉的阿嬋，以及楊華〈薄命〉的愛娥一樣，她們無法享受新式學校教育的紅利，終究在現代社會的入口處退場，成為男性主角無奈的心頭遺憾。

女性的無助與男性的無奈，並不是殖民地臺灣人的專利。就像王詩琅〈青春〉中，被送進療養院與現實世界隔離的，也包含來自日本的千代子；而破壞千代子婚姻的，是在〈夜雨〉中喚起同情的咖啡店女給。張文環〈憂鬱的詩人〉裡的簡，無法引導日本鋼琴伴奏家富田美世自主獨立，反而憂鬱了起來。都市裡的基礎設施與各種新興職業，鋪陳燈紅酒綠的危險氛圍的同時，也提供個人開展自主性、建立人際連結的可能。她們可以沿著路燈穿越黑夜，可以在療養院、咖啡店、讀報會中結交階層、族群雖然不同，「我也欲做女人中的女王！」、「我還密」（〈青春〉）的友人。這種情誼足以讓女性產生不願意死的！」（〈青春〉）的前進動力，也足以催生二〇二五年的我們關於「她們」的種種聯想。

這些聯想當然必須在歷史的框架中產生真實，同時迴盪著鋼琴與流行歌謠的旋律，期待能帶給讀者至少兩種閱讀樂趣：一是在字裡行間辨識出臺灣歷史環節，指認出文學史人物；二是沉入角色心緒，吟味脈絡鋪陳的聽故事趣味。本書收錄了促發寫作動力的臺灣小說，包含已是代表作等級的〈財子壽〉、〈薄命〉、〈論語與雞〉，以及因為題材的邊緣或風格的難解而較少被關注的〈夜雨〉、〈青春〉、〈蜘蛛〉、〈憂鬱的詩人〉，其中〈蜘蛛〉、〈憂鬱的詩人〉為全新中譯。我們幸運地擁有文訊、遠景等出版單位的支援，獲得與作家後人聯

繫的管道，一同走上召喚臺灣文史記憶之路。藉著以故事喚醒文學的過程，展現混雜著日語、臺語、漢文與當代國語的聲音風景，重新思考百年前的她們，在「為了臺灣的社會，放一把革命的烽火」（〈她將往何處去〉）的振奮，以及「花卉盛開一時，才肯凋謝，我卻在含蕾未開，就要夭折」（〈青春〉）的悲憤之間，所經歷的心路軌跡。

目次

導讀

請回答，一九二二↓二〇二五

——張文薰／國立臺灣大學臺灣文學研究所副教授兼所長 3

故事篇

請回答，一九二二↓二〇二五 李心柔 13

這樣想來，娟的沉默也是種武器呢。他是知道娟的個性的，明明是大人偏心將雞腿留給弟弟，她卻會一副自己不稀罕似地。那麼，因為家裡不讓她去修學旅行便決意退學，不顧近在眼前的卒業證書，也就像是她會做出的決定了。

搏命 林宇軒 39

傷口痊癒也需要時間。隨著藥膏的塗抹，傷口會結痂、脫落而由新長好的皮膚所取代，但此時往往又會有新的傷口出現。也因此，愛娥的手臂看起來總是掛著烏青和一條條紅色的痕跡，有時候還可以看到深紅色的結痂，但是這並不表示傷口一直沒有痊癒，反而表示傷口一直在痊癒。或者更精確地說，愛娥手臂掛著的不是傷口，更像是看得見的時間。

消失的蜘蛛　　　　阮芳郁

你喜歡的不是我，而是你自己想像出來的女人。也許她也穿著連身裙，在月臺上等你。但我不是那個人。我會料理、算帳、為我的小吃攤勞動，也會為我的客人服務，但我也會拒絕自以為是的不速之客。龍先生，很抱歉，我有孩子，我必須生活。我絕對不是你口中或筆下的「文學」。

67

娜利耶　　　　周欣

推開門是撲鼻而來香菸、酒精混雜的氣味，店裡還沒有客人，但這股薰人的味道一直禁錮在室內，開門那一剎那完全釋放出來。秀蘭抬頭，看見天花板上吊著華麗的吊燈，光線卻十分昏暗，留聲機大聲播放爵士樂，歡快的樂聲充盈整個空間⋯⋯秀蘭感覺自己踏入另一個世界，與門外那忙碌擁擠又灰濛冰涼的街道截然不同的世界。

91

基隆港勃露斯　　　　張文薰、韓承樹

利己主義者？簡有義也曾經夢想著透過藝術來呈現出生活的艱難與矛盾，卻在美津子的微笑與琴音中，差點忘記了臺灣青年特有的煩惱。是在美津子身上，簡有義才理解那份「崇高」，足以超越人世間的紛雜。但自己的家庭與故鄉，似乎不能守護這份超越民族界線的美。

121

瘋人們　　　　黃亮鈞

玉梅此刻的心思依舊靈動，外表看來卻宛如死一般地活著，又或者說，內裡卻還真真正正是活著的人。是的，玉梅的內心重複思索著「死一般地活著」這句話，卻難以向他人傾訴自己其實仍然「活著」的事實。

155

文本篇

論語與雞 ———————— 張文環／著 鍾肇政／譯 183

完了以後，先生就在那兒叭叭地吸著菸說：還有不會的可以拿來問。等了一會，都沒有人出來問，先生便出去了，於是同學們也向孔子一拜，一個個地回去。早上的太陽把屋子染紅，家家戶戶都可看見在籬笆裡，主婦們在餵雞。

薄命 ———————— 楊 華 201

表妹！我現在又想起你瘋了的情景。我想起你從小住在我家的事情，我想起你短促生命中一切的痛苦和艱難，更想起你是死了，你是永遠的死了。再要聽到你憨直的聲音，再要看見你憔悴的面容，是永遠不可能了。

蜘蛛 ———————— 吳天賞／著 林蔚儒／譯 213

我被龍的哀號給打動，硬是忍住了即將奪眶的淚水。說什麼寂寞，什麼孤獨，這世上不是還有更慘的人嗎？明明有人連好好吃飽都沒辦法，你卻一路喝酒到天亮，顧影自憐，落下天真的眼淚。真是墮落啊。不折不扣的墮落。

夜雨 ———————— 王詩琅 223

輝煌的電光，漸漸地逞威，要代替太陽支配世界了。

剛開業未幾的咖啡店——「娜利耶」…在這十字街頭角現其麗姿。宏亮的留聲機的嬌聲，紅紫的「良・薩茵」來粉妝這近代女性的艷容，在這島都的臺灣人街上，添一新的魅力。

青春 ——————— 王詩琅 233

娜利耶是花中的女王！我也欲做女人中的女王！

花卉盛開一時，才肯凋謝，我卻在含蕾未開，就要夭折！

不！不！我還不願意死的！

我也不希冀長壽，只望做了生平之願，死了甘願瞑目！

憂鬱的詩人 ——————— 張文環／著　韓承澍／譯 245

可是呢，富田小姐——我說出這種誰都知道的事可能會被您笑，但那種苦楚最終會成為藥方的。藝術家可以客觀地審視痛苦，因此會產生餘裕，然而普通人的痛苦就只是完全沉溺在那痛苦之中而已。

財子壽 ——————— 呂赫若／著　鄭清文／譯 257

這條橋叫燈心橋，是用兩片木板併合而成，非常簡陋，走起路來上下搖動。據說，這裡自古就有鬼魅出沒，就是現在，一到黃昏以後，村民也害怕，很少靠近過。據說，即使是文明時代的今天，過橋的時候，還會有黝黑的手從橋下伸出，摸捉行人的腳，或流水的聲忽然轉變為笑聲。

故事篇

啟程之鐘

―― 李心柔

一、清晨：通學路上

「噹──噹──」

整點一到，屋裡的掛鐘傳來樂聲，一路晃蕩進了民源的房間裡。

民源在響聲中翻了個身，恍惚間還能嗅到先生噴出的菸草氣味，看到繚繞書房的煙霧。清晨的陽光映著空氣中的塵埃斜射進窗裡，他的腦海中殘留著小時候在村子書房上課的記憶，但入耳的不是雞啼或蟲鳴，而是村裡喧鬧的人聲。小梅庄的街路中央鋪有臺車的軌道，山裡的農產會順著軌道運往小梅車站，再轉會社線鐵路送至連接縱貫線的大林車站。會社線

完了以後，先生就在那兒叭叭地吸著菸說：還有不會的可以拿來問。等了一會，都沒有人出來問，先生便出去了，於是同學們也向孔子一拜，一個個地回去。早上的太陽把屋子染紅，家家戶戶都可看見在籬笆裡，主婦們在餵雞。

────張文環，〈論語與雞〉

的火車清晨六點就會發車，因此工人們在黎明之際便高聲吆喝著運貨。到民源要起床的時間，整個街市早已像活過來一般，蒸騰著人們的生氣。

家裡的時鐘是剛上公學校時民源央求父親買的，由於老師耳提面命不許遲到，因此民源胡攪蠻纏地要父親準備一個掛鐘，是八日上一次發條、會在整點報時的款式，比鄰居家的還要新潮。這個時鐘讓他在學校宣布六月十日為「時間紀念日」時，在朝會上獲得校長的誇獎，民源還記得當時雙頰發熱、胸腔鼓脹，像是有什麼要飛出來般興奮。

所謂「時間紀念日」，是為了讓大家明白「守時」的重要，老師這麼說。聽說以前像臺北、臺中、臺南那樣的大城市，會有陸軍在正午十二點發送午砲，讓人們校準時間。民源沒有聽過午砲，但在他的想像裡，發送午砲也許就像校園裡擊鐘的小民源，讓人們校準時間——只要一敲鐘，所有人都得聽從自己的號令。面對抱怨著午砲消失的小民源，老師曾向他解釋用天文觀測確認時間，再經過電報傳至火車站、郵便電信局，提供更精準對時的方式。儘管聽得懵懂，他卻可以感覺到生活正在改變。時鐘取代日頭在天上的位置，十二個格子區分了自己的生活作息。

耳邊傳來母親催促的聲音。糟了，方才思考太久，不小心又睡了過去。他從床上跳起，匆匆進行早晨的準備。

仔細想想，去書房的日子他起得要早得多，清晨的時間如影子被拉得狹長，到午飯前有大把大把的時間，本不該如此狼狽倉促。但不知為何，在家裡安了掛鐘後，他竟也開始貪戀起赴學校前多睡一些的時光。

15　啟程之鐘

洗漱更衣後，民源熟練地戴上制帽——這個幼時嚮往已久的動作，如今做得益發稀鬆平常——「我出門了！」他連早飯也沒吃，急著拉上前門，跑著趕往學校。

就讀於小梅公學校六年級的民源，今年已經十七歲了。雖然公學校本是給年齡更小的孩子上的，但小梅地區的學童入學年齡偏晚，家中或是先將孩子送去書房學習漢籍，或是因擔憂漫長的交通路途而不願孩子太早入學，一耽擱便是數年光陰，同學中甚至有已經結婚成家的。即便入了學，也常因分擔家中農務而缺席輟學，順利畢業者寥寥。民源小時候住在更深的山村，便是念過幾年書房才入庄上公學校。他並不是同年級的學生中年紀最長的，卻也不時感到和年紀更小的「同學」們相處時的侷促彆扭，因而更喜歡窩在角落觀察眾人的行動。

轉過最後一個路口，便是學校了。民源準備加速，餘光卻閃過一道人影，讓他不由得又放緩了腳步。

隨著距離拉近，人影的輪廓也變得更加清晰。洗得褪色的青色大裯衫襯著女孩白淨的臉蛋，兩條紫得整整齊齊的辮子垂在肩側一下一下地擺著。

民源有些遲疑地向她點點頭——

「勢早！」意料之外地，女孩原先繃緊的嘴角略略揚起了弧度，主動向他打招呼。

「啊……勢早……」反倒是民源這邊收到預期外的回應而顯得手忙腳亂，胡亂飄動的視線落在女孩明亮飽滿的額頭上，發現幾絲未攏好的髮絲。找到熟悉跡象的民源不禁驟然放鬆，真心地問候久違的女孩…「阿娟最近敢好？」

「最近……」娟笑意更深，像是想到什麼，慧黠的眼睛冒出靈光…「好啊，哪會毋好。」

她們將往何處去 16

二、朝會時間

第一堂課的前十分鐘是固定的朝會時間，全校學生來到操場列隊集合聆聽師長訓示。身為六年級生，又因年長而身材拔高的民源有些無聊地站在後排，打量起空中的雲朵。看似沒有變化的白雲，在長久的凝視下其實會悄悄變換形狀與位置，民源著迷於這樣的景象。他瞪大眼眶，想像自己有雙利眼，在改換起於微細之際便能洞察白雲的變化。

「欸，你今仔日哪會遮晏(晚)？」

「無矣，著睏過頭。」

「我哪會聽講你是底共阿娟講話？」

民源瞥了眼身旁興致勃勃的宏輝，輕嘆口氣。

「按怎？我著是問看賣矣？」宏輝半是調侃，探聽兩人方才的對話：「嘛毋知阿娟過了好無。」

「啊恁……」民源還想說什麼，卻聽見不遠處傳來學校的鐘聲：「害矣，欲遲刻矣。」

「後擺閣講啦，你緊去上課。」娟輕巧地擺擺手當作分別的招呼，阻斷了民源的話頭。沒有給民源愣神的時間，娟錯身離去。鐘聲眼看就要結束了，他摸摸鼻子，踩著最後一秒的餘音踏進了學校的大門。大門旁修剪整齊的翠綠灌木被當作矮籬，區分著學校與外面的世界，收攏起不久前都還在外頭跑跳的孩子們。

宏輝是民源的同班同學，比他小三歲，不知是家庭還是年齡的緣故，總覺得仍有些孩子氣。他是庄裡雜貨店老闆的兒子，和班上一幫農家子弟相比，過著更裕福的日子，也更善於討長輩歡心。因為幫忙家中生意，甚至偶爾會跟警察大人打交道，說國語時顯得比同學們更自然流暢。這樣活潑的宏輝，卻意外地和民源意氣投合，總喜歡繞著他轉。

「看起來是蓋正常，只是⋯⋯」

「嘛是啦，啥人會想著只是無錢去修學旅行，最後煞舞甲退學去。」

兩人陷入了沉默，臺上的校長先生還在說著什麼，卻化成一陣嗡嗡聲，未達耳底。

「恁自細漢要做伙，敢無聽著啥貨？」

民源搖搖頭。娟是民源還住在村裡書房先生的女兒，也是他自小的玩伴，明明曾經整天玩在一起，現在卻像是踏上了完全不同的道路。

「伊可能猶是袂慣勢⋯⋯」良久，民源又吐出一句話。

「你是講讀公學校喔？阿娟的功課確實是無蓋好，蓋成嘛無啥物朋友啦⋯⋯」宏輝歪了歪腦袋，搖搖頭又繼續往下說：「但是嘛無辦法矣，這馬啥人無讀公學校？就算是冊房的先生嘛愛綴<ruby>時代<rt>現在</rt></ruby>行矣！」

民源無可反駁，畢竟自己家裡也是如此被時代催著搬進街庄的。他住在村裡最後那段日子，書房日漸凋零，座位稀疏，也不再有和著雞啼的琅琅讀書聲。原先像小霸王似的娟漸漸安靜下來，領著弟弟幫忙養雞，路上遇到了其他長輩也慊慊地不想喊人。民源本以為搬離村子就不會再見到娟，沒想到開學時又在同一間教室相遇。

她們將往何處去　　18

先生似乎終於下定決心接受時代，和先生娘合計將娟送到街市的舅舅家借住，以便就近通學。民源並沒有一上來就親密地向她打招呼，不知道為什麼，他對於讓同學們知道自己和娟的關係感到難為情。娟也裝作不熟悉似地，只朝他的方向輕輕點了點頭。來到街市公學校的娟益發沉默，現在的民源幾乎想不起從前那個驕縱活潑的小女孩。

說實話，不管是老師還是同學，看到娟的最開始，都會覺得她面善親切、肯定是特別聰明的女孩。但不知為何，娟就是對功課不得要領。國語課抽唸課文時唸得結結巴巴，總是分不清帶兩點的濁音；算術課教到認時鐘的方法，她也無法回答出正確的時間；就連唱遊課，都惹得溫柔的陳老師連連嘆氣。民源甚至看過陳老師課後將娟留在教室，像是在訓話的場面──一襲白洋裝的陳老師挺直了背立在風琴旁邊，語調嚴厲。背光的娟表情不明，民源卻隱約覺得她的眼眶泛紅，竭力忍耐著什麼。

（雖說陳老師似乎本來就對女孩子比較嚴格，但無論如何，對娟也太不公平了。）

這樣想來，娟的沉默也是種武器呢。他是知道娟的個性的，明明是大人偏心將雞腿留給弟弟，她卻會一副自己不稀罕似地。那麼，因為家裡不讓她去修學旅行便決意退學，不顧近在眼前的卒業證書，也就像是她會做出的決定了。然而，沒有公學校卒業證書的女孩子究竟要怎麼辦呢？雖然女孩子總是會結婚的，但如果像陳老師一樣高女畢業，至少能在公學校當老師，或找個相襯的夫婿吧！民源不禁又為了娟感到惋惜。

「啊你是咧鬱卒啥？嘛袂牽拖著你這個『優等生』矣！」宏輝撞了下民源，對他眨眨眼。

「啥物『優等生』，莫共我詼……」

<small>揶揄</small>

啟程之鐘

「『國語』遮好，先生閣遮俗意你，未來『出世』了後莫袂記得我呢！」

「莫鬧啦！你這个——」

「兩位是在做什麼呢？現在可是朝會時間。」字正腔圓說著國語的清脆女聲打斷了這場嬉鬧，兩人回過頭，看見陳老師微笑注視著他們。藍色長裙鑲著蕾絲的裙角微微被風吹動，依稀可聞到淡淡的皂香。儘管陳老師只大民源兩歲，但淵博的知識和高女的頭銜，配上這樣偏遠的街市少見的時髦服飾，讓她顯得與眾不同，揮著教鞭時更有種女王般的氣質。

「宏輝君，修身課的佐藤老師總是在抱怨你的禮儀呢，我相信他會樂於給你額外指導的。」宏輝苦著臉，整張臉皺成了梅乾的樣子，寫滿了不情願。佐藤老師是最被學生們討厭的存在，落到他手裡肯定有成堆的麻煩事。

「至於民源君，回教室後請去整理後邊的書。」陳老師頓了一下‥「之前我借了雜誌給望著陳老師離去的身影，宏輝呸了呸舌‥「我著講你是先生的寶，這處罰敢袂差傷濟？」

「莫閣烏白講矣啦！」民源反駁的聲音也變得有些疲軟。

「既然知影家己倚佇較好的所在，烏白共人同情會予人真袂爽喔。」宏輝的眼神一瞬間變得銳利‥「阿娟佮你無仝款，莫閣想矣。」

民源心頭一震，定定望著宏輝。只見他突然做了個鬼臉‥「唉，我嘛想欲去揣陳先生。」

該說不愧是商人的兒子嗎？民源心情複雜地望著轉身又一臉無謂地和旁人聊起天來的宏輝，默默嘆了口氣。

她們將往何處去 20

三、上午：修身課

鐘聲再次響起，週一的第一堂課是修身課，想到又要看到佐藤老師，民源便覺得提不起勁。佐藤老師時常皺著眉，眉間的溝壑深得可以夾死蒼蠅，見誰都像對方欠了自己一大筆錢似地，也不怪宏輝一聽到陳老師要向佐藤老師告狀會是那樣一副反應。他的襯衫筆挺潔白，私人用品盡都收拾得整整齊齊，碰一下就會被大聲喝斥。佐藤老師最喜歡嫌棄他們身上的味道和髒汙，數落本島人學生整天只知道玩耍，根本沒有半點好國民的自覺與樣子。

「整潔！守時！禮貌！」佐藤老師像誦唸咒文般，成天對他們叨唸著這幾個詞。一旦瞥見老師的身影消失在走廊，同學們便忍不住尖起嗓子學他的模樣，果不其然逗得全班哄堂大笑。

明治時期以來，日本的小學教育中便有倫理道德的課程。這樣的課程被稱作「修身」，來自《大學》的典故。「修身」在臺灣也被規定為公學校的正式課程，儘管時數不多卻很受重視。低年級時的課本充滿了圖畫，老師也會舉許多家人、學校、朋友這類生活上的例子。年級較長之後，課本裡的人物便換成日本名，老師開始講起遙遠的內地曾經發生的歷史故事。寫在黑板上的「國民精神之涵養」、「順從」、「誠實」、「勤勞」[1] 則常常在校長先生的訓話中出現。

---

[1] 修身教科書卷一至卷四的編纂趣意書中，列出公學校兒童所需培養的德目，主要含括「國民精神之涵養」、「順從」、「誠實」、「勤勞」四項。其他如孝順友愛、公共衛生、去除迷信、公德博愛等主題也都是修身書的指導範疇。

大約是四年級的時候吧,修身課接連上了幾課都是二宮金次郎的故事。說起很久以前,出身相模國鄉村的金次郎如何勤奮工作、孝順父母,在喪親後受親戚照顧,接著又是如何勤勞儉約,最終不僅變得富裕,還受到村人尊敬。

「所以說,比起金次郎度過了這麼辛苦的童年、從早到晚都要為父母分擔家務,要心懷感恩,你們能像這樣來學校上學,是非常幸福的事情了。這都是帝國和天皇的恩澤,要心懷感恩,懂了嗎?」2 講解完課本內容,佐藤老師照例要來兩句訓話。

「可是老師,我們早晚也要幫忙家裡的事情啊,拔草很累的!」

「我也是,今天也好早起床餵雞呀!」

「而且我也不是自己想來上學的啊,大伯說了,上學校根本沒用。」

「我是因為校長先生跟老師來家裡拜訪才來的!」

「我本來也上過書房的!」

孩子們你一言我一語地爭論,教室喧鬧了起來,壓過窗外的蟬聲。佐藤老師漲紅了臉,喝令大家安靜。

課程最後草草收尾,不了了之。這回聽到下課鐘響最急著離開教室的,大約便是佐藤老師了吧。

民源將此事說給教國語的鈴木老師聽,只見老師露出了複雜的笑容感嘆⋯

「本島的孩童是很聰明的啊。」

---

2 教師用教材指示教師引導兒童思考「能快樂地通學的自己比起二宮金次郎的境遇要來得幸運」。

她們將往何處去 ———————— 22

「佐藤老師也真是,教師用書都提醒了各地民情不同,要順應風俗、變換舉例來講課,只能說他的心還是在內地吧。」

半晌,老師摘下眼鏡,靜靜地擦拭。

「民源君呢?民源君覺得修身課上的故事怎麼樣?」

「我⋯⋯」

民源陷入沉思。

「我可能⋯⋯有點羨慕金次郎。」

將眼鏡掛回鼻梁上的老師用溫和的眼神注視著他。

「勤勞節儉⋯⋯就可以立身出世嗎?爸爸、叔叔、隔壁的⋯⋯大家都沒有偷懶、努力工作,但總是在抱怨收成的作物被人壓低價格、做農一輩子沒有出息⋯⋯小舅舅也說在工作的地方怎麼樣都比不過內地人⋯⋯金次郎可以成功,是因為他不是本島人吧?」

「這⋯⋯」鈴木老師嘆口氣,拍了拍他的肩。民源看不太明白老師眼裡湧動的情緒。

「而且金次郎到底砍那麼多柴做什麼,炕窯用樹葉樹枝就好了嘛。」民源扮了個鬼臉。

鈴木老師總算笑出聲:「也是呢,本島的冬天,不需要那麼多柴火啊。」

民源其實並非完全不同意修身課的內容,待人友善、清潔守禮、重視約定,這些都是重要的事⋯;然而,只要看著佐藤老師趾高氣昂地檢討他們行止的樣子,他便覺得心口堵堵的,一點也提不起勁。

他總會想起那晚,不小心在陳老師的宿舍聊天耽擱太久,直到夜色低垂,街路上剩下家屋

或飲食店裡透出的油燈火光。民源擔心挨罵，匆匆往家裡的方向趕，繞過街角的飲食店時，店內卻傳出一陣喧鬧。那間餐廳是可以喝酒、有女子陪侍的店，在鐵路建好後跟著林產買賣一起出現。他低著頭，本欲快步通過轉角，不想在經過店門口那刻，木格子門嘩啦一聲被拉開。

民源的視線越過步出店門的人，看到了坐在裡頭的佐藤老師。

老師一向整齊的襯衫此時變得凌亂不堪，雙眼混濁，頭髮塌亂，激動地對眼前的本島僕役指手畫腳。亢奮卻含糊的字音糊成一團，但在話尾，民源卻真確地捕捉到了兩個音節——

「哩呀！」

拉門關上，方才的一切恍若夢境霎時停止，民源卻僵在原地無法動彈。

他不是不知道佐藤老師對本島的一切事物都瞧不上，也抱有怨懟，但方才的畫面卻像兜頭澆下一盆冷水，令他無法邁步。哩呀，那是不解臺灣話的內地人捕捉聲音而成、對本島人的蔑稱。他想起自己小時候目睹書房先生貪婪地捉走咒誓用的公雞、同學們耳語先生正流著口水拔雞毛時的巨大悲哀。

國語課中有〈行儀作法〉這一課。課文中提到，若只是外表裝飾華美，而無相應的敬謹之心，便只是沐猴而冠；一個人的心性品格會展現於外在行為，無論是待在家中、與朋友相交或去到公眾場合，即使是微小如舉箸飲茶等動作也會自然流露。父親曾說《論語・鄉黨第十》的「鄉人飲酒」也是在談「禮儀作法」的問題。書房先生和佐藤老師，想必就是沐猴而冠的人吧。用書上的大道理教著學生道德品行的老師，卻流露出不堪的一面；諷刺的是，民源卻也在讀懂了書後才有辦法描述自己感受到的空落。「幻滅」。在學會這個詞後，他能用

四、課間活動

終於熬到下課鐘響,此時響起的鐘聲宛如天籟,將民源從佐藤老師惱人的喋喋不休中拯救出來。即使佐藤老師還勉力地想要說些什麼,班上的孩子們早已無法安然坐在位子上,個個都像蚯蚓般扭動身子,頻頻望向操場,老師大手一揮,便嘩地一聲衝到外頭去了。宏輝本想趁亂逃出課室,卻被佐藤老師逮住,他朝民源聳聳肩,無奈地跟在後頭前往辦公室。

外頭陽光明燦,花圃裡的鳳仙花凝著水珠,想來負責澆水的學生今日也未曾偷懶。不同年級的學生在操場上嬉笑奔跑,牆邊芒果樹蔭下有些孩子圍成圈打著陀螺,喧鬧聲連教室裡都聽得見;年紀稍長的女學生則在一旁刺繡或編織,一邊笑著搖頭打量身旁玩耍的同學。

教室僅剩下年紀較大的民源和明通兩人。高大壯實的明通,此時癱在座位上打盹,鼾聲輕輕起伏,和外頭的吵鬧形成強烈的對比。明通比民源還長一歲,住在深深的山裡,每天黃昏都可以看到往阿里山火車的灰煙低低拂過山頭。也因此,他總是早上天未亮就得踏上通學的路程,放學後也忙於家務農事。他去年已經結婚,宴席上除了同學還請了老師和校長先生,看著日籍教員從遲疑猶豫到筷子不停,難得身著正式長衫、打扮得體的明通呵呵地笑,直說

道：「老師喜歡就多吃點，若是不夠，也能帶些回去。」那時民源注意到佐藤老師雙頰漲紅，好像被明通話裡的意思噎住了。津津有味地吃著原先看不上眼、覺得粗鄙不衛生的南國食物，許是因為自己這副樣子被憨直的學生一語道破而惱羞成怒？總之佐藤老師從此待明通的態度更加惡劣。

學校聚集了一群活潑好動的孩子，雖然未曾言明戀愛，卻正是對感情感到好奇的年紀。他們喜歡拉著明通到芒果樹下，像雀鳥般吱吱喳喳地饒舌，探問婚姻生活的細節。民源雖然一副沒有興趣的樣子，卻也會裝作自己正凝神閱讀漢文小說，悄悄朝人群邊上挪動步伐。大夥時而竊笑時而高呼，圈中的明通則總是被問到難以回答，露出憨厚笑容搔搔後腦，無奈地望著這群和他幾個弟弟一般大的「同學」。

這群年齡不一的孩子，剛好在這時被放進了名為學校的規整盒子中，在劃分整齊的時間段裡學習相同的知識，共享了特定樣貌的成長時光。在山林間自由奔跑的日子變得遙遠，他們開始熟悉跟著指令行動，只在規定好的時間裡大笑玩耍。

民源依著陳老師的話步向教室後頭的閱讀區，準備著手整理。鈴木老師頗為用心地在那裡擺滿供學生翻閱的讀物，包含故事書和兒童雜誌，想來是為了增進學生的國語能力。內地雜誌可能是自家小孩本有的讀物，但本島的《學友》早已停刊，也僅有短短數期，應該是為了班上孩子特意蒐集的吧。十二錢的定價，也比從內地來的兒童雜誌更加便宜。

吉川精馬創辦的《學友》雜誌是為了小、公學校四年級以上的學生設計的，儘管內容對民源而言有些幼稚，嗜讀文字的他仍舊珍惜地翻過放在教室內的期數，畢竟這樣為本島兒童

她們將往何處去

設計的讀物實在不多。像上頭連載的冒險小說〈無人島探險〉便在冒險團成員中加入了本島少年陳瑞祥的角色，讓主角們乘「臺灣丸」出海冒險。當中也有不少改編自臺灣民間故事的短篇作品，或者和本島兒童的生活相關的實用文章。民源還曾和同學用上頭有關臺灣地名的有獎徵答題目進行了一場比賽。「少年文壇」也有許多來自本島學生的投稿。宏輝總說，要是民源早生幾年，說不定本本都會有他的投稿文章呢。

民源的視線定在《學友》中附的中學招生情報與入學試驗問題上，在心裡試著解答那些試題。未來究竟要怎麼辦呢？這個問題在接近卒業的現在不時浮現心底，提醒著即將到來的期限；時鐘毫不留情地向前，催逼著他做出選擇。他回想起小時候在村裡玩耍的情景，不管是學戲裡的人舞刀弄棍，或是陪表姊玩家家酒，瘋玩到忘了回家總是會被家人喝斥。當時他曾羨慕公學校學生能被認可、不受拘束地在外頭自由玩耍吵鬧，正如現在操場上的同學一般。但即使是在公學校，玩耍的時光畢竟還是有限的。下課時間短暫倉促，一晃眼，又是下一節課了。

在閱讀區未能發現陳老師所說的女性雜誌。民源轉向娟的座位，收拾整潔的抽屜中，果然落了一本《婦人與家庭》。他翻閱著雜誌，納悶為何老師會將這本雜誌借給娟。

「沒有結婚的必要」、「依循婦女解放運動，從因襲到覺醒、從自覺到實行……切斷奴隸性的束縛纜繩，因棄暗投明的歡喜而泣，聽見從戀愛到事業的呼喊……」，除了一些關於日常家計、流行文化的情報資訊，雜誌上也登載著這些可說是離經叛道的言論，民源不禁心驚。他隱約覺得自己像是窺見了老師和娟共享的祕密，感覺心慌又不甚自在。

27　啟程之鐘

啪啪翻過的書頁間，突然掉出一張紙片。民源拾起紙片，凝神一看，原來是張去年的《臺灣日日新報》剪報。這篇題為〈本島婦人覺醒職業意識之證據──助產婦志願者眾多〉的文章，報導了看護婦、助產婦及助產婦速成科學生的採用考試成果，更提及本島婦人報名速成班的盛況。

民源心頭微動，隱隱生出一個猜測。但不待他細想，上課鐘聲又噹噹噹地催人回到下節課堂。

五、近午：作文課

教授國語的鈴木老師是他最喜歡的老師之一。他略略有些年紀，頂上已有幾絲白髮，卻一派紳士氣度，溫和的眼神總是透過鏡面平等地注視班上每個學生，面對頑皮的學童也從來不會焦躁動怒。前陣子交上以〈修學旅行的回憶〉為題的作文，民源毫不意外又拿下了全班最高的分數。

「民源君一如既往寫得很好呢！不只文法句子使用正確，景物和情緒的描寫也都非常出色，尤其是乘車返回小梅的一段，收束得非常動人。今天沒能來得及請民源君朗讀，大家可以向他借來參考，多多向他學習。」發下他的作文時，鈴木老師毫不吝惜地誇獎了民源一番。

在作文中，民源描述乘火車前往北部的旅程，對照國語、地理課本中的知識與遊歷的風景，盛讚臺灣的風光與都市現代化的建設。

她們將往何處去 ———— 28

但只有自己心中知道，他對於繁華的都市文明心存疑慮。行色匆匆的路人、快速奔馳的自動車、火車站催促的刺耳笛聲，修學旅行的隊伍為搭乘交通工具不停趕路，撲面而來的緊張幾乎要將人吞沒。

輾轉乘上縱貫線的火車時，學生皆已亢奮許久，起先仍興致盎然地張望連綿的甘蔗田，不久後許是因為景色無甚變化，一個個又都睡了過去。火車規律地搖擺，外頭噗哧噗哧的煤煙滲進車廂，氣味有些刺鼻。風景縮在小小的窗格裡，似乎被遠遠地拋到後頭。青翠沃野和豐滿的芭蕉園首先占據視野，過了大甲溪，換成荒涼的沙地在眼前展開。鐵路一度鄰近海邊，民源得以用視線描摹海岸線，遠遠眺望飄蕩的船影。穿過一面種植茶樹的起伏丘陵，又過了一會，便抵達了臺北。景色由熟悉的田野轉為街道，矗立的電線桿與路燈開始彰顯存在之際，民源同時感到興奮與焦慮。他急切地想將每個新事物烙進眼底，但是啊，他想，這裡離家裡好遠啊，若是走散了，是不是就找不到回家的路了？

他們先去參訪了基隆港，看著汽船出入港，甜爛的香蕉氣息和著腥鹹的海風拂進鼻腔；接著又至大稻埕市街遊覽，被琳瑯滿目的貨品迷花了眼。街頭有人宣講，底下的人扯著布條鼓譟，隱約可以聽見「自決」、「覺醒」、「臺灣的同胞」等字眼在空中交錯，周邊還圍了不少警察，不穩的空氣一路蔓延到學生的隊伍裡。晚上他們則住在內地人經營的旅館，帶隊的老師難得放鬆了管控，准許學生自行組織去外頭買東西。著迷於書店的民源卻不小心與朋友走散，只得一個人返回旅館。

29　啟程之鐘

走近旅館，在西洋樣式的雕花柱側邊，有兩道人影似在親密交談。民源有些困窘，打算快步經過，不想卻踩到枝子，發出一聲脆響。

「民源君？你怎麼一個人？」人影發出了熟悉的聲音，陳老師步出柱子下的陰影，月光灑在她白淨的臉上。

「我不小心和宏輝走散了，就先回來了。」他慌忙解釋，餘光忍不住瞥向另外一道人影。

「啊，也好，時間也差不多要到了。」陳老師溫和地笑笑⋯「對了，和你介紹一下，這位是我的未婚夫吳文雄，現在在東京念醫科大學。」

民源低下頭，拘謹地打了個招呼。

「這位就是傳說中的民源君嗎？」文雄露出了笑容，民源不知怎麼地覺得有些刺眼。

醫學生配上高女畢業的公學校教師，文雄和陳老師在世人眼中肯定是郎才女貌的一對，一切只待文雄完成學業後返鄉完婚吧。文雄在東京的賃居處位於高圓寺一帶，原非熱鬧處，但在三年前的關東大地震摧毀都心大半房屋後，人潮湧到了市郊中央線沿線的住宅區，高圓寺便因其低廉的租金及方便的交通匯聚了一幫文藝青年，隱隱有成為新潮思想匯集地的趨勢。

文雄對此頗有些自得，侃侃而談新興的文化風尚，彷彿沒有去過東京便低人一等，言談中流露出的傲氣令民源不喜；但民源不得不承認，那樣「知識青年」的風采令人豔羨。陳老師更是頻頻詢問當地風物，一派神往。

「民源君也要用功讀書啊，我在東京等你！」最後文雄擅自下了結論，民源卻無法坦率應是，只能再度曖昧地點頭回覆。

「民源想去東京念書嗎？」下課後鈴木老師留下民源，又誇了一遍他的作文，接著如此問道。

他有些窘迫，腦海裡的話語卻無法順利組織成句。

「我不知道。」他說。

鈴木老師掏出手帕，擦了擦沾了粉筆灰的手指，接著開始收拾講臺上的東西：「民源的文學才能，在東京或許可以發揮得更好吧。所以聰明的孩子多半會想方設法到那裡去，但同時，更聰明的孩子或許會像民源君這般遲疑吧。」

「但是啊，民源君，有些事情必須嘗試了才知道喜不喜歡的。」他露出招牌的、意味深長的微笑：「即使是想對抗些什麼，也得要先獲得武器才能戰鬥喔。」

「去東京就能獲得武器嗎？」民源問。

鈴木老師眨了眨眼，並未回答他的疑問。

六、放課後

放學時分，所有的學生一齊湧出校門，各自往回家的路上四散。無論是拌嘴爭吵還是打鬧嬉笑，聲音都在烏壓壓的人群中碎成一片。儘管未及落日時刻，在嘈雜的人潮中，民源仍

然想起猴群歸巢的情景。懷揣著鈴木老師方才所說的話，民源描繪起離開小梅的未來。如此，是不是能多少接近文雄看過的世界，將陳老師艷羨的風景展示在她眼前呢？他試圖想像自己穿上高等學校制服走進榮町的新高堂書店，甚至以大學生身分走在銀座街頭的情景，卻怎麼也無法在心底生出具體的圖像。

步行來到陳老師的宿舍，他在心事重重的狀態下敲開門。陳老師的宿舍是個充滿歡笑的地方，老師會和他說起《金色夜叉》的故事，為貫一與阿宮間的愛恨心情起伏跌宕；或分享她從市裡帶回的洋菓子，享受精緻的砂糖滋味在唇齒間迸發的幸福。

然而，這天來到宿舍的民源卻隱約察覺到陳老師的不對勁，不論聊什麼都心不在焉，纖細的指尖不停摩娑著領口的蕾絲。他將雜誌還回之際，老師也只是含糊地點點頭，隨手放到一旁而未加解釋。

陳老師的桌前一直以來都擺著文雄啟程前往東京讀書前兩人的合影。比現在更青澀的老師一襲洋裝，頭髮挽在後頭，雙手交疊坐在椅上；文雄則身著制服、戴著制帽，昂然立在椅後，一手虛扶著椅背。儘管兩人為了拍照有些姿態僵硬，他卻能讀出老師眉眼間的柔和喜悅。

然而，今天相框卻被蓋在桌上，處處透著怪異。

「老師，文雄兄……還好嗎？」

陳老師愣了一下，扯了扯嘴角：「很好啊，怎麼了？」

民源點點頭，又換了一個話題：「鈴木老師問我卒業後的打算呢！說我適合念文學，未來可以去東京留學見見世面。」

「是呢，民源君國語說得那麼好，功課也優秀，很適合去留學呢。」陳老師鼓勵般地露出微笑：「當然繁華的城市和先進的設施非常吸引人，更重要的是接觸到來自世界各地的文化和知識，最新潮的思想和藝術都匯集在帝國之都啊！」

「但我……也許不適合待在都市……」民源遲疑了一會：「之前修學旅行的時候也是，去到臺中臺北總覺得無法好好呼吸、渾身不對勁，直到回到小梅車站才好些……或許我比較適合留在農村？繼承爸爸的竹產工場，把事業做大之類的。」他像是被自己的想像逗樂了般，輕笑了一聲。

「開什麼玩笑。」

民源聞言有些錯愕地抬起頭。

「開什麼玩笑？」陳老師又重複一次，這次話裡頭的怒氣清晰可辨，雙唇微微顫抖：「你知不知道有多少人想去卻去不成的？明明就有足夠的能力甚至可以獲得家裡的支持，卻這樣輕而易舉地把別人求之不得的機會棄如敝屣。」

「像我們這樣被說著去東京有什麼用、女孩子不需要留學、當個公學校老師待嫁是最穩定的……這樣的心情你是一輩子也不會了解的吧？到底誰稀罕在這種破地方教不求上進的學生？男人去念書是出人頭地，女人出國就是不守規矩浪費錢，那些去念書的男人到底有幾個是真心誠意去追求知識的？整天泡咖啡店上舞廳和女給約會，回來的時候卻一個個被當成知識分子菁英階級未來的好丈夫人選，這一切真是夠了！」

33　啟程之鐘

歇斯底里叫嚷的話尾，可以聽到帶著淚意的顫音。陳老師眼眶發紅，狠狠地盯著他，卻用力地撐著不讓盛滿眼中的淚水滴落。

「啊……是，真的非常不好意思。」民源慌了手腳，欲伸手拿出自己的手帕，又像覺得不妥地停在空中，只能蒼白地連聲道歉：「我說了欠缺考慮的話，真的很對不起……」

「我好不容易接受了這一切，放棄不可能實現的夢想，想說安穩地完成公學校教師的職分，等他回來成婚，結果他居然……」陳老師終於止不住淚水，將臉埋在手中嗚咽起來。

民源從老師的話中拼湊出大致的故事：原來文雄不知怎麼地開始不去學校，常常昏睡過整個白天，熟識的人看不過去，探問之下，他流連咖啡店、迷上一個女給的事情才東窗事發。沉迷的程度，甚至將生活費都花用於約會交際，只好寫信向陳老師借錢救急，否則幾乎交不出下學期的學費與房租。

對於好不容易掐滅了自己留學之夢的陳老師而言，這樣的背叛毋寧更加巨大吧。

民源一邊為著陳老師不平，一邊也為自己的輕率發言感到羞愧。他拿了老師的手帕，走到側邊的盥洗檯打溼。外頭本該紅得濃豔的山茶花由於背向陽光，溶進深綠葉叢的暗影中，幾束陽光從葉隙間斜斜射了進來，扎得眼睛生疼，幾乎要流淚。

七、入夜：自習時間

太陽徐徐沒入山間，橙紅的落霞轉紫，復又漸漸轉暗。小梅庄的路上尚未通電安上路燈，

而家屋或飲食店也尚未點起煤油燈盞，恰恰是落夜前的交界時刻。民源趕著在天色全暗前返家，路過十字岔口，不禁怔愣了一瞬——那裡是由老師宿舍返家必然會經過的岔路口：一頭順著臺車能抵達小梅車站，去到更繁華的嘉義、臺北，甚至由基隆港到東京；另一頭則是通往自己的家。他望向回家方向，那裡樹影交疊，已然沒入黑暗之中。順著肉眼已不能及的坡道上去，一直走一直走，便是不時占據他心底的、可以聽到猿啼鳥鳴的靜謐村落。民源又想起燈火通明的臺北夜晚。雖然自己不甚喜愛城市，但路燈畢竟還是能指引方向，在黑暗中也必得仰賴那份燈火通明。

抵達家中時天色已經完全暗下來了。吃完晚餐，民源從母親手中接過一封信件，說是今早娟送來的，算算時間，大約是早上偶遇後沒多久。他匆忙在書桌前翻開，那是一封字跡端正、用日文寫成的信：

給阿源：

在卒業前退學，肯定嚇到你們了吧！但身為童年玩伴的阿源，肯定可以理解我選擇離開的理由，我是這麼相信的，經過早上的偶遇更是如此。

一直以來，我都無法適應公學校的生活，即使知道在這樣的時代，必須上學才能保障未來的生活。但同時，我也不想只是屈服於未來隨便找個人結婚的命運，於是對前方的道路感到迷惘。我想，陳老師大概是完全看穿了我的心情吧。

啟程之鐘

你記得「陳老師會對女孩子比較嚴格」這個謠言嗎？我當時一直不能理解，為何一樣是女性，陳老師要這麼對難女學生。但某次我被她單獨留下談話時，似乎稍微理解了她的心情。她對我說，雖然現在常常提倡女性的權利，但女性在這個社會要生存，仍然要面對許多困難。在她能做到的範圍內，她想讓自己的學生有更多能力去面對這一切。

她拿了自己珍藏的婦人雜誌給我看，也為我蒐集了許多報紙上職業女性的消息：女教員、車掌、女工、看護婦……雖然不是很懂意思，但是圖片很吸引人。這些女性都可以用自己的能力賺得一份薪水，在社會上生存，我不禁幻想自己也能成為其中一員。我被助產士的新聞吸引了目光。我想，讓新生命好好地來到世上，真心為他們的出生獻上祝福，應該是一份不錯的工作吧。況且助產士的工作會提供訓練，學成之後不管到哪裡都能做，也多了一份保障。

阿源讀到信的現在，我已經坐上離開小梅的火車了吧。沒有去成修學旅行的我，現在感到無比興奮，今後究竟會是怎麼樣的一幅景象呢？到時就能和大家共享見過的風景了吧！沒能和陳老師談過就離開，還是有些感傷和遺憾，再麻煩阿源代我向老師辭別和道謝了。若阿源卒業後到了臺北念書，或許我們會再遇見也不一定，真是令人期待的未來，不是嗎？

珍重。

娟

民源長長地舒了一口氣。娟的信印證了他看到剪報時心中的猜想，但在他猶豫逃避之

她們將往何處去 ————————————————— 36

際，娟和老師商量又思考了這麼多，卻是他始料未及的。無論是離開或留下，自己是否有娟那般的勇氣，颯爽地做出最後的決斷，目光清明地看向要前進的道路呢？

晚風帶著潮溼的涼意滲進屋裡，由牆縫看出去，濃黑無際的夜色鑲著一點一點的星光，乍看之下觸手可及，卻又無比遙遠。

參考資料

王錦雀，〈日本治臺時期教育政策與公民教育內容〉，《公民訓育學報》第 16 期（2004 年 6 月），頁 139-172。

坂本貴，《日治時期公學校兒童的作文之分析》（臺北：國立臺灣師範大學臺灣史研究所碩士論文，2020 年）。

紀旭峰，《大正期台湾人の「日本留学」に関する研究》（東京：早稻田大學大學院亞洲太平洋研究科博士論文，2010 年）。

柳書琴，〈從部落到都會：進退失據的殖民地青年男女──從〈山茶花〉論張文環故鄉書寫的脈絡〉，《臺灣文學學報》第 3 期（2002 年 12 月），頁 81-108。

柳書琴、張文薰編，《臺灣現當代作家資料彙編 06：張文環》（臺南：國立臺灣文學館，2011 年）。

陳萬益編，陳千武、陳明台等譯，《張文環全集（卷四）》（臺中：臺中縣立文化中心，2002 年）。

許佩賢，《太陽旗下的魔法學校──日治臺灣新式教育的誕生》（新北：遠足文化，2012 年）。

張文環等著，鍾肇政、葉石濤主編，《光復前臺灣文學全集 8・閹雞》（臺北：遠景出版，1997 年）。

張文薰，〈由「現代」觀想「故鄉」──張文環〈山茶花〉作為文本的可能〉，《臺灣文學研究學報》第 2 期（2006 年 4 月），頁 5-28。

游珮芸，《日治時期臺灣的兒童文化》（臺北：玉山社，2007 年）。

蔡錦堂，〈日治時期臺灣公學校修身教育及其影響〉，《師大臺灣史學報》第 2 期（2009 年 3 月），頁 3-32。

搏命

―― 林宇軒

> 表妹！我現在又想起你瘋了的情景。我想起你從小住在我家的事情，我想起你短促生命中一切的痛苦和艱難，更想起你是死了，你是永遠的死了。再要聽到你憨直的聲音，再要看見你憔悴的面容，是永遠不可能了。如夢如煙，不堪回首的逝影，時常的在我心房的深處閃現，使我感受無限的哀傷與失望，有時竟悽然而至於唏噓起來。
>
> ——楊華，〈薄命〉

一、縫補

　　夜晚，有風從窗框縫隙透了進來，油窗紙在案頭燈的照映之下微微晃動，提示時間正不停流逝。愛娥低頭，左手仔細調整衣服的角度，右手捏緊針線，看準時機來回縫補，白天因勞動而磨損的衣服就在夜晚的一針一線中被緩慢修復。她不知道補好的衣服能否帶來更好的生活，只知道一定會帶來更多的勞動。勞動是為了生活，或者生活是為了勞動？這些奇怪的

思緒縈繞在愛娥腦中揮之不去，只看燈芯的火光朝向自己的臉，聽蟬聲自窗外向房裡綿延。

好累。好累。好累。儘管這是她少數不會被責罵的時間。

桌面立著一小方鏡子。鏡中的世界，是一層質地薄得透光卻彷若遙不可及的蚊帳，熟睡的小小身軀這麼乖又這麼惹人憐愛，挺生生隔開了她和眠床；蚊帳裡是翠英躺在竹蓆上，熟睡的小小身軀這麼乖又這麼惹人憐愛，挺立的鼻子像極了自己——只希望她的命運不要像自己。要怎樣才能改變命運？嘆氣歸嘆氣，雙手還是要繼續縫縫補補。針線是時間的祕術，讓愛娥來回穿梭在多少夜裡，記憶的千絲萬縷就這樣帶她一遍一遍，從現在回到過去。

最早的記憶裡沒有母親。

母親在她出生後不久，又懷上了另一胎，在愛娥還不太會走路時就難產離世。儘管住在附近的姑姑一家偶爾會過來團聚，表哥也不時一起玩耍，但此後家裡的親人嚴格來說只剩下父親和年老的阿媽。

家中經濟狀況時好時壞，一切取決於父親出門的頻率。父親不在家時，愛娥會在塗墼厝[1]幫忙家務：舉凡洗晾衣服、餵養雞鴨、種植莊稼這些不用花費太多體力的工作，在她眼中都是簡單上手的小事；瞻前顧後地幫忙處理家務，生活就這樣持續了好幾年。直到有天，自稱是債主的人上門拜訪，她才知道父親每天出門不總是去工作賺錢，更多時候是去參加「花會」賭博猜動物，久而久之就欠下了許多錢——在每個賭局裡的三十八個花名當中，要猜到對應的動物實在太難。是什麼動物？猜呀是什麼動物？愛娥並不知道，

---

[1] 即土墼厝，由泥土和稻草壓製的土塊所砌成的房子。

搏命

只知道每天餵養的雞鴨。賭債的事情被家裡知道後，父親為了躲避債主，教愛娥「有人找他就說不在家」，一下又說「咱來去喔——」；後來甚至把歪腦筋動到女兒頭上，半哄半騙地一下說「無聽父母話的是不孝囝」，假裝要帶她到村子外頭郊遊。就在這樣的花言巧語下，當時還不到十歲的愛娥被用一百多圓的價格，賣到了鹿港的一戶人家，做俗稱「新婦仔」的童養媳，任阿媽和姑姑來苦苦相勸也無法阻攔。

那段時間是她永遠也不願回想起的地獄。才短短幾天，愛娥就受不了極其嚴厲的責打，偷偷逃了出來，哭哭停停三個小時，終於是走回了和美。當然，她是不敢回去找父親的，唯一的選擇是鄰近的姑姑家。

「唉呦你看啦，別人的囝有影母值錢，哪會按呢共人拍（打）！實在是⋯⋯愛娥，妳莫轉去（回去）矣！這陣仔妳住佇阮兜就好。」姑姑氣憤又心疼地看著愛娥。除了脖子上有指甲痕，胸口還有一條條受鞭打的紅色痕跡，小腿側邊更有許多紫色烏青。經商有成的姑丈沒有異議，於是愛娥就在他們家裡住了下來。

因為這樣的緣故，她和大她幾歲的表哥混得熟了一些，有時甚至還會和他一起去上學——每天從三合院出發，走一個小時的路程去學校，看著表哥走進校門後，她再一個人慢慢走回來。

晚飯過後，姑姑和姑丈會為表哥溫習課業，愛娥就坐在旁邊靜靜地聽。

「你哪會啥物攏讀無啊？愛娥比你較細漢，閣比你較勢、較巧，你看你真正有夠見笑。」愛娥平時沒有上學，也就沒有什麼好記誦的，卻總是能夠清楚無以後你就去飼豬仔好矣！」

地背出姑丈複習的所有生字,明顯在讀書這方面比表哥腦筋更靈活。在這段期間,晚飯後的各種新知是愛娥少數覺得有趣的事,尤其是姑姑開朗而渾厚的聲音,除了散發一種安穩之感,更不知不覺在愛娥心中建立了一個接近「家」的樣子。

說起「飼豬仔」,這對愛娥來說並沒有什麼。以前她都會幫忙照顧雞鴨和莊稼,到了姑姑家也時常幫忙餵豬,有時還會和表哥拿竹編的畚箕去溪邊抓魚玩水。摸蜊仔兼洗褲,有抓到就帶回家加菜,沒抓到就當作消暑,好幾次玩到天黑才回家也沒有被罵。這些生活的點滴現在想來,都讓她非常懷念。

住在姑姑家的事情,幾個月後就被父親發現,愛娥因為害怕也只能被迫回去。後來,一切的生活回到了原樣。再後來,父親為了「花會」的新賭債又在煩惱,晚飯結束時和阿媽吵了起來,什麼「我就無錢啊,無欲按怎?」、「無錢嘛袂當閣按呢啦,伊是怎查某囝呢!」,愛娥一邊聽著,一邊收拾桌面,只看阿媽丟下一句話,就回房裡休息了。

「愛娥,咱來去喔——」父親放下手中的空杯,看從灶跤出來的愛娥沒有回應,便補充說道:「我恁妳去迌迌好無?」

「爸爸恁妳去揣我朋友開講,行路半點鐘爾。」

「遮爾晏矣,咱欲去佗落迌迌?」

「好啊!我去共阿媽講。」

「無啦,伊啊歇睏矣,後擺閣恁阿媽做伙去,咱等下就轉來乎!」

從塗厝厝到和美南邊的下山寮,父親口中的「等下」變成了兩三年,愛娥就這樣被嫁給

了胡水盛，人生彷彿進入一個永遠逃不出來的迴圈。花會的會頭對著父親說「猜呀，這次是什麼動物？」，愛娥彷彿就是那些動物，看著父親和阿媽仍然住在小小的塗墼厝，表哥一家人則因為搬去了臺北，再也無法為她庇護。

才剛到下山寮幾天，愛娥就感覺胡水盛似乎有些遲鈍，除了愛喝酒，能夠謀生的技能只有打鐵，平常也不太跟她講話互動，家裡的一切都由公婆決定。可怕的是，一開始愛娥只要在家務上不夠勤快，公公就會大聲罵她，婆婆也會在一旁幫腔，後來甚至直接抽起家裡的藤條朝她鞭去。委身遭受到這樣的對待，愛娥也是打不還手罵不還口，任由咒罵和痛楚經過自己的身體，一個人默默承受。她怎麼想都想不明白，在自己嫁到胡水盛家之前，這些家務是誰要負責？那時被責罵的是誰。現在責罵自己的又是誰？更讓她感到震驚的是，當自己忙著打理一切家務、侍奉公婆的同時，偶爾還會被嫌棄說應該要去外頭找其他工作貼補家用──這也是為什麼她現在會每天往返紡織工廠。

愛娥當然也想過放棄一切包袱到處闖蕩，去當一個報紙上寫的「新女性」，可每當抱起翠英，她就又變回了那個自己生命中不曾出現過的母親。看著案頭搖曳的燈火照映在鏡子上，蚊帳裡頭熟睡的女兒並不懂得這些。也許以後會懂，就像現在的她，認清了命運並不是自己能夠改變的，說實在的也不能夠這麼自私。除了自己，還必須想到孩子，想到公婆，想到一旁呼呼大睡的胡水盛⋯⋯多麼希望這些千絲萬縷的糾葛不是自己的命運，就再也不會纏身於其間而無法脫逃。

──「妳咧創啥！」

突如其來的斥責聲衝進愛娥腦門，全身的顫抖讓她離開了這些回憶的瞌睡之中。奇怪的是，轉頭看向門邊的她卻沒看到婆婆或別人，只有窗紙外的蟬聲嘶嘶叫喚著黑夜。

好累。好累。好累。愛娥低頭，看見左手的大拇指因為恍神和驚嚇而不慎被針尖刺傷，現在正汩汩地滲出一顆顆血珠。痛嗎？應該要痛吧，一種暈眩感讓天地倒轉。可是比暈眩感更清晰的，是那些惡毒的言語和身上的痛楚。是那些縈繞不去的恐懼讓她拿起一旁乾淨的白布，將手上的汙血擦拭乾淨。

針線在破衣服上縫縫補補，針線也在愛娥的回憶裡縫縫補補。大家只看到縫補好的衣服，沒有人看見被針線來回穿插、迴環往復的痛苦。收起這些痛苦，準備起身洗手的愛娥回頭看了看翠英，彷彿頓悟⋯⋯自己的命運不過是父親賭博的猜動物，不過是她身上反覆縫補的破衣服。

二、洗衣

「身體愛顧，莫逐工舞甲按呢。」晚飯過後，公公突然對愛娥說。

「好，」愛娥受寵若驚地回答⋯⋯「恁閣愛啉茶無？我去提水。」

「我來就好，妳緊去歇睏。」婆婆從愛娥手上拿過水壺。

「身體顧予好，囡仔才會好，知無？」公公補充。

儘管有些不知所措，但愛娥還是按公婆示意，回到房裡準備梳洗休息。

愛娥幾乎不主動要求休息。她知道一旦提出什麼要求，可能就會被覺得是在偷懶。也因此，當她的肚子隆起而眾人收起了之前的苛刻，主動關心甚至苦勸她盡量待在家裡休養身體時，她都會恐怖地猜想：這是不是暴風雨前的寧靜？不過看起來，肚裡懷著的子嗣似乎暫時保護了她。生產完不久，公公找了熟習命理的老師為她的女兒取名為「翠英」，同時喚婆婆煮豬肝和麵線給愛娥做月內補補身子，這是愛娥嫁為人婦以後，難得可以好好休息的一小段時光。

好景不常，當大家的焦點從翠英回到日常生活，公婆就又變回那副本來面目，開始對愛娥嘮叨、三不五時催促她起來做家務，婆婆後來甚至還會故意對空氣大聲埋怨有人都在家躺著，應該要出門工作。是這樣不時的冷嘲熱諷讓愛娥不得不挺起身子，從身體還沒完全恢復的狀態裡回神，操持起之前負責處理的家務，同時也外出尋找婦女能夠勝任的工作，減輕家裡的經濟負擔。

在幾日的奔波之後，愛娥幸運地在紡織工廠找到了空缺：每日午前八時開始上工，直到午後四、五點。該說是幸運嗎？幾年前的產業轉型，讓和美從原先的農業轉向輕工業，紡織工廠一家家成立，她也因此擁有了不同於洗衣的工作選擇。相較於胡水盛在市區工廠裡擔任的見習鐵工，紡織工廠的工作並不需要整天待在悶熱的環境，也不像工地的搬磚工人需要配備強健的體格，可以說是相當輕鬆的了。除了紡織工廠和洗衣，愛娥偶爾也會在街坊的介紹下兼做其他工作，比如醃菜心。不過，這樣的決定似乎讓婆婆感到很不滿──不知道是因為嫉妒愛娥能夠出門，還是因為白天的家務又落回了婆婆身上？想想自己出門工作時，婆婆必

她們將往何處去　　46

須照顧女兒，白天也沒有人服侍，會有所不滿好像也可以理解。無論如何，對於婆婆嘴裡的怨言，愛娥也只能默默吞下委屈。

說白了，這些勞動也只是為了改善家裡的環境。能讓愛娥心心念念、有動力繼續下去的，是每日工作結束後回家照顧翠英的那段時間——只不過，在「那段時間」之前，還有長長的「這段時間」。

這段時間以雞鳴為起始。

聽到雞鳴，就代表一整天的勞動開場了。愛娥必須趕在其他人醒來前起床，簡單洗漱後就到灶跤拿大鐵鍋煮糜，同時燒水準備熱茶。烹煮的空檔，愛娥回房將本來自然垂落肩下的長髮紮成一圈，出聲提醒胡水盛和公婆起床。在大家吃飯時，她每兩日要將全家人的髒衣服裝進麻袋，再把麻袋放進木桶裡，然後揹起翠英、頭戴笠仔往溪邊走去。洗完衣服後，愛娥會一邊哄著翠英，兩手提著又溼又重的麻布袋回到下山寮，放下身上的負荷，就隻身趕到紡織工廠直到傍晚。

在紡織工廠裡，愛娥每天操作著織布機，用純木棉織的材料做出寬三寸、長七尺，用來裹腳的腳白帶仔。這些完成的布料具體要怎麼纏？愛娥並不清楚，這要感謝臺灣各地的「解纏會」在她出生時正興盛，讓社會慢慢改掉了這個陋習。儘管現在幾乎沒有纏足的風氣，但裹腳布的需求還是存在，畢竟一些無法放足的老婦——比如婆婆——還是需要腳白帶仔來固定早已復原不了的腳。看著自己的「天然足」，愛娥知道自己和婆婆有點不一樣。

在紡織工廠裡，愛娥每天操作著織布機的木條間距，就不只能織出裹腳布，還可以製作尺寸更寬的布疋，反覆勞動

47　搏命

的機器在這時就有了其他用途。對愛娥來說,除了慶幸自己能用兩隻腳去行走、用兩隻腳去踩平什麼,這似乎也是某種象徵⋯⋯只要調整一下,看似被決定的未來,或許也有一點改變的可能。

然而,織布並不是愛娥的全部。

紡織工廠每週日放假,這時的愛娥就會抓準時間去找洗衣的工作。她和婦人們大都是口耳相傳,四處探聽哪戶人家需要幫忙,那天就有錢賺。

家裡附近小溪流的流速剛好,往下會繼續流入烏溪,這裡都是最適合的地點。不像拜師學藝的「西洋洗濯職人」動用松節油甚至手搖木桶洗衣機來清潔衣物,眾人必須並肩在石頭上跪著或蹲著,就著木桶的雙手以肥皂和清水用力搓揉,衣服洗乾淨以後,就放在一旁陰乾。和紡織工廠相比,溪流邊的工作對愛娥來說輕鬆許多——除了讓她想起以前玩水抓魚的美好時光,洗衣的同時也會和一小群街坊鄰居分享村內資訊。當然,更多的是交換八卦。

「愛娥,恁大家(婆婆)對妳全款遐爾歹?」

「對啊對啊,這陣仔有較好無?」

「莫閣講矣!」愛娥嘆了口氣,揮了揮手又繼續說道:「進前我佇厝內,伊就叫我出去揣頭路。這馬我佇紡織工廠揣著頭路,伊閣無歡喜,實在足奇怪。」

「伊按怎講?」

她們將往何處去　　　　　　　　　　　48

「伊講我去工廠,厝內的工課欲按怎?我恬恬聽,想袂到伊竟然共我罵,講啥『逐工去工廠毋知是去趁錢亦是去討客兄……』。」

「傷諏矣啦!」太超過

「按呢妳趁的錢敢有夠?」

「有一个內地來的新工作,聽講叫啥物『女給』,會用趁足濟錢。」

「我嘛聽講彼个趁足濟呢。」

「彼个是啥咧做啥?」愛娥聽到後,趕忙放下手上的衣服轉頭追問。

「我嘛毋知,敢若是佇『咖啡店』,逐工攏穿甲真媠按呢共人客開講。」

「咱遮敢有『咖啡店』?」

「應該是無,會當去彰化佮鹿港看覓咧。」

「莫閣想矣啦,這攏毋是咱的代誌……」八卦,生活,生活,八卦。

表哥幾個月前曾經回來彰化一趟,剛好在和美街上被下工回家的愛娥遇到。表哥敦厚但難掩興奮地和她分享起臺北的食衣住行,相比在和美的生活有著許多差別:衛生紙、夜店、夜市抽水馬桶……在比較熱鬧的街區道路上,甚至鋪了黑色的柏油。不過,雖然自動車在柏油路上可以移動得非常平穩,但被太陽長時間地照射後,路面只要被鞋子用力踩踏就會下凹,脫落的瀝青甚至會黏在鞋底、露出粗砂石的底層。

簡單交談後,表哥把身上幾冊最近新買的書刊拿給愛娥翻閱,什麼《小說月報》還有幾本薄薄的白話詩集,都是在剛開幕的文化書局買的。在過往的書信聯絡中,愛娥得知姑一

49　搏命

家在臺北的買賣遇到了一些問題，表哥則開始在私塾擔任漢文老師。唉，無論是經商、女給或是老師，這些都離自己太過遙遠——聽到隔壁洗衣婦講的「這攏毋是咱的代誌」，愛娥至今的生活彷彿被這些八卦一語道破，內心震盪了好久。

真的只能這樣了嗎？儘管洗衣和紡織都算是謀生技能，但再怎麼任勞任怨都只是勞動者中的一個，她一直在尋找更好的選擇，甚至不時偷偷隻身走到彰化街上尋覓其他的工作機會。不過，原先打聽到想說可以試試看的各種可能，都因為地理位置的關係而作罷，畢竟來回和美需要花費太多時間。聽著洗衣的眾人閒聊，愛娥也只能繼續擰乾手裡的溼衣服，看布料被旋轉、壓縮而產生無數皺褶，水珠就這樣從縫隙中不停不停滲出來——只要用力擠，總還是有水的，這就是布料的韌性。人也有韌性嗎？低頭看向木桶裡頭被擰出的水，水面晃悠悠地映著自己的倒影。愛娥將木桶倒空，讓倒影隨波逐流。

刷洗。然後擰乾。然後再刷洗。然後再擰乾。愛娥拿起另一件溼衣服，小小的剪裁一看就知道是翠英的，剛才尋找新工作的念想便全都斷在了這一刻。她一直在尋找更好的選擇——選擇，選擇，胡水盛的妻子、父親的女兒......除了成為紡織工廠的勞動者，其他從來都不是自己選擇的。在河邊的愛娥倒空木桶像是把自己的思緒倒空，告訴自己一定有更好的選擇。現在唯一要做的事情，就是洗好衣服，然後好好活著。

她們將往何處去　　50

三、烏青

儘管曾經跟著表哥一起讀書，但愛娥也並不是認得所有字，有時候還是會遇到不會寫的字。好消息是，生活周遭無論是紡織工廠的同事，或者是一起洗衣的婦人，有幾位受過教育而會寫字的，愛娥時常趁著勞動的空檔厚著臉皮去請教她們。夜晚寫完信的她，會在隔天工回家的路途中，順道走去郵便局寄信給住在永樂町的表哥。寫信和寄信，是她每日工作和家務勞動之外，少數留給自己的時間。

自己的時間。在家庭壓力的環繞下，愛娥在自己的時間和不是自己的時間當中試著突圍，但每天的生活卻彷彿是無盡的迴圈：從工廠離開後再回到工廠，棉質的、麻質的、加工布料的，她每天和這些千篇一律的材質混在一起，僅有的福利就是家裡的麻袋從來不缺，甚至有時會多到被風吹落在地上，需要整理。

「袋仔會記得要囥佇柴厝。」愛娥從灶跤出來，對胡水盛說。

「塗跤，這袋仔要提去柴厝。」看胡水盛沒有回應，愛娥以為是他沒聽到，指著散落一地的空麻袋再說一次。

「妳欠拍是毋！」突然的大吼嚇到了愛娥，她趕忙彎腰撿拾地上散落的袋子，但胡水盛並沒有要放過她的意思：「逐工聽工廠乒乒乓乓，轔轔琅琅做到雙頭烏，轉來閣愛看妳佇遐變鬼變怪！欠拍——欠拍——實在有夠欠拍——」

搏命

放下手中的麥仔酒，胡水盛拿起一旁的藤條，每罵一聲就抽打一次，愛娥因為害怕而不停抬手遮擋，藤條幾乎都打在了手臂上，造成許多肉眼可見的紅腫和破皮。鞭打和哀嚎的聲音在空氣中迴盪，直到愛娥最後不堪痛楚終於跌坐在地上，一旁全都看在眼裡的婆婆才假好心地揮手制止，從房裡走出的公公也出聲警告愛娥不要吵，翠英還在睡覺，吵到鄰居就不好了。

這樣被莫名打罵的生活並不是最近才開始。

早在被迫嫁來下山寮以後，就持續到現在，只有懷胎那時短暫停止，翠英出生後又成為了愛娥的日常。好像只要待在這個地方，一切都無法改變。無法改變卻又不想習慣這一切的她只能躲在房間裡，趁著翠英哇哇大哭時默默啜泣——一邊抱起來哄，一邊用女兒的哭聲掩護自己的哭聲。真的只能這樣了嗎？愛娥曾經借住了一小段時間，表哥一家搬到了臺北，難道她就不能去臺北嗎？在哭聲中胡思亂想，愛娥覺得這不是一件不可能的事。但應該怎麼做？無緣無故帶著孩子不告而別，任誰都會去找警察大人處理，被發現後一定會遭遇更大的毒打。總而言之，這件事情不能夠太過草率，而且短期內也無法解決，就先暫且把日子過下去吧。想著想著，愛娥把翠英哄睡之後便趕緊去梳洗，同時仔細檢查、用毛巾擦拭自己手上的傷，準備面對明天的工作。

「愛娥？」

在下工回家的路上，一位穿著整齊、氣質優雅的女子朝愛娥的方向打了聲招呼。

「妳是⋯⋯」對於不熟識的人準確叫出自己名字，愛娥愣了一下。

她們將往何處去 ⸺⸺⸺ 52

「我是金蘭啊！真正是妳，我拄才想講我看毋對去！」

金蘭是以前住在表哥隔壁的同班同學，他們那段時間常常會一起到河邊玩。公學校畢業後，她在家人的支持下遠赴內地留學，最近才又回到了彰化，整個人從髮型到氣質都和以前不太一樣，讓愛娥一下子沒認出來。談起留學的那段日子，金蘭笑說自己一開始其實有些不習慣——從基隆港上船前往東京的航程中，可以感受到一種清新脫俗的氣息越來越明顯，周圍少了那種四季纏身的熱氣和溼氣。除了體感上的幽微差異，每次進港都可以看到碼頭上的搬運工人，一箱箱地抬著南國的茶葉、水果、砂糖、樟腦，用來包裝的麻袋和愛娥手上的還有點像呢！此外，除了平常都用國語對話，內地和本島的生活也有很多差異。那時租的公寓窗戶上，裝飾著少見的「ラヤ」——一種鑽石形狀的花玻璃，精準鑲嵌在檜木的窗框之間，不像和美的窗戶油紙會透風。

「妳的手哪會按呢啦！」

一陣交流寒暄過後，金蘭才注意到愛娥手臂上的傷痕，有些驚嚇地大喊。高頻率的叫聲頓時引來一旁豆干攤販的關心，金蘭身旁的兩位女性也轉身過來加入談話。

「我有藥仔，我揣一下。」站在一旁、看來十幾歲的女孩從布包拿出藥膏，細心塗抹著愛娥手臂上的烏青。

「哎唷，妳有按怎無？」另一位身材高䠷的女性也關心起她。

「這豆干請恁食，愛好好照顧家己啦。」大家生活畢竟都不容易，攤販看著愛娥手臂上的傷，好心分給她們幾塊豆干吃，然後談起自己看過很多在家裡遭到毒打的女性，令人不勝唏噓。

53　搏命

在金蘭的介紹下，才知道剛剛幫忙擦藥、立志成為護理師的女孩叫作翠玉，旁邊稍微年長的王琴則是學校老師。她們是婦女共勵會的成員，現在都住在彰化街上，今天要去拜訪老師而恰好經過和美。對於自己的烏青突然成為眾人的焦點，愛娥覺得有些不好意思。

「妳對婦女共勵會敢有興趣？」金蘭解釋，這是她們和一些公學校老師一起成立的組織，有時候會請先生來教漢文，大家也會讀報、學習國語和羅馬字。說起婦女共勵會，一開始其實是為了改革各種陋習才成立，後來加入語言學習後，參與的狀況才變得比較踴躍，甚至還有踢球、唱歌等不同領域的交流活動，翠玉的護理知識也是在裡頭學到的。

聽到這樣的形容，愛娥頓時提起了興致。畢竟在離開姑姑家之後，自己平時也沒有什麼學習的機會，要寫信時有些字也不知道怎麼寫。說不定這些活動真的能夠讓自己學到更多知識？

「我上佮意演講會，」不等愛娥回應，王琴像是在教室上課一樣，開始熱情地分享⋯⋯「每个月頭一个拜六，阮攏會做伙討論。我閣記得頭一擺講演會有一个白目仔下跤共阮嗆聲，連鞭笑阮講這攏無效啦，連鞭閣洗其他替阮講話的查埔，實在是足可惡的⋯⋯」

一下子又挖苦一下子亂講。

聽到王琴說有次的演講會聽眾來了三千人，愛娥起初懷疑她們是不是為了哄騙自己加入才亂講。不過，加入並不用繳錢，而且還可以認識一些志同道合的朋友，好像也不是一件壞事。思考了一下，週末不用上工的時候，其實可以參加每月在天公壇或彰化座的例會，到時候，再看看吧？愛娥手臂擦過藥的地方冰冰涼涼的，確實感到舒緩了一些。謝謝她們的關心後，她和金蘭各自留下了地址，說之後有任何問題都可以相互聯絡。

儘管沒有答應參加婦女共勵會，但走在回家的路上，愛娥似乎多了些勇氣來面對現實，

她們將往何處去   54

四、眠夢

對自己的未來產生了一點希望——善良不只出現在姑姑一家，還有這一群女性勇敢追求著知識，對不合理的社會現象提出看法。這些善良都是一種選擇，但愛娥發現自己的一切好像都不是自己選擇的？如果可以選擇，當然要選擇生在姑姑家或金蘭家，這樣就不會遇上這些難以處理的事情，所有讓她倍感疲憊的家務也不至於要獨自承擔。昨夜的胡思亂想又從心頭浮了起來：如果當年有勇氣拒絕父親，過去是不是就不會過得那麼辛苦？又如果嫁給胡水盛？如果自己能夠早一點接觸到婦女共勵會，現在是不是就不會過得那麼辛苦？又如果翠英繼續在這個家裡面成長，未來是不是也會擁有和自己一樣的命運？想到晚飯還等著自己做，愛娥打斷這些思緒，加快腳步往家裡走去。

明朗、公正、剛健，這是表哥公學校的校訓，姑姑時常要他記在心裡，因為常在表哥旁邊聽訓、複習課業，愛娥也就跟著記得了。這些以前不經意學到的詞，有點虛幻，有點遙遠，但又帶著一點理想在裡頭，每每回想就彷彿有了繼續勞動的力氣。愛娥知道這些勞動為的不只是自己——愛娥不要翠英像自己。

明朗、公正、剛健。

儘管有理想的加持，但這陣子的紡織工廠趕著出一批貨，從早到晚所有的女工都必須加緊手腳，這對於下工後還要趕回家準備晚飯的愛娥來說，無疑增加了許多心理和生理上的負擔。

「組長,今仔日我欲先下工矣。」

「妳猶未做了就欲走?」

「歹勢,我明仔載一定會做予好勢。」

「按呢妳今仔日的錢愛捏起來。」(扣留)

「無我替伊做敢會用?」(可以嗎)

一些同事看到愛娥的情況便為她抱不平,出聲求取一些通融,但似乎於事無補,甚至讓事態的發展越來越嚴重。

「妳家己的攏猶未做了,按呢怎的薪水攏愛先沒收。」

「敢有這款道理?」

「對啊,曷有一个按呢對待人的?」(怎麼有)

「恁繼續吵無要緊,我嘛是聽人辦事。」

組長丟下這句話後就若無其事地離開,留下一群錯愕的女工暗自咒罵。組長自己也是女性,應該要能夠體諒她們的處境,不知道為什麼要這樣苛刻,甚至沒有任何通融的空間?大家當然都知道最近的訂單是真的很多,生活的壓力讓工廠無法喘息。要罵的話,其實也不能罵組長,應該要罵工廠裡頭更上層的人。大家畢竟都是為了討一口飯吃,誰會想要無端承擔犯錯的風險?

對愛娥來說,工廠裡的織布活和在家裡侍奉公婆,是兩種不同的風險,這兩種風險是平行的⋯組長看到進度落後時會斥責愛娥,婆婆看到她在家務上有遺漏時,也會抽起藤條揮來。照道理來說,組長和婆婆雙方並不知道對方的存在,可是若沒有組長鞭策,婆婆就無法

她們將往何處去 56

使用腳白帶仔,而若沒有婆婆的種種凶惡責打,愛娥一開始也不會去工廠工作,聽命於組長的指令。是如此永無止盡的迴圈包圍著愛娥,像是時間。

傷口痊癒也需要時間。隨著藥膏的塗抹,傷口會結痂、脫落而由新長好的皮膚所取代,但此時往往又會有新的傷口出現。也因此,愛娥的手臂看起來總是掛著烏青和一條條紅色的痕跡,有時候還可以看到深紅色的結痂,但是這並不表示傷口一直沒有痊癒,反而表示傷口一直在痊癒。或者更精確地說,愛娥手臂掛著的不是傷口,更像是看得見的時間。日子是跟著手臂上的傷口而前進,跟著塗抹的藥膏而前進,跟著結痂的脫落而前進。這一切不過是時間,而沒有人能夠逃離時間。時間是可以忍受的嗎?來來往往的傷口對愛娥來說還可以忍,畢竟都只是身上的感官,忍著忍著,也就慢慢可以承受了。說要習慣也並不那麼習慣,為的不過是翠英的未來──除了上學,愛娥心想未來也要讓翠英多多參與各種活動,增加各方面的能力。或許也可以讓她去參加婦女共勵會?

連日的勞動讓愛娥有些恍惚。當她疲憊不堪地回到房間、擦著翠玉給自己的藥,想到翠英的名字也有個「翠」,愛娥的心中就浮起了一點親切的感覺。翠玉的年紀介於自己和翠英之間,卻已經如此體貼、懂得照顧別人,這應該是多麼難得?她的家庭一定給了她很好的環境,翠英以後也會像翠玉一樣,成為這樣善良的人嗎?在昏昏沉沉的暗夜裡,愛娥一邊想著,手臂上的破皮好像也在擦藥的過程中,被隱隱給予了一種祝福。

睡夢中,愛娥好像才剛剛回到房間,小聲叫著「水盛仔」,確認對方已經呼呼大睡。突然就感覺到窗格外透入的光亮。怎麼已經天亮了?這些吵雜聲好像是雞啼?迷迷糊糊地睜開

眼睛，愛娥急忙起身下床，匆忙整理衣物準備出門。所以現在是夢中嗎？朦朧之間，她看到窗外散發出一陣陣光亮。意識到剛才的雞啼和起床只是夢，愛娥趕緊起床梳洗、煮飯，提醒全家人起床，洗完衣服的她趕緊大步走向紡織工廠，深怕遲到又要被組長扣工錢。

走著走著，才發現剛剛窗外的光亮並不是早晨的日光，而是一輪皎潔的月光，街邊的一盞盞路燈甚至還亮著；雞鳴也不是雞鳴，而是一種轟然的白噪音，現在還是午夜。怎麼會搞出這樣的烏龍？彷彿在做夢。剛剛不是還在煮飯、洗衣嗎？分不清楚現實和夢境，愛娥此時也不好再走回去，深怕會再次錯過起床的時間，只能又睏又餓地坐在工廠門口的石階，慢慢等著天光。

……

到底是不是夢？太過勞累的愛娥從夢中驚醒，深吸了一口氣，發現自己正在柴房，手裡提著煤油燈。這裡除了木柴，還堆放著平常用不到的雜物。回想起那次偶遇金蘭，儘管彼此沒有約定，但愛娥之後的每個月都會在和美街上的廟埕遇到她們幾次。聽她們分享各種演講會和例會發生的事情，彷彿和自己所身處的現實是兩個世界，但當作故事聽來也頗富趣味…什麼通俗文化講座被禁止、什麼新文明劇的演出正在準備……如果在另一個世界的愛娥沒有生活壓力，能夠參加各式各樣有趣的活動，那該是多麼幸福的事？想歸想，這些要花費的時間和心力想必不是一般婦女可以負擔的——光要出門都不太可能了，更何況還跑去參加什麼團體。

愛娥也會和她們分享自己和表哥的通信。寫什麼呢？愛娥在信中大多記錄翠英的日常，當成日記來寫，有時也會談到工廠裡的生活，總之就是刻意隱藏了在婆家遭遇的種種委屈。儘管如此，在來回的問候之中，還是讓表哥一家察覺出了端倪——一次的回信中，表哥寫道姑姑和姑丈都非常樂意幫忙，如果有任何需要都可以上臺北。但自己怎麼能？雖然表哥沒有明說，愛娥也知道他們一家的買賣遇到困難，否則表哥怎麼還需要去私塾教課？讓自己造成他們額外的負擔，那就太說不過去了。身體的事情能撐就撐吧，即便不知道還能撐多久，如果真的有什麼事，再看看也不遲。總之，不能讓姑姑一家人擔心就是。

有時愛娥會想，要不然就生一場大病，自己也許就能和懷胎那時一樣被好好對待，不會有人逼著自己四處張羅家務，工廠也不會這麼咄咄逼人。光是每日工廠的勞動就已經消耗一大半的精神，如果胡水盛和公婆變本加厲地責罵鞭打，她也真的不知道能夠承受到什麼時候。這陣子她已經好幾次做事做到一半打瞌睡，分不清楚是在做夢還是在工作——夢中也在工作，生活的折磨像是永遠也逃不掉。如果能像翠英一樣該有多好？每日每日被悉心照料著，不用擔心會被毒打，只需要好好地睡眠，一切就會往好的方向發展。

……關起柴房的門，剛剛因為太過疲憊而打瞌睡的愛娥稍微清醒了一些，坐在門邊的矮凳上，隨手翻讀一旁放著的報紙。

小小的一行字「婦人會解散」映入眼簾——愛娥心裡一驚，應該不是金蘭她們的婦女共勵會吧？不是才聽她們講到之後的活動嗎？但事情也很難說，說不定一切都是夢……？不知道發生了什麼事，煤油燈的火苗突然飛上一旁散落的麻袋。這種材質本來就乾燥易燃，碰到

59　　搏命

一點星火便整個燒了上去，加上夏天夜晚燥熱的氣溫，整間柴房一下子就轟地燃燒起來。一定要小心，如果燒起來就完了。

不對，這是真的燒起來了。當燃燒的黑煙竄到愛娥眼前，她才驚覺這不是在做夢，必須趕緊滅火。愛娥用手上的報紙試圖壓制火焰，卻沒想到反而燒得更旺，讓她不得不趕緊打開門逃出來。看著裡面的木柴和工具，明明現在要做的是求救，但喉嚨卻怎麼都叫不出來。過了幾秒，她才像是驚醒一樣，向四周大喊。

「火燒厝矣！火燒厝矣！」

五、母親

愛娥隔天沒去上工。

再隔天到工廠時，組長和之前一樣神情嚴肅地扣了她工資，從剛剛發下的工資袋裡頭抽走幾張鈔票。雖然被扣了工資，但同事們並不如愛娥想像中那樣取笑她，反而大多面露一種同情甚至是佩服，一聲聲「辛苦矣」，彷彿她是個英雄。同情可以理解，佩服又是怎麼回事？愛娥不明就裡地問著她們，她們只笑笑地不說話，眼神中還把她手臂的傷口當成榮譽的徽章。工廠裡的幾十名女工好像受到鼓舞，言談之中甚至還在討論要罷工，希望組長和工廠可以提高工資，改善整個工廠的環境。

她們將往何處去 60

把愛娥當成英雄的情況並不只在工廠裡。回家的路上，豆干攤販遠遠地看到愛娥經過，便開始大力揮手、鼓掌吆喝。一問之下，才知道整件事情已經被傳開──大家知道她在家裡被欺壓，都認為這場大火是她反抗的行動，不波及生命的同時也清楚展現了一種不合作的態度。

「烏溪對面彼間城北病院進前著火，規片山林仔攏燒了了。猶毋過，攤販開始抱怨自己不久前因為細故遭到巡查痛打，繳了罰金兩圓後才被放出來。愛娥知道除了自己之外，大家都有著各自的難處，不公不義無處不在。

雖然不是發生在和美，但那場大火愛娥還深深記得。在洗衣時，她看見遠遠的山上聚集著一團烏雲，這些烏雲越來越高、越來越高，她還和一起洗衣的婦人們開玩笑地說等等要下雨了。然後才發現這根本不是烏雲，而是因為火災而往上竄升的黑煙，山那頭的整片樹林就在一團黑煙之下被燒個精光，可以想見當時的火勢之大，只不過沒想到重建一棟房子那麼快。按照大家的想法，自己把柴房燒掉也許並不是不小心，而是一種故意的反抗了？想到這裡的愛娥忍不住笑出聲，這些荒謬的想法好像讓她找到另一個自己。

愛娥沒有和工廠同事說的是，火燒厝隔天她沒去工廠，並不全是因為要整理燒掉的柴房。火勢撲滅以後，公公、婆婆和胡水盛在門口向鄰居說明、道歉，處理完這些瑣事後，就在大廳的神明桌前把愛娥毒打了一頓──不只揮起藤條，還拿粗硬的木棍打下去，後來甚至把她關在房間裡反省一整天。儘管自知理虧，也一直靜靜忍受這些痛苦，但愛娥再會忍痛也無法負荷這樣凌厲的折磨。

再隔天，她趁著公婆還沒起床，就悄悄出門去了工廠。無論如何，自己一定要想辦法先暫時離開這裡。這時的工廠不再只是勞動、賺錢的場所，更是自己的庇蔭。

……準備下工時，愛娥想起自己好久沒有回老家了，於是便拖著疲累、受傷的身軀，特地繞到老家。其實塗厝厝和下山寮距離並不遠，只是她平時從沒有想過要回去。每每想到自己現在的處境就是父親給的，誰還想回去看那塊傷心地？遠遠看到阿媽彎腰在門口掃著地，愛娥的眼淚就像烏溪的水，源源不絕地往下流淌，哭倒在阿媽的懷中。也是在這短暫的對話中，她才知道這陣子家裡發生了什麼事。

因為街道拓寬，派出所從家裡挖走了一塊地。原本父親和保正談好不挖地，後來保正竟然和派出所的警察官私下談好別的條件，說父親賭博、欠債、不值得信任，當官的兩人也就同意不再對這件事情發表意見。對村民來說，道路從八尺修到一丈八尺寬，的確讓交通更加便利，但犧牲的就是父親的土地。

想起紡織工廠的大家正在組織罷工，愛娥其實沒有那麼遠大的抱負，只想和翠英好好生活。她可以理解大家的想法，畢竟自己也是受了這麼多的委屈走過來的，她知道只有勇敢才能夠改變命運。阿媽也說，如果工廠真的忍受不了，就找機會離開，大家都能夠理解的；而如果胡水盛他們一直欺負下去，離開也是一種選擇，她會替愛娥保密。

阿媽的一番話點醒了愛娥，畢竟這並不只是自己的事，更和翠英息息相關。為了翠英的未來著想，這種家庭繼續待下去，只是重複相同的迴圈罷了。不過，真的離開的話，大家會站在自己這邊嗎？想著想著，愛娥就在路上遇到了金蘭她們。

她們將往何處去 62

像是第一次見面時那樣，她們對於愛娥身上的各種新傷口面露難色，並熱情地關心她，聽完解釋後更氣憤地叫她離開這樣的家庭。離開的想法倒是有過，但離開這裡還能去哪？如果離開本身就是目的，離開後再找去處也不遲。可是，公婆也可以找人把她抓回來，甚至去找大人來處理……這件事情並不如想像中簡單，討論看似陷入了僵局。

王琴以老師的角度有條理地分析：愛娥認識的人其實沒有很多，除了公婆和胡水盛，也只有工廠同事、父親、阿媽和表哥一家，公婆和胡水盛不用說，工廠辭職就好，阿媽也已經支持她離開，那就只剩下表哥一家。金蘭也附和，說既然愛娥和表哥平時會通信，那這次就由她代寫一封信，和表哥說愛娥在連日勞動中發了瘋，甚至加油添醋說愛娥死了請他不用再寄信了，這樣做，也許就能斷開聯繫和往後的風險。愛娥不想要傷害誰，只希望大家不要再傷害自己，並讓翠英慢慢吞下。……回到家，愛娥做好了晚飯，在灶跤填飽肚子後就回房照顧翠英，像平常一樣，端起熱呼呼的糜一口口餵著，愛娥小心地讓每一口都不至太燙。看著這麼小、這麼乖巧的女兒，愛娥想到自己也是別人的女兒，為什麼會遭受到這樣的對待？思緒讓她重新回到一種渾沌的狀態，彷彿真的只有勇敢逃離這一切，才能夠獲得新生。梳洗過後，愛娥看著已經熟睡的胡水盛，以一位妻子、一位媳婦、一位勞動者的身分在桌前執筆寫信，留給胡水盛和公婆最後的話。這些身分都太累了，她想要先做好一位母親，給翠英一個自己沒有的母親的記憶。

有風從窗框縫隙透了進來，油窗紙在案頭燈的照映之下微微晃動，提示時間正不停流逝。愛娥將寫完的信紙壓在鏡子之下，拿起近日縫補好的衣服，是這些補好的衣服帶著她走

63　搏命

到了現在，也將繼續帶著她走向未來。無論未來是否會比現在辛苦，至少這次是自己選擇的。

現在，是她自己的時間。

夜晚，愛娥手握金蘭給的地圖，想著等等要從和美往彰化街上走去，順利的話，天光亮起前就能抵達車站。彰化往北分成了山線和海線，總而言之會先經過臺中，再往北可以到臺北城。或許可以先到烏溪對面的城北醫院找工作？也或許可以到臺北去闖闖看。不管往哪裡日子一定會比現在好。

「咱來去喔——」愛娥揹起熟睡中的翠英小聲說道，然後吹熄案頭的煤油燈，在黑暗裡挺直身子向著門外走去。她在月光下的身影，彷彿自己記憶中未曾謀面的母親。

參考資料

〈彰化設婦女共勵會〉,《臺灣民報》第 3 卷第 7 號（1925 年 3 月 1 日）。

〈婦女共勵會第一次開會〉,《臺灣民報》第 3 卷第 10 號（1925 年 4 月 1 日）。

〈彰化婦女共勵會注重體育〉,《臺灣民報》第 3 卷第 17 號（1925 年 6 月 11 日）。

〈一言奉勸〉,《臺灣民報》第 71 號（1925 年 9 月 20 日）。

〈婦女共勵會之活動〉,《臺灣民報》第 71 號（1925 年 9 月 20 日）。

〈小百姓的呼冤──彰化生投〉,《臺灣民報》第 152 號（1927 年 4 月 10 日）。

〈巡查濫用職權〉,《臺灣民報》第 197 號（1928 年 2 月 26 日）。

〈婦人會解散も辭せぬ〉,《臺灣新民報》第 391 號（1931 年 11 月 21 日）。

片岡巖,《臺灣風俗誌》（臺北：臺灣日日新報社,1921 年）。

卓淑儒,《彰化縣和美鎮聚落發展之研究》（彰化：國立彰化師範大學地理學系碩士論文,2005 年）。

洪郁如,《近代臺灣女性史：日治時期新女性的誕生》（臺北：國立臺灣大學出版中心,2017 年）。

高梅珍,《彰化縣和美鎮人口成長與聚落發展之研究》（彰化：國立彰化師範大學地理學系碩士論文,2008 年）。

翁聖峰,〈日治時期職業婦女題材文學的變遷及女性地位〉,《臺灣學誌》第 1 期（2010 年 4 月）,頁 1-31。

許舜傑,〈同文下的剽竊：中國新文學與楊華詩歌〉,《中外文學》第 44 卷第 1 期（2015 年 3 月）,頁 63-104。

楊守愚,〈貧婦吟〉,《臺灣新民報》第 353 號（1931 年 2 月 28 日）。

楊守愚,〈洗衣婦〉,《臺灣新民報》第 405 號（1932 年 3 月 5 日）。

楊華,〈一個勞働者的死〉,《臺灣文藝》第 2 卷第 2 號（1935 年 2 月 1 日）。

楊華,〈薄命〉,《臺灣文藝》第 2 卷第 3 號（1935 年 3 月 1 日）。

楊華,〈女工悲曲〉,《臺灣文藝》第 2 卷第 7 號（1935 年 7 月 1 日）。

楊翠,〈散播婦女解放意識的種子〉,收錄於范情等著,《女人屐痕（I）：臺灣女性文化地標》（臺北：女書文化,2014 年）。

鄭維國,《和美紡織業與地方社會變遷之研究》（臺南：國立臺南大學鄉土文化研究所碩士論文,2004 年）。

錦連,〈關東軍・糖果球・紅電燈〉,《臺灣今昔物語》（高雄：高雄市政府文化局,2011 年）。

消失的蜘蛛

——阮芳郁

> 我被龍的哀號給打動，硬是忍住了即將奪眶的淚水。說什麼寂寞，什麼孤獨，這世上不是還有更慘的人嗎？明明有人連好好吃飽都沒辦法，你卻一路喝酒到天亮，顧影自憐，落下天真的眼淚。真是墮落啊。不折不扣的墮落。
>
> ——吳天賞，〈蜘蛛〉

一、候鳥

沿著高圓寺車站的對街直走，第二條巷子左轉進去，惠美子走進一棟十餘年的木造建築。建築裡，鋪上榻榻米的和式地板散發著淺淺的霉味，步行其上，也不時發出嘎嘎嘎的傾軋聲。

第一次來到這棟木造公寓，惠美子的心裡是猶豫的。高圓寺與她過往住在橫濱的溼濡街景截然不同，這裡的空氣瀰漫著一股乾燥、古老卻輕盈的氣息。她站在門外，深吸了一口氣，把袖口理好，才敲了門。

房東太太是親切的婦人，比惠美子想像的更健談，對待她的態度意外友善。「妳從橫濱

她們將往何處去 68

來嗎？那也不算太遠。這房子住過不少臺灣的學生，現在也還有，他們都是很好的年輕人啊。」房東太太說道。

「啊，說到臺灣，我有一個朋友小夜，曾到臺灣的咖啡店做女給，她也不只一次告訴過我那是個好地方。如果能夠在臺灣人聚集的高圓寺生活，感染臺灣的氛圍，是再好不過的事了！」惠美子輕巧卻又委婉地稱讚了房東太太，讓對方不經意地卸下心防。

相比於入門前的困窘，與房東太太碰面後的惠美子顯得從容許多。事實上，惠美子離開橫濱時只帶了一只行李、朋友的介紹信與孩子的照片，便決定來高圓寺重新開始。她沒有告訴房東太太的是，自己的丈夫早已失去行蹤，留下一筆不小的債務和一個年幼的孩子；她也沒提到自己曾在咖啡店工作，小夜就是她在咖啡店的同事。

高圓寺是人們過渡、中繼與不斷遷徙的駐足之地，臺灣留學生多半也只在此地借住幾年，便再度啟程前往他處。惠美子心想，也許她與留學生來高圓寺的目的相近，此地恰能成為他們的歇腳處。

他們猶如候鳥。

那天晚上，她在巷口搭起了攤子，用僅有的盤纏買了一個燈罩和幾樣簡單的材料，並開始擺設餐具。她將小吃攤取名為「Epoch」。忘了這是哪個客人告訴她的英文詞彙，聽說這個單字隱含「新時代」的意味。

夜空裡幾顆星星閃爍，她感覺屬於自己的新時代即將來臨。

二、二樓的寄宿處

「惠美子小姐，歡迎妳入住。如同剛才提到的，現在二樓也住著幾位臺灣的留學生。對留學生來說，高圓寺位在東京近郊，距離不算太遠，交通便利之外，房租也相對便宜呢。」房東太太一邊看著惠美子簽立租屋合約書，一邊和藹地解釋，娓娓道出這棟公寓至今的故事。

她們的對話彷彿登上階梯，傳入二樓的走廊。二樓左手邊的第一間房裡，吳天尚剛起床不久，恰好聽見房東太太與惠美子提到了「臺灣」。吳天尚來自臺中，對於那位以日語提及自己家鄉的女性，就算未曾謀面，也讓身在異地的他倍感親切。

吳天尚知道，房東太太特別照顧他們這群來自臺灣的留學生，甚至到了過分關心的地步。她時常提起一位名叫「陳有義」的留學生，不僅相當思念他，還會勸誡吳天尚千萬不要像他那樣，為了理想而投入反政府運動。

從二樓房間推開窗，能夠清楚看見底下的行人，有時，行人嘴裡的煙霧直接鑽入不夠緊密的窗戶，伴隨著那些被反覆咀嚼的小道消息。然而今夜，當外頭的街燈被點亮時，吳天尚不經意地看見一間未曾見過的小吃攤，簡單寫著攤名「Epoch」——正是惠美子的攤子。

惠美子總在小吃攤收工後，走進巷底再繞回公寓，回到二樓的房間。她知道這棟公寓裡住著不只一位臺灣人，也聽聞過房東太太談起那些留學生，尤其時常聽到陳有義。

「千萬別參加社會運動，別像有義先生那樣⋯⋯」惠美子曾聽房東太太這樣勸著留學生。關於社會運動的話題，惠美子其實並不真的在意，尤其是在曾擔任左翼團體聯絡人的丈

夫失去行蹤後。然而，她並不因此自艾，她將孩子託付給故鄉的家人後，來到這裡從事深夜的勞動，儘管加倍辛苦，但她不願輕易放棄。她明白那些在咖啡店高談革命與正義的知識分子，如同她的丈夫，也如同他們口中的主義，都只是泡影。

她唯一能做的，就是讓自己每天都活得像「惠美子」，追求屬於自己的新時代，而非誰的情人、太太、母親或姊妹。

與惠美子同住在二樓的臺灣留學生中，不少人到過她的小吃攤。然而，其中唯獨一位名叫「龍」的，每回來總是徒增惠美子的麻煩。

夜裡，回到高圓寺的龍，時常從巷口直往底端的 Epoch 走去，沿路大聲地吟誦自己作的詩句。

事實上，惠美子對這樣的男性並不陌生，熱烈、浪漫、衝動，同時非常脆弱。龍第一次來到惠美子的小吃攤時，臉上洋溢著熱情，揚言要「戀愛、創作、寫作至死」，下次再見時，他醉倒在小巷口，口中喃喃唸著「女人與文學」等不成句的片段話語。

他們來了又走，說過即忘，寫下的詩句往往只為了感動自己。

惠美子將站不穩的龍扶到小吃攤，並讓他坐下，端了一杯酒遞到他面前，「哪，臺灣的大詩人。」她笑說，帶著一點玩笑意味，但也隱藏著一道無形界線。

惠美子知道，龍很快就會向自己提出戀愛的要求，然而龍並不真正認識她，而是需要一個像她這樣的女性角色，來為自己的文學上色。

她並不打算回應這份要求。

71　　消失的蜘蛛

三、本島青年的文藝夢

關於龍，住在二樓的吳天尚也有話要說。

事實上，吳天尚對社會運動不太有興趣，他是為了從事文藝活動才來到東京。兩年前，吳天尚剛從臺中師範學校畢業，同屆的畢業生熱烈討論著即將前往服務的公學校時，當時本應依約赴任教職的他，卻鼓起勇氣，支付了違約金轉而到內地留學，這一決定，就連吳天尚自己也感到詫異不已。

「現在不出去的話，將來是更沒機會了⋯⋯」他經常這樣自我勸說。

他清楚知道，自己的家庭束縛沉重得令人窒息，例如早在畢業之前，父母早已請教會牧師到彰化的李家說媒，一切都幾乎安排好了。然而，那股「再不出去就沒有機會」的騷動，在吳天尚的心底持續醞釀、擴大著。

帶著家人的不諒解，吳天尚來到了日本。然而，真正讓他堅持這個選擇的，不是其他人，正是他的同窗龍。

「吳君，要去內地了嗎？真是太令人興奮、太恭喜你了！」龍聽聞後，興奮得大聲叫著。

「話雖這麼說，我的心裡，還是有猶豫的，父親已請牧師說媒了，我並不知道自己這樣做⋯⋯」

「吳君，別傻了，內地是一定要去的。在內地，不僅能嘗到自由戀愛的滋味，更能追尋

我們的文藝夢。說媒這種事，一點也不現代，這不正是我們這樣的文藝青年所要抵抗的嗎？」

「是啊，龍說得沒錯，吳天尚心想。要去內地，一定要去內地。只有內地，才能使自己蛻變成真正的文藝青年。」

對於那個年代的本島文藝青年而言，能夠到內地生活一段時間，是他們的共同夢想。就讀師範學校期間，吳天尚與龍經常和校內的文藝同好，在課後到車站附近的中央書局翻看文藝雜誌，上頭刊登了當時前往內地的作家留學生活，有在租屋處與房東女兒相戀的軼事，有在東京街上或車站的奇遇，讀著讀著，他們彷彿乘著文字，來到東京。

「能去內地念書，是我們本島文藝青年最大的願望了！我是不得不先去工作的，等我在公學校任職屆滿，也想去內地看一看。」龍的話裡難掩羨慕。

龍是吳天尚在師範學校的同窗，生性浪漫、富有才華、口條絕佳，對文藝有著天生的熱情，在師範期間，他投稿文藝雜誌屢獲刊登，更是當時校內盛極一時的風雲人物。

吳天尚也記得，自己最初是看著龍寫的詩，才興起了創作欲望。龍的盛情與分享，使自己不由得跟隨他的腳步投入創作，並與同好分享作品，龍之於他，宛如文學導師般的存在。

「吳君，我們這些做文藝的，要用新的、現代的詞，把我們的感受寫下來。」

「吳君，『新感覺派』聽過沒有？這位寫新感覺派的小說家，是臺南柳營人喔！」

「吳君，自由戀愛太痛苦了，然而我們卻又必須經歷這一切。我實在不能接受傳統下的婚姻，我的父母指派的……哎！我不得不哀愁！」

「吳君，新的一期《臺灣文藝》看過沒有？有一首〈月蝕之夜〉寫得真是不錯。不過，

73　消失的蜘蛛

「這個題材要是我來寫，應該能寫得更好。下一期也投稿看看如何？怎麼樣？今天課後一起去中央書局？」

回想當年與龍的交往，吳天尚忍不住懷念了起來。平時總是猶豫不決的自己，決意離開熟悉的故鄉時，帶著的正是龍滿溢的鼓勵與祝福。

來到內地一年多的某個冬天清晨，吳天尚收到龍的來信，提到好不容易完成公學校的任職規定，自己終於能前往內地留學。家裡的人極力反對，說沒有錢，但他不理會，只弄了船票錢和十二圓，打算到內地一邊打工生活。

「吳君，哪裡有便宜的租屋處呢？幫我介紹吧！」龍在信中問道。

「那就來高圓寺一帶跟我團圓吧！很多臺灣留學生都在這租屋，租金比市中心便宜許多。」吳天尚迅速地回了信。信寄出後，他心想，以龍的行動力，也許信件抵達本島時，他已經在前往日本的信濃丸上了。

如吳天尚所想的，龍自神戶港登陸內地，並來到高圓寺一帶找尋租處，首先和許久未見的吳天尚見了面。那次見面，在臺中師範談論文學、藝術與創作的記憶，逐漸浮上吳天尚腦海。眼前的龍，仍帶著那天真、熱烈的眼神，時間似乎沒有在他身上留下刻痕。

「這傢伙，就算畢業後當過老師，還是一點也沒變啊！」吳天尚打趣地想。

有一次，龍只在路上見了某位女性一面，竟就著魔似地跑到對方家裡求親。來了日本，他依舊是那個浪漫青年，彷彿任何事物都無法阻擋他面對生命與創作的熱情。這種衝動的性格，使吳天尚不禁心想，龍究竟何時才能真正踏入現實社會？

她們將往何處去　　74

四、Epoch

夜色暗了下來，小吃攤前的燈亮了起來。橘黃色的光像月亮一樣灑在石板地上。惠美子低頭調整瓦斯爐的火候，聽見有人走近。

吳天尚來到小吃攤前，看見攤車的側面，以青綠色的字歪斜地寫著「Epoch」，下方則標示販售項目：俄國伏特加、茶泡飯、日本酒，字跡略顯生澀，是女子親手寫的字嗎？這些品項的組合，幾乎找不到任何彼此連結的線索，讓吳天尚不禁對女子的來歷感到好奇。

「Epoch這個名字，就是指我的新時代。」彷彿讀出吳天尚的好奇，惠美子一邊舀湯，一邊說道，眼神未曾從鍋子上移開。

吳天尚一時接不上話。「Epoch」這個店名帶有西洋氣息，讓他想起在文藝雜誌上看過的中原淳一所畫的女性。惠美子的口音似乎異於一般日本女性，他試著猜測：「請問妳來自九州嗎？」

惠美子抬起頭，看了吳天尚一眼：「你不是第一次來吧？在房東太太那邊見過你。」

「是的，我也住在二樓。」吳天尚點頭，想起之前房東太太說過的…「聽說妳有個孩子？」

惠美子頓了一下，沒有否認…「孩子留在故鄉，偶爾我會回去看他。」

「那⋯⋯有丈夫嗎？」吳天尚含蓄地問道，臉頰卻不自禁地紅了起來。

她笑了一聲，識趣地說：「這種事，誰知道呢？但是，我現在有的就是這個小吃攤喲。」惠美子並不直接回應，也不顯得惱怒，彷彿對這樣的問題司空見慣。她轉過身，倒了杯酒遞給吳天尚：「這一杯請你。從臺灣來的吳先生。」

「妳怎麼知道我是臺灣人？」

「口音和名字都透露啦！」惠美子雲淡風輕地說，卻讓吳天尚感到難以言喻的親切。

「吳君？」

熟悉的聲音喚著他，吳天尚回過頭，夜裡，一位身穿深褐色、略微破舊學生服的男子從巷口走來，河童瀏海下的眼神略帶疲倦卻難掩興奮。是龍。穿著舊學生服的他，眉眼之間仍有股書生氣，語調高揚卻又帶著一股醉意。

惠美子看見這一幕，原本從容的表情浮出些許興趣。她朝龍點頭致意：「龍先生，好久不見。你跟這位吳先生是朋友嗎？」

「最好的朋友。」龍笑著說：「姓吳，吳軍港的吳。在臺灣要唸成『GO』喔！」

「惠美子小姐，吳君和我們住在同一棟租屋處，他的房間在左側的最後一間。這麼一想，我們三人可是鄰居呢！」他又開懷地說。

惠美子不正面回應龍，反而轉身倒了一杯酒推向他，對眼前的兩人說道：「說來我對臺灣也不陌生。有朋友在臺北的『娜利耶』咖啡店工作，你們聽過嗎？我也聽說臺灣島是熱帶氣候，人們的個性熱情，也不少像你們這樣的藝術家呢。」

她們將往何處去 ⋯⋯ 76

吳天尚聽著，心中微微顫動。他不知道惠美子是真的對臺灣有興趣，抑或只是在應酬。但她談起臺灣的口氣，似乎不只是客套。

惠美子忽然轉身，朝攤外探頭並揮了揮手，一個中年男性從巷口迎面而來，打斷了原本的對話。

三名男子圍坐在小吃攤前，惠美子依舊從容地斟酒、備餐與倒茶，偶爾附和一句，始終與三人保持微妙的距離。即便面對飯島略帶輕佻的玩笑話，她也不失優雅地回應，既不迎合，也不顯得疏冷。

「我對文學沒太多研究，但倒是聽過臺灣的知識分子愛上日本女子的故事。」她望向吳天尚：「吳先生，這是真的嗎？」吳天尚被問得一愣，只覺得惠美子的眼神帶著試探的意味。

「應該是吧！但我想……也許只是臺灣男性不切實際的幻想而已。」

她沒回答，只是淡淡一笑。

這時，一旁的男子湊了過來，帶著酒氣與笑意：「惠美子，今天特別漂亮嘛。怎麼，不讓我抱一下？」

「飯島先生，這樣是不行的唷。」惠美子的語調雖然平靜，眼神裡卻有一絲銳利。

「別這麼見外嘛，上次妳還不是和小夜——」

說到小夜，惠美子不禁想起兩人都曾跟隨從事社會運動的男人私奔，最後對方卻拋下她們，兩人只得輾轉在咖啡店、舞廳等地方工作。惠美子的孩子的父親，就是一個滿口革命解放，卻一點責任也負不起的左翼青年。

77　　消失的蜘蛛

她打斷他，笑意未減，卻冷淡地說：「飯島先生說的，是咖啡店裡的事。這裡是我的小吃攤，不一樣的。」

儘管惠美子的口氣嚴厲，卻仍面不改色地與飯島一搭一唱，語氣間帶有欲拒還迎的親暱，然而，當她的眼神停在龍與吳天尚時，恰好捕捉到他們各自的反應。已經醉得酩酊的龍，失去平時的灑脫，語調高亢而激動地說：「吳君，好過分，這一切實在好過分！我來到高圓寺，除了你之外，第一個認識的人就是惠美子小姐了，上個月她才答應過我，要和我展開一段戀愛關係……」一旁的惠美子聽聞後忍不住想辯駁，誰答應過他了？不過是龍逕自寫了一首詩要她收下，詩裡向她表白心意，而她並沒有回應哪！

五、戀愛、女人與文學

「惠美子，就這樣說定了，明晚一起到阿佐谷吧！」飯島的聲音，打破了微妙的氣氛。

「飯島先生，你知道我來這裡開小吃攤是不得已的，我需要錢。放著我的孩子在老家，有沒有丈夫都一樣。你做翻譯的薪水如何？是不是比一般會社人員高出許多？誰的薪水夠讓我在那裡生活，我就跟他。」

「呀，那還不成！做咖啡店女給最是適合妳，妳剛才提到的那間叫作什麼？妳要去的話，我們就去那裡！至於翻譯，最近我翻譯的《茶花夫人》賣得好得不得了，作為一個翻譯

她們將往何處去　　78

家，我只需坐等版稅，每天待在家裡也有錢進來呢！惠美子，以妳的姿色，我看想做個臺灣女給或茶花女都沒問題，但茶花女當然是更好的。怎麼樣？需不需要我這個翻譯家，來指導妳如何做個茶花女呢？」

「哎呀，飯島先生！」惠美子作勢逃脫，配合著飯島的調戲。

惠美子心想，這些文藝作家受小說的影響太深，直把小說與詩歌的內容當真，天真地以為女性會像茶花女的故事一樣，對心儀的恩客獻出青春，甚至不惜一死；又或將文學視為打動女性的工具，就連飯島這樣一位法國文學專家，也將自己的譯作視為狎弄女性的說詞。

「原來，文學還有這種用途呢！」惠美子不屑地自語著。然而，她可不像這群文藝作家或翻譯家那樣天真，她有屬於自己的現實與生計需求。

暫時掙脫飯島，回到吧檯前工作的惠美子，語氣一轉：「男性總愛用各種方式試探我們。但我覺得，大部分從臺灣來的男性是不一樣的。」

「你說的是我嗎？惠美子小姐。」龍忍不住插話。

「不，不是你。但大部分臺灣男性看日本女性的眼神，不太一樣。」她朝向吳天尚說。

吳天尚聽了，臉略微泛紅，不知是酒意還是其他情緒。

飯島笑道：「臺灣男性？我倒是沒看出來有什麼特別。女人嘛，只要漂亮，哪裡的男人不是一樣的？」

惠美子沒有接話，只端起杯子，向飯島致敬道：「但願如你所想，飯島先生。」那一刻，她的眼神又落在吳天尚身上。

夜色漸深，攤位旁的客人來了又去，只剩下龍醉意未退，坐在攤邊不著邊際地囈語。他斷斷續續地唸起詩句，提到戀愛、女人與文學時，情緒越發不可收拾。

「惠美子……我想要戀愛，真正的戀愛，像小說裡的那種。為了戀愛，我什麼都可以放棄。喜美子……不對，是妳，惠美子，我說的是妳啊……」

惠美子靜靜地聽，並不回應。她並不是第一次聽到這般醉後囈語，也不是第一次被男性投射成某個文學作品中的角色。她知道龍分不清喜美子與惠美子，只是將她當作一種理想的符號、創作的需求，以填補他不切實際的幻想。她明白，在龍的作品和語言裡，她是喜美子或惠美子一點也不重要。

「女人和文學，帶領著我走向危險……」龍低聲呢喃。

這句話讓惠美子的眉頭皺了起來。她望著龍那張因酒後轉紅且逐漸模糊的臉，不禁感到這些知識分子與文藝青年──無論來自臺灣或日本──都有一種相似的天真。他們將戀愛視為創作的起源，並將女性當作追求的理想，卻從未真正端詳、不帶投射地認識眼前的女性。

她喃喃地說道：「你們還是太年輕了，根本看不見現實社會的樣子，只一味地想從女人身上找到生命意義。請記住，我可不是你們筆下的女神，更不會為了你們所謂的『文學』而活著。」

龍聽不進任何話語，只是不停喃喃自語，重複著破碎的詩句。

惠美子轉身，對站在一旁沉默的吳天尚說：「他該回去了。你能把他帶走嗎？」

吳天尚點點頭。

惠美子看了龍最後一眼，眼神裡沒有憤怒，也毫不悲憐。

六、那一夜

月亮逐漸西沉，街道安靜得近乎虛無。惠美子剛收拾完最後一組杯盤，準備收攤，卻聽見一陣跟蹌的腳步聲。

「惠美子……等一下。」是龍的聲音。他的醉意未退，身形搖晃，緊抓著攤子邊緣，彷彿欲以此站得穩一些。

「你怎麼還沒走？」惠美子雖然震驚，但語調不失平穩。

「我想再說一次，妳願不願意……和我戀愛？」龍的眼神懇切，彷彿用盡全力才吐出這句話。

「龍先生，你醉了。」惠美子低聲說。

「不，一點也不，我非常清醒。我在臺灣時就一直想著，有一天必定能遇見像妳這樣的日本女性，不被家庭牽制，自由、獨立、善良，又充滿神祕……惠美子，妳正是我的文學裡的那個人啊，妳正是我成為文學家道路上的重要角色。妳知道嗎？」

「文學裡的那個人？」惠美子輕輕笑了一聲，帶著一絲輕蔑與不屑。

「你喜歡的不是我，而是你自己想像出來的女人。也許她叫喜美子，也許她也穿著連身

消失的蜘蛛

裙，在月臺上等你。但我不是那個人。我會料理、算帳、為我的小吃攤勞動，也會為我的客人服務，但我也會拒絕自以為是的不速之客。龍先生，很抱歉，我有孩子，我必須生活。我絕對不是你口中或筆下的『文學』。」

「妳……妳這女人，是蜘蛛！」龍無法掩飾臉上的難堪，大聲對惠美子喊道。

「別說傻話了，天就要亮了，快回去睡吧。」惠美子未曾抬頭看過龍一眼，只收拾著攤位上的杯盤。

「我家裡寄來的錢，不是用來買書，就是花在妳身上了。請讓我把話說完，惠美子，我想要戀愛！只有戀愛，才能完成我的精神與肉體的合一。不管妳和其他人的經驗為何，但對我來說，戀愛的開端無不是慘痛的。為了這場完整自我的戀愛，就算只剩下一小塊意志我也甘心。然而，請妳務必記得這一點，即便是我，也不想活到完全喪失意志……」

「喜美子，我在半夜裡偶爾醒來，心中浮現的都是妳的臉。」

「惠美子，妳知道嗎？日本女子有著臺灣女子所缺乏的純潔與神聖，這樣的靈魂，是作為文學家的我所追求的。」

「我要做個文學家，好讓我把對妳那般熾熱的情感，以文字記錄下來。因為是妳，我才敢這樣說些厚臉皮的話。喜美子，在妳的面前我幾乎要流淚，在妳的面前，我幾乎要瘋狂。」

「你一點也不認識我。」惠美子維持一貫冷靜的語調：「你不知道我為什麼一個人在這裡過日子。你以為我坐在攤子後面，是為了等哪位文學家來解救嗎？」

她們將往何處去 ————— 82

龍無語。他的嘴唇微動，彷彿想說些什麼，但終究沒有發出聲音。惠美子再也受不了龍發狂似的醉意，這時，吳天尚從巷口快步前來。

「天就要亮了。吳先生，把你朋友和他喋喋不休的愛情故事領回去吧！這次別再讓他跑回來。」惠美子向吳天尚說道，橘黃色的燈光在凌晨時分搖搖欲墜。

「讓我再說一句！喜美子！」龍持續喊著。吳天尚拖著龍，不管他費力掙扎。街燈下，龍的影子被拉得又長又薄，像是一條反覆盤繞、無人能解的詩句。

惠美子望著兩人的背影逐漸消失在巷口，忽然想起十多年前她還在橫濱時，曾經也有個男子對她說過，自己像是他的小說裡的角色，當時她幾乎要相信了，最末卻發現那不過是對方搭訕她的藉口罷了。

從那之後，她知道唯有自我定義，不成為他人的繆思或寄託的生活才是真實。她不是哪一個文學家筆下的靈感，也不是他們夢境裡的情人，更不是任何男性自我完成的路上不可或缺的一角。

她將最後一盞燈關上，轉身朝巷尾走去。天真的要亮了，她拖著步伐在柏油路上輕輕地響——以新時代裡，屬她自己的節奏與聲音。

巷子的另一端，吳天尚的耳際不斷徘徊著龍的醉言狂語，然而，唯獨那句「女人和文學，帶領著我走向危險」深深地刺進吳天尚的腦海，像讖言，也像揮之不去的夢魘。

83 ──── 消失的蜘蛛

七、死亡

「吳……吳君,那女人,是蜘蛛。惠美子是蜘蛛啊。」龍哽咽地說。

「龍,你先休息吧!」吳天尚無力回應。他的肩膀因方才撐著龍上樓而隱隱作痛。

「吳君,聽我說,惠美子不是普通的女人,直到今天我終於知道。從事文學創作,就像追求女人一樣,但是創作有時就像蜘蛛,吸引人,誘惑人,卻充滿危險,吳君,我是非得走上這條路不可的,你知道嗎?你知道的啊!只有你知道……」龍自我告解般,喃喃地說個不停,他的話語在房間裡迴盪,伴隨著尚未退去的酒氣。吳天尚從壁櫥裡拿出一組被褥,鋪在榻榻米上,逕自整理著被褥,似乎以此逃避自己心中的困惑。

「吳君,我還沒說完,」龍自顧自地講著,語氣裡帶著讓人難以迴避的哀求:「我帶來日本的一些積蓄,都給那女子花去了,好過分……吳君,先向你借個十圓成不成?我明天就工作去,我要去神田幫人擦鞋,很快就會把錢還你……」他一邊哀求,一邊拉著被褥,像個令人憐愛的孩子。

龍的聲音逐漸遠去,吳天尚回到自己的房間,因為一整夜的勞累,很快地睡去。

翌日清晨,吳天尚在一陣急促的敲門聲中驚醒。開門一看,房東太太一臉蒼白、氣喘吁吁地站在門前。

「龍先生……他……他走了……」

「什麼?」吳天尚幾乎無法相信自己的耳朵。

她們將往何處去 84

「龍先生,不,不!那樣好看又有才華的人哪……」房東太太哭喪著臉說。

「龍先生一直很乖巧、聽話,是非常溫柔的孩子,房客中,他幾乎是有義先生離開後和我最投緣的。不管發生什麼事,每天他幾乎都會跟我說上一兩句話。有次我在夜裡生了病,他二話不說替我出去買藥,那是多麼寒冷的夜晚。龍先生是那樣好,那樣熱心。我簡直不能相信,不能相信……」房東太太哽咽著,拉著吳天尚的衣領,頻頻確認自己是否身處夢境。

龍的死亡是在早晨時被發現的,他蜷縮在榻榻米上,身邊散落著筆記本與未喝完的酒。

龍的臉色平和,雙眼閉如初眠,似乎是文章篇名。

散落在榻榻米上的筆記本,首行寫著「蜘蛛」,似乎是文章篇名。

整理龍的遺物時,吳天尚不經意發現了一封信,看來應是未完成的遺稿。他寫道:

妳耐煩地熱心傾聽我又臭又長的故事,好心的妳啊,天又好像開始亮了。請將那件上衣遞過來,我必須在天亮前回家……有緣或許會再碰面也說不定。第一次到妳這裡來,馬上就說了這些話的我,在妳看來,反而是不像樣的男人吧!

我多麼希望可以摟住妳,可我不能這麼做。我不但不以此為榮,反而覺得很羞恥……天要亮了。請送我到那邊的巷口吧。對不起,善良的妳。請露出妳的笑容,讓我……

龍的死亡極其安靜,跟他發著酒瘋的樣子截然不同。吳天尚把龍從小吃攤帶回住處的那

一夜，龍還喃喃喊著：惠美子、喜美子、女人與文學，帶領著我走向危險⋯⋯他是在想著這些的時候失去意識的嗎？惠美子的表情看起來那樣平和，沒有一絲掙扎。

那晚之後，惠美子與她的小吃攤再也沒有出現在那條巷子裡。

她的攤位已經撤除，彷彿什麼也沒發生過。傳聞她去了臺灣──好像是臺中或高雄，也有人說她與一位內地女性合夥經營一間料理亭。但有一點吳天尚是確信的⋯惠美子並不是因為逃避而選擇離開了這個將她視為幻想的城市。但吳天尚知道，惠美子確實來過高圓寺，也選擇離開，這是她的主動選擇。

後來，吳天尚知道，惠美子選擇離開那些對她投以詩意般的命名的知識分子；也拒絕成為誰的靈感或情感投射，更不為誰在天亮後的一切承擔責任。她清楚天亮以後，浪漫囈語終將化成泡影。

「女人和文學，帶領著我走向危險⋯⋯」最後一次從吳天尚口中發出這句話時，他並不對誰說，只是困惑地面對空氣與自己。

吳天尚望向窗外初升的陽光，距離天亮已過了好陣子，他的心裡像是空了一塊。想到龍的文藝夢與戀愛夢，跟自己一樣都沒有著落。

八、蜘蛛

輾轉聽聞龍的死亡，已經是一個多月後的事了。

她們將往何處去　　　86

自從龍發酒瘋那一夜後，惠美子終於下定決心前往臺灣，並向小夜探聽娜利耶的資訊，小夜介紹了朋友千代子給她，對惠美子而言，臺灣也不是全然陌生之地。更重要的，她想要親眼看看孕育出這般純情又憂鬱的文學家的土地，究竟是什麼樣子。

不久後，吳天尚因假期返家，回到臺灣。回臺中老家之前，他先在臺北停留幾天，某天他來到一家咖啡店，偶然聽見熟悉的聲音。他抬頭，正好看見惠美子站在吧檯內忙碌著，眼神掃過客人之間的空隙。

那一刻，他心中湧起一股難以言喻的情緒。他起身走向吧檯，站在惠美子面前，一時間又不知道如何開口。

「先生，要點什麼嗎？」她頭也沒抬，語氣溫和而疏離。

「惠美子小姐……妳還認得我嗎？」吳天尚終於開口：「龍……他已經……」

惠美子手中的杯盤落地，劃破興味盎然的空氣，店內眾人停了幾秒後，又像是什麼也沒發生過地繼續交談。惠美子微微愣了一下，隨後俯身拾起杯盤碎片，語氣轉為平靜：「那麼，你還好嗎？」

「他……到臨死前還唸著妳的名字。他說，女人和文學帶領他走向危險。」

她小心翼翼地將碎片包裹，抬起頭，悠悠地向吳天尚說道：「他一直都這麼說吧。那不是因為我，是因為他分不清楚現實與幻想。」

吳天尚想反駁，卻啞口無言。他想起龍最後的模樣，蜷縮在房間的一角，一旁的事物如同他的生活般狼籍散落。

87 ──── 消失的蜘蛛

「妳真的一點都不在意嗎？他畢竟──」

「不是這樣的。」她打斷他，語氣仍舊平穩：「我需要現實生活，我必須養活自己和孩子。對我來說，沒有比眼前現實更重要的事。」惠美子一邊說，一邊俐落地從架上取出另一只乾淨的瓷盤。

「你們都說我像蜘蛛，說我誘惑人、使人走向毀滅。但是真正纏住你們的，不正是你們自己編織的文學蜘蛛網嗎？」

那一刻，吳天尚彷彿被什麼釘在原地。他忽然明白，龍死於他的文學幻想，而他彷彿也因此愁困在那張由幻想織成的網裡。

惠美子走出吧檯，將酒杯擱在他面前。「哪，吳先生，這杯請你。」她輕聲說：「外頭的天就要亮了，早日清醒吧。」語畢，惠美子轉身走出吧檯。

他突然想起那個名為「Epoch」的攤子，以及惠美子曾說過這個單字指的是「新時代」。吳天尚不禁心想，是的，惠美子早已不在文學家以幻想織就的蛛網裡，她已經走向新時代，以她自己的節奏。那麼，究竟誰才是蜘蛛呢？

吳天尚徒然地坐著，手裡握著惠美子的那杯酒。

「啊！惠美子小姐⋯⋯惠美子！」

酒杯摔落，像是那一夜在小吃攤前龍摔落酒杯的那一刻，吳天尚的血從指尖順著桌腳滴落下來，滴、答、滴、答，像是夜晚的倒數計時，再過不久，天就要亮了。

一旁的歡鬧戛然停頓，吧檯裡的千代子連忙拿出毛巾，遞給吳天尚。

她們將往何處去　　88

惠美子愣了一下,隨後繼續她的工作。她表現得像是不曾認識吳天尚,就像龍從來分不清她是喜美子還是惠美子。

如同當年的那一夜。

參考資料

吳天賞，〈龍〉，《フォルモサ》第1期（1933年）。

吳天賞，〈蕾〉，《フォルモサ》第2期（1933年）。

吳天賞，〈蜘蛛〉，《臺灣文藝》第2卷第3號（1935年）。

翁鬧，〈夜明け前の戀物語〉，《臺灣新文學》第2卷第2號（1937年）。

翁鬧著，黃毓婷譯，《破曉集：翁鬧作品集》（臺北：如果出版，2013年）。

許俊雅、陳藻香編譯，《磺溪文學——彰化縣作家作品集第五輯（1）：翁鬧作品選集》（彰化：彰化縣政府文化局，1997年）。

黃琪惠，《臺灣美術評論全集：吳天賞・陳春德卷》（臺北：藝術家雜誌社，1999年）。

臺灣文學館線上資料平臺：https://archives.nmtl.gov.tw。

娜利耶

—— 周欣

輝煌的電光，漸漸地逞威，要代替太陽支配世界了。

剛開業未幾的咖啡店——「娜利耶」：在這十字街頭角現其麗姿。宏亮的留聲機的嬌聲，紅紫的「良・薩茵」來粉妝這近代女性的艷容，在這島都的臺灣人街上，添一新的魅力。

——王詩琅，〈夜雨〉

一、娜利耶

政子離開娜利耶[1]了，一聲不響地離開了。

她曾經就是娜利耶的娜利耶，是花中的女王，如今娜利耶失去了她的女王，客人一天一天減少，連那「良・薩茵」[2]招牌的光線好似都減弱了一些。

沒有人真正知道政子的下落，然而流言四起，有人說她再嫁，也有人說她當了內地人的情婦，雖只是女給們的竊竊私語，在秀蘭耳裡卻格外刺耳。

「阿蘭，阿蘭。」阿娥的手在秀蘭眼前揮動。

---

1 原意為玫瑰花。
2 指霓虹燈。

她們將往何處去　　92

「啊，歹勢……妳拄才講啥？」秀蘭問。

阿娥嘆了口氣說：「妳佇咧想政子？我看妳規工攏失神失神。」

「無啦……」

「妳去倉庫幫我提一矸酒好無？」

「好啊。」

秀蘭往女給們權作休息室的倉庫走，今日倉庫格外喧鬧，刻意壓低音量的交談聲依然清晰地傳到門外，既壓抑又張揚的興奮情緒從門縫流瀉而出，秀蘭放在門把上的手遲疑了，她知道，女孩們正在談論政子。

「應該是嫁翁啦，我看應該是嫁人做細的，這款歲數閣會當做幾年女給？」

「政子阿姊遮爾婧，無定嫁予好額公子。」

「好額公子？做女給的會當嫁就袂穤了，閣向望嫁好翁？」

秀蘭隔著門板聽出是美月的聲音，美月在娜利耶工作了四年，是資深的女給，僅次於政子。

「按怎講？」

「伊早就嫁翁矣，聽人講破病沒頭路，伊才出來做女給，一家口仔靠伊食穿，結果咧？查埔人顛倒綴別間咖啡店的查某走矣。」

「噓！精牲！」

「根本毋是人！」女給們義憤填膺，彷彿替自己抱不平似地一人一句咒罵著負心的男

子。秀蘭站在門外，忍不住在腦中想像，女給們口中那個不中用的丈夫會是怎麼樣的人，有政子這樣好的妻子，居然還跟其他女人私奔。

秀蘭深吸一口氣，推開門，似笑非笑地尖聲說道：「早就予我臆出出矣！政子目瞤看懸，無看低，咱這款沒讀書的，攏予伊看無目地，早晏會離開啦！」

「政子阿姊……敢講是去做彼个啊？」年輕女給眨眨畫著粗眼線的無辜大眼，暗示政子恐怕下海賣身，語氣卻難以分辨是擔憂還是看笑話。

「聽講伊閣佇娜利耶的時陣，就偷偷仔佮人客去草山歇暗呢！」

「唉，竟然按呢敗壞咱女給的名聲！」

「最近愈來愈多人共女給當做風俗業，就是因為按呢啦！」

「我看應該是綴查埔人走啊！」

秀蘭擠進窄小的倉庫，伸手想拿櫥櫃裡的酒，女給們你一言我一語說得眉飛色舞沒有人理會她，美月又高又細的聲音插進來：「代誌恐驚見無遐爾簡單，伊知影查某人要家己有拍算，袂使只想著倚靠查埔人。」她翻了一個戲劇化的白眼接著說：「只是想袂到……伊閣敢偷提店內的錢。」女給們紛紛發出驚呼。

「哎呀，這哪有可能，若是按呢，經理早就共逐家講啊，閣愛請大人來捉賊仔呢！」

「拜託，一定是張經理想欲遮瞞啊，妳想看覓，頭家若是追究，經理敢講袂予牽罣著？」

美月抬起下巴從鼻腔發出「哼」的一聲冷笑。

她們將往何處去　94

聽到這裡，秀蘭終於忍不住替政子說話：「袂啦，政子袂做這款代誌。」美月強勢地回應：「一定就是按呢！抑無妳講，咱這個月哪會猶未領薪水？」

「敢通按呢無證據就烏白講……」秀蘭嘟嚷著，不敢大聲反駁美月。

正當女孩們七嘴八舌，倉庫的門忽然被粗魯地推開，阿娥探頭進來厲聲問：「恁閣佇這創啥？抑不趕緊準備開店？」

二、秀蘭

秀蘭一直把政子當成自己的姊姊，沒想到她會如此不告而別，從此毫無音訊。要不是因為女給們刻薄的流言蜚語未曾間斷，還有政子遺留在宿舍沒帶走的那幾套舊和服，秀蘭幾乎懷疑自己對政子的記憶是否真實存在過，那張堅毅卻溫柔的笑臉，那些深夜裡的輕聲鼓勵，以及總是為她阻擋驟雨狂風的頎長身影──從秀蘭踏進娜利耶的那一天開始，政子就一直照顧著她。

兩年前的那一天，銀色都營巴士在綿綿細雨中搖搖晃晃地前進，秀蘭與母親阿換在車尾的位置，不發一語並肩坐著，阿換看向窗外，雖下著毛雨，路上仍然熱鬧，騎著自轉車的西裝青年、人力車上的長衫女士、自動車內衣著高尚的紳士、穿著粗布衣服的勞動者、貨車……川流不息在這島都的心臟，豎立路旁的電線桿彷彿切割了路面，為這對母女數算著距離，比

95　　　　　　娜利耶

站牌與站牌之間的距離更細碎，倍速切割並推移著時間，一根、兩根、三根……電線桿一根一根與巴士擦身而過，薄暮夜色逐漸籠罩窗外摩登的風景，她們也與目的地越來越接近。

秀蘭一行人下了巴士，快步走入太平町，年末迫近，大稻埕益發繁華喧囂，店鋪在亭仔腳搭建起臨時的棚，裝飾得熱熱鬧鬧，店頭簇擁著各式各樣新正用品，看得行人眼花撩亂，不得不感染一身節慶的喜氣。花花綠綠的大通上頭，卻是灰雲密布的天空，天色漸漸暗了，秀蘭挽著母親阿換的手，走在阿柳嫂身後，身上單薄的洋裝無法抵禦陣陣襲來的寒風，整個人像是浸在冰水裡。

這領洋裝是秀蘭唯一稱頭的衣服，是阿換兩年前在洋裁店替她做的，細花軟料的綢子，一尺就要三十錢，以父親有德日給才一塊半的印刷工薪資來計算，是十分奢侈的。洋裝與原先活潑愛笑的秀蘭十分相稱，她笑起來，就像這塊布上隨風飄舞的小花，燦爛又溫和，但這都是有德的工廠罷工前的事了，況且在這個時節穿，著實太冷，秀蘭發現自己無法克制地顫抖著，或許是因為一陣陣襲來的潮溼寒風，又或許是因著心慌，秀蘭慘白著臉渾身發抖。

「慢慢仔行啦，敢著遐爾趕。」阿換搓著女兒冰冷的手，朝前方的阿柳嫂喊道。

「閣晚就欲開店啦。」阿柳嫂頭也沒回，雖綁著小腳卻健步如飛，穿過人群直往前去。

遠遠地，她們就瞧見「娜利耶」佇立在十字街頭，氣派的三層式西洋樓房建築，水泥磚牆外壁還裝飾著黑白拼貼磁磚，木製拱窗悠悠流瀉而出室內暖黃色的光，秀蘭望著華麗的西洋式柱飾，紅紫的「良・薩茵」一明一滅，彷彿配合著自己怦怦的心跳。

推開門是撲鼻而來香菸、酒精混雜的氣味，店裡還沒有客人，但這股熏人的味道一直禁錮在室內，開門那一刹那完全釋放出來。秀蘭抬頭，看見天花板上吊著華麗的吊燈，光線卻十分昏暗，留聲機大聲播放爵士樂，歡快的樂聲充盈整個空間，女給們聚在沒有窗戶的角落化著妝，有穿和服的，有穿洋裝的，也有幾個穿著長衫。大通上來往穿梭的自轉車、自動車，熙攘的人群，全都消失在門後，秀蘭感覺自己踏入另一個世界，與門外那忙碌擁擠又灰濛冰涼的街道截然不同的世界。

「哦！是阿柳嫂，啥物風吹來呢。」櫃檯後的男侍者滿面堆笑迎上來跟阿柳嫂打招呼，目光卻輕輕掃過秀蘭，上下打量著。

「和咱張經理約好啊。」阿柳嫂笑盈盈地說。

「我來去叫經理。」侍者快步走進店裡深處。

不久，高瘦的張經理朝他們走來，他有著線條剛毅而端正的臉，雙眼炯炯有神，但身子卻顯得有些瘦弱甚至飄忽。

「就是這個，進前共經理講過，今年十六，你看，生做遮標誌。」阿柳嫂的手按在秀蘭背後，將她向前推了一步。

「小姐妳好，請問叫啥物名？」經理溫和地問。

「我叫秀蘭。」秀蘭低頭怯生生地回答。

「阿蘭，好，真好。」就在這一刻，秀蘭，成了娜利耶的阿蘭。

經理朝女給們的方向喊：「政子，妳炁阿蘭小姐去準備。」

97　　娜利耶

政子是位高䠷嬌艷的女子，嬌俏而俐落的短捲髮，身著紅色洋裝、白色珍珠首飾、高跟鞋，叩叩叩地向他們走過來。

「阿蘭，綴我來。」政子拉著秀蘭的手就往裡頭走，秀蘭回轉頭想看阿母，阿母卻低著頭沒看自己，道別的話卡在嘴裡，便任憑政子牽著自己往裡頭走。

熱烈的爵士樂漸漸蓋過阿柳嫂和經理的聲音，秀蘭只看得見他們仍在櫃檯前交談，阿換始終垂著頭，秀蘭看不清晰阿母低垂的臉龐上，此刻究竟是什麼樣的表情。

「來，坐啦。」政子親切地對秀蘭說，要她在包廂席坐下。

「妳攑頭我看覓⋯⋯」

秀蘭抬起頭，這才看清楚政子的容貌。政子是個看上去大約二十五、六歲的女子，以女給來說年齡稍長，卻擁有難以忽視的美貌，入時而精緻的妝容，珍珠般的眼瞳上鑲著濃厚捲翹的睫毛，細細兩道立眉與利劍般的鼻梁，像洋人般立體深邃的眼窩，讓這張魅惑人的臉龐增添一絲英氣。政子發現秀蘭盯著自己看，嫣然一笑，秀蘭感覺頭腦一陣暈熱，趕緊又低下頭。

「妳莫頭犁犁，我欲幫妳化妝。」

秀蘭背對著店門口和櫃檯，不確定阿柳嫂和母親走了沒，她將捏在一起的兩隻手藏在桌面下，緊緊捏住回頭望的衝動。

「唉喲！莫哭啊，妝會花去。」

三、政子

「娜利耶」今夜也是香菸煙霧瀰漫，籠罩著座席間的男男女女，生意雖不如以往，笑聲與歌聲仍不間斷。美月前幾日在倉庫裡對政子的指控早已傳遍大家耳裡，不但女給們為此交頭接耳，有些認識政子的熟客聽聞消息也感到詫異，彷彿美月的信口開河已經坐實了，眾人議論紛紛。

秀蘭、阿娥和鄭先生坐在棕梠樹盆栽旁的小角落，大片的棕梠葉遮擋住旁人的視線，卻抵擋不住人們交頭接耳的聲音，秀蘭聽著很不是滋味。

「鄭先生，你應該嘛知影，政子絕對袂做彼款代誌。」

「是啊，我嘛相信政子小姐袂做彼款代誌⋯⋯伊是一个真誠善良的姑娘。」鄭先生戴著鏡片厚厚的粗框眼鏡，總是向下垂的嘴角，神情嚴肅，顯得老成持重，卻是個徹頭徹尾古道熱腸的好人，待女給們總是客氣，就是小費給少了些。

「美月就是勢講話，嘛興講話，毋過有時仔講的話都無影無跡，真正是一喙掛雙舌。」阿娥一面倒酒一面抱怨。

秀蘭回想與鄭先生的初次會面，政子也在場。當時，秀蘭已經來到娜利耶兩三個月，逐漸習慣了工作，她剪去細軟的長辮，畫上濃濃眼妝，看上去真有幾分摩登女性的模樣，政子又帶她去提供女給們租借服裝的專門店，租了幾套洋服跟和服，租金一天兩圓，六天五圓，如果預繳十五圓的話，一個月可以挑選四件新衣租借，十分划算。但秀蘭還沒辦法一次拿出

99　娜利耶

那麼大一筆錢，那段時間賺的小費，繳完宿舍房租後，只夠買化妝品、租衣服了，還沒給家裡寄錢。

「雅里博，個閣來揣妳啊。」櫃檯的男侍者走過來叫政子，有幾位客人愛開玩笑叫她女明星「虞列搭‧雅里博」，店裡的人也都跟著湊熱鬧。咖啡店是不能指名女給的，但若塞點小錢給櫃檯，總是能幫常客們想點辦法，政子就經常被點名。

「啥物雅里博，莫講要笑。」政子一面嬌斥，一面整理頭髮準備去見客，她不忘提醒秀蘭：「阿蘭，等咧來探頭招呼，張的小費真大方。」

這群常客雖不是富家子弟，出手卻十分闊氣，大概想在政子面前展現紳士作風，只要是過去座席露面的女給，都給一圓小費，曾經一晚上三十幾位女給去了一輪，沒有少給一個，被女給們私底下笑稱是群鴨子（カモ³）。

「政子實在足大方。」秀蘭喃喃說道。

一旁美月聽到，輕笑一聲，不以為然地說：「對政子是有好無穩，去頓頭的拿一籤，予伊的，上無嘛有兩籤、三籤。」

秀蘭覺得有道理，卻不覺得政子算計，反而更加尊敬她。政子讀過女高，很受知識分子、官紳們歡迎，不只國語流暢，能接待內地客人，還懂些漢文詩文，本島知識青年也都訝異她的談吐，那樣的氣質，是秀蘭欣羨卻又學不來的。

「張的，哪會遮久無來？若毋是我交代石的，你是毋是袂記得我啊？」政子笑盈盈地抱怨。

今晚除了張的，石的也來了，還有一位政子未見過的、和尚頭的男子。

她們將往何處去 ……… 100

「哪有可能,我看張的是暝暝想,日日想,夜夜夢著妳」,石的搶著調侃,又抓住獻媚的機會向鄭定秋介紹:「咱雅里博毋但人水又溫柔,閣會讀林芙美子的小說,佐藤春夫的〈田園的憂鬱〉,你看伊,毋就是一蕊憂愁的玫瑰嗎?誠無簡單,毋是普通的查某哦。」

「恁無棄嫌啦。」

「政子,我共妳介紹,這位是鄭定秋君,是阮以前的同僚。」張的趕緊接話,想岔了這尷尬的氣氛。

「鄭先生,頭一擺來,著愛先啉一杯啊。」政子在張的和光頭男子中間坐下,幫自己和三人都斟滿酒杯。

「雅里博,妳毋知影,阮定秋是改革社會的,跟我這款孝尾囝[4]無仝。」石的一飲而下後笑著說。

「哦!原來是要改革社會、提升文化的少年,佮咱張經理同款有理想,按呢我應該敬恁一杯。」政子笑著又倒了兩杯酒。

鄭定秋一語不發,接過酒杯低頭啜飲,眼神隱藏在厚重的鏡片之下。

看氣氛有些凝滯,政子抬頭向遠處站著的秀蘭使了眼色,秀蘭便走來。

「這是阿蘭,這個月新來的。」

「我是阿蘭。」

「哦!阿蘭小姐,請坐,請坐。」

大概已經在別處喝過才來,一桌人都有些酒意了,石的更是越發興致

---

3 指肥羊或冤大頭。
4 原意為遺腹子,後引申指人不長進、沒出息。

高昂，言談跟動作都不安分起來，「雅里博」仍溫婉地笑著。

「阿蘭，閣去提兩矸麥仔酒來。」政子吩咐。

秀蘭趕緊起身去拿酒，離席前瞥見石的對政子又是摟腰又是偷親，而女明星「雅里博」一臉什麼也沒發生的樣子，正在誇張的頭上那頂鼠灰的中折帽。

「這頂帽仔誠好看矣，敢若是過鹹水的。」

「還是政子捌貨。」_{識貨}

鄭先生就只是默默喝酒，扁扁的身軀縮成一團扭捏不自在的鹹菜晾在椅子上，看上去完全就是誤入這個燈紅酒綠霓虹世界，彷彿恨不得立刻離席。

出乎秀蘭意料，鄭先生卻一再來訪。

四、阿娥

「聽人講娜利耶來一个阿修羅女給阿娥。」

「阿修羅？」

「著，以前在鳳凰就足有名，只不過摸她的手，她就起歹面，遮爾恐怖，我看最近莫去娜利耶，毋通惹著這款刺查某。」

「我顛倒是想欲看覓這个阿修羅，聽起嘛是足趣味啊。」

她們將往何處去　　102

阿娥雖是娜利耶的新人，但在其他咖啡店當過女給，工作上沒有什麼需要提點的地方，就是脾氣倔強，經理要求溫和的秀蘭跟著她，怕與客人起衝突，有秀蘭在還可以打圓場。

「阿娥，咱來去政子彼桌。」來到娜利耶一年，秀蘭已經成為有模有樣的女給。

有些客人形容阿娥是虎豹母、阿修羅，秀蘭倒覺得她真性情好相處，阿娥偶爾會讀報紙上的文章給她聽，還會加上自己的評論，有時講得激動起來，神情憤慨，咬牙切齒的模樣，讓秀蘭覺得真切可愛。其實，也有不少客人認為這樣性格潑剌的女給別有一番韻味。

「阿娥，妳等一下過去，罔破豆一下，就講『以後請多多指教』就會當離開啊，德田先生嘛會予妳小費。」

「我知影啦，女給聯盟合作，阮在鳳凰嘛是按呢做的。」阿娥說話經常夾雜著秀蘭不明白的內容，她通常也不作解釋，似乎只是說給自己聽的。

政子身邊坐著的是常客德田先生，德田先生經常一身色紋付[5]，即使只是來咖啡店，也像是出席重要場合的高官顯達、豪戶商賈一般，雖然是單色布料，也能從光澤感看出其價值不菲。頭戴一頂巴拿馬帽，抽著雪茄的德田先生夾在眾多本島人中異常顯眼。他是出了名的咖啡黨，夜夜流連於咖啡店與酒場之中，近日正猛烈追求永樂咖啡店的紅牌女給百合子，據說還帶著她去吳服店訂製和服，挑上一塊要價三十幾圓的高級布料，兩人成日出雙入對，不知道的人還以為是一對摩登時尚的夫妻。其實德田的妻子長年住在A療

| 5 | 日本男性在重要場合時穿著的正式和服。 |

娜利耶

養所，據聞是患了肺病。秀蘭每次看德田先生那雙豆子般大、沉沉陷入眼眶與肥肉的雙眼，便想起政子那個與其他女給私奔的丈夫，政子的丈夫，有著一雙什麼樣的眼睛呢？

秀蘭和阿娥才剛打完招呼起身，就看見櫃檯侍者向她們走過來。

「阿娥，妳去招待門邊彼桌人客。」

門邊那桌客人是鄭定秋，跟張的他們來過幾次後，偶爾也會自己來。不同於張的大方豪邁，鄭先生有時候小費甚至給不到一圓，點一杯啤酒就坐一兩個小時，女給們都不喜歡他，說他凍霜，若是輪到自己招待，便刻意冷淡、敷衍。

女給要招待哪一桌是輪流的，但娜利耶的櫃檯小弟與阿娥經常拌嘴吵架，故意把這樣不受歡迎的客人安排給她，秀蘭暗自感到不公，阿娥卻不以為意。「鄭先生有啥物無好，袂跤來手來，二十錢小費會使買一包麗⁶啊。」她語氣平淡地說。

「鄭先生，欲用啥物？」

「麥仔酒。」

阿娥端來啤酒，鄭先生一不小心打翻了杯子，連忙道歉。

「歹勢，歹勢，無細膩。」

「無要緊啦，杯仔沒破，杯仔若破就麻煩了，人客拚破杯仔，是阮要賠償。」

「人客拚破杯子，哪會是恁要賠償？」鄭先生驚訝地問。

「毋但按呢，人客若是袂記得紮錢，嘛是阮要先出。」

6　一款日本製的女性香菸，在舞廳、酒樓、咖啡店等場所設櫃販賣。

她們將往何處去　　104

「真無道理。」

「世界上無道理的代誌遐爾濟……佇遮當然嘛是同款。」

「阿娥小姐，我聽人講嘉義的鈴蘭咖啡店，有十幾个女給罷工，娜利耶嘛會使學個啊！」鄭先生義憤填膺地提議。

「遐十幾个女給，個後來安怎？」

「後來……後來我嘛不知。」

兩人條忽沉默下來。

「我閣去拿新的麥仔酒啦，我請你。」

阿娥拿著空杯子往吧檯走，途中突然一名男子叫住她。

「金娥？是妳？」

「李耀源？」阿娥一臉詫異。

「我聽石錫仁說在鳳凰見過妳，想袂到佇遮拄著妳。」叫作李耀源的男子又驚又喜，起身抓住阿娥的手。

坐在男子身旁的秀蘭心想不好，阿娥肯定要生氣了，沒想到阿娥反而笑著說：「我掠做是誰！原來是你！著啦，我對鳳凰來遮一段時間了。」

男子喊她金娥，是阿娥的本名，推測大概是舊識，但秀蘭看著相視而笑的兩人，卻看不出來他們的關係，雖然他們臉上興奮之情難掩，氣氛卻不像是舊情人重逢。阿娥不太談自己的過去，事實上，任何關於自己的事情，她都很少提及。

105 ──────── 娜利耶

鄭先生離開後，阿娥坐下加入了男子與秀蘭。

「阿娥小姐。」李耀源這次改口，不叫她金娥了。

「你按呢叫我，聽著足袂慣勢……頂擺無機會問，聽講你佮秀娟結婚了？」

李耀源點點頭，沒有說話。

「自由戀愛，無顧慮爸母的反對結婚，實在足浪漫。」

「哪有浪漫……」

「秀娟敢好？」

「哪有啥物好毋好……」

「妳欣羨我啥？」

「我足欣羨你。」

「秀娟以前佮得人疼啊，迌爾水一个女學生，愛往R厝內走，愛共咱做伙講主義、講社會。彼當陣，恁規工出雙入對，要阮按怎袂欣羨？」

「自由戀愛嘛……我看妳做女給較自由，家己趁錢，談戀愛嘛是會使。」

「哪有自由……」阿娥猶豫了一下，問：「聽講R入去了？」

李耀源將面前的酒一飲而下，用嘆息似的聲音回答：「是啊……」

阿娥幫他將酒杯斟滿，也輕聲嘆了口氣。兩人的敘舊，秀蘭插不上話，那些社會和主義，秀蘭更是不懂，只能靜靜聽著。

她們將往何處去 —————— 106

五、美月

「阿娥，我實在無能……就算欲放揀爸母朋友某囝，嘛愛堅強，實踐主張，佮那資本主義拚命，是我傷軟汫(太軟弱)……」

「講啥物痟話！你哪會使放揀秀娟，恁可是耀源和秀娟啊！放揀爸母朋友某囝(拋棄)，算啥物堅強……」面對阿娥氣憤的質問，李耀源一陣苦笑。

「毋過，店內底的錢哪會無去？」鄭先生尋思，搖了搖額頭。原本和尚頭造型的鄭先生頭髮長了，總是整齊地向後梳，露出經常因憂國憂民而皺起的眉頭與額頭。

「我看根本是美月家己偷提的，拍人喝救人，做賊的喝掠賊。」秀蘭用氣音說著。

「美月小姐敢有欠用？」鄭先生問。

「無的確是要還陳先生欠的債。」阿娥忽然想起，美月的常客總是以忘記帶財布為由，連連賒欠酒錢，卻在上個月無預警地消失無蹤，再也沒來光顧過，據聞在外欠下了大筆的賭債，債主也四處在找人呢。

「陳先生是……？」

「是美月的主顧，木材行的少爺，出手真大方。」秀蘭解釋。

「按呢哪會欠咖啡店錢呢？」

「陳先生這个人啊，是嫖賭飲三字全。」阿娥感嘆。

「欠的錢敢是美月小姐要替個還數?」即使之前聽過阿娥解釋,鄭先生依然覺得這般制度不可理喻。

「是啊,所以美月這陣嘛是真拚勢。」阿娥看向正在與客人划酒拳的美月,為政子氣憤之餘,也不禁為美月心生不平。

「希望陳先生緊來還錢。」

「是啊。」沒想到聰明伶俐的美月也有摔跤的一天,還是栽在油腔滑調的陳先生手上。

秀蘭偶然見過陳先生一面,是在今年五月的川端町競馬場。當時,競馬場正熱熱鬧鬧舉辦一連兩個週末的春季競馬,政子收到德田先生的邀請前去觀賽,女給們決定一齊去湊熱鬧,政子與德田先生一同搭車往川端町,秀蘭、阿娥和其他女給們結伴搭巴士,美月也難得跟著大夥一起來了。

競馬臨時運轉路線的車上擠滿了人,雖然還是春天,車廂內卻已充滿乘客的汗味,秀蘭又暈又熱,出神望著隨車的車掌小姐。她與自己年齡相仿,穿戴摩登的西式制服與船形帽,腰間繫著隨身攜帶的小皮包,雖忙著報站、賣票、收票,不時還要指揮司機倒車,笑容跟語氣卻依然溫柔甜美。阿爹參與罷工而失去工作後,家裡的生計便快速陷入困境,身為長女又讀過公學校的秀蘭也必須肩負起一部分家計,她曾應徵車掌職務,當時向同學玉桃的父親探問了 N 乘合自動車會社[7]的職缺,又向阿爹拿了一圓買自動車會社履歷,寄出去的履歷卻是音訊全無,石沉大海。

她們將往何處去 108

「車掌嘛毋是啥物輕鬆的工課，規工要維持『愛嬌親切』，偌艱苦啊！早起八點半笑到暗時十一點，中晝食飯干焦十五分鐘！」玉桃試著安慰秀蘭。

「可能是我國語腔口毋著，考試成績毋好。」秀蘭依然沮喪。

「毋是啦，妳莫想傷濟啦，我阿爸講，這陣會社無愛用本島人，咱按怎佮內地人競爭？」

秀蘭陸續應徵了女店員、車掌、電姬[8]，都不順利，畢業後若能當個女事務員、打字員，該有多好呢？秀蘭感嘆過去曾有的幻想，彷彿相信自己是有機會選擇的，不禁失笑。這款的社會，像咱按呢無錢的人，選擇本身就已經是奢想[想]。

「川端町到了。」車掌小姐親切禮貌地報出站名，把秀蘭的思緒拉回，她趕緊跟在阿娥身後下了車。

遠遠就看到競馬場內都是穿著正式的男女，票亭前滿是引頸期盼的民眾，等待入場一睹馬匹奔馳的風采，也有不少人排著隊等投票[9]。

「咱嘛去排隊買票嗎？」第一次來競馬場的秀蘭四處張望，許多人一手拿著馬券一手拿著飲料、點心，像是參加祭典一般，周遭滿是歡愉的氣息。

「妳這个頭一擺來的癮頭[呆瓜]，買啥物票？哪有查某人家己買票的？連這點仔道理攏毋捌。」美月一邊搖頭一邊笑著說：「妳看，遮有偌濟好額公子，哪著家己買票？阿姊共妳教，妳就共佣講『攏來到遮了，但是

---

7 指公共汽車公司。
8 指接線生。
9 即投注。

「我實在毋捌跑馬，也毋知安怎耍，先生，我會使綴你做伙看，請你共我教嗎？」知毋？予伊共妳加買寡馬票，上好是吃的、啉的攏加買一寡，若是運氣好，等跑馬結束，閣會當坐高級的自動車去迌迌。」

秀蘭愣愣地聽著，正躊躇著，阿娥扯了一下她的袖子，在她耳邊低語：「我無想欲出來要閣要做女給，無稀罕一屑仔票錢，行啦，咱去票亭排隊。」兩人勾著手悄悄走了，美月正轉身以前輩之姿向其他女給說明單注與複數注的差異，絲毫沒有發現。

「毋知政子佮德田先生入去矣未？人遮爾濟，可能是扚未著啊。」秀蘭一邊排著隊，一邊留意人群中有無政子的身影。

「德田先生就算毋是拿邀請券來的，一定嘛會買彩券，佢會坐佇貴賓臺看跑馬，比賽開始進前閣會使參觀騎士休憩室，咱應該是扚未著。」阿娥出乎意料地了解競馬。

「咱欲買的是入場券吧？阿娥，咱是毋是嘛應該買一寡馬票？若是運氣好會當趁一寡，嘛是袂穩。」

「傻瓜（アホ），咱這款查某人，哪有啥物好運？」阿娥笑著說。

槍聲一響，馬匹奔馳的每一步都拉扯著觀眾的情緒，紛紛在看臺上為自己屬意的駿馬聲援。

「緊走啊！緊啊！緊啊！」

秀蘭坐在阿娥身邊，被鼓譟又激動的氣氛感染，雖然沒下注，也感覺自己心臟怦怦跳著。

突然，一個熟悉的身影映入眼簾。

她們將往何處去　110

「是政子!」秀蘭指著遠處的貴賓席叫到。

阿娥順著秀蘭指的方向看去,說:「咱政子實在不止仔有範,架勢完全毋輸邊仔遐的好額大小姐佮夫人。」

政子身著淺色蕾絲洋裝,戴著一頂圓帽,白皙的皮膚在艷陽底下像是變成透明了一般,不同於平時在店裡昏黃燈光下的她,此刻的政子,彷彿整個人在發亮。

比賽結束,兩人鎖定政子的方向,穿越洶湧人潮走去。

「德田先生好。」

「哎呀,兩位小姐好。」德田先生被女孩們簇擁著,開心地說:「我去幫女士們買點涼飲,等會就回來。」

德田先生一走,秀蘭立刻興奮地抓著政子說:「這是我頭一擺看跑馬!實在真趣味,就是可惜無買彩券,拄才阿娥共我阻擋。」

「阿娥啊,」政子一臉嚴肅地轉向阿娥,說:「佳哉有妳。」

「咱趁那一點仔小費,毋通學人跋筊。」阿娥輕敲了一下秀蘭的額頭,秀蘭隨即反擊,阿娥笑著作勢推開她,兩人一陣你推我擠。

散場時,政子由德田先生護送回娜利耶,秀蘭、阿娥與其他女給在門口會合,一起搭車看完跑馬,一群女孩子嘰嘰喳喳說個沒完,美月不知道什麼時候與陳先生會合,兩人勾肩搭背地,一路有說有笑。

「我今仔日趁足多錢,美月,妳想欲去佗位迌迌?」

「我欲去森永喫茶店食雞卵糕!」

「森永喫茶店?敢毋傷普通?抑無我帶妳去泡溫泉?」

「討厭。」美月嬌羞地作勢打陳先生。

兩人的打情罵俏秀蘭看在眼裡,一股壓抑不住的厭惡感油然而生。陳先生雖然生得斯文體面,眼神卻總是飄忽不定,還一個勁地歪著嘴笑,秀蘭看一眼就覺得不是什麼好東西。

六、張經理

「除了美月偷提,敢有別的可能?」鄭先生聽了美月的故事,心生同情。

三人不約而同偷偷看向對角那桌的美月,她正坐在客人腿上撒嬌,試圖哄對方多開一瓶高級洋酒。如果美月真的拿走店裡的錢,就不必這麼辛苦了吧,秀蘭心想。

「敢講是張經理?」阿娥大膽臆測,畢竟,監守自盜也是有可能的事。

「袂啦,張經理無可能做這款代誌,我會使掛保證。」鄭先生堅定地回應,讓秀蘭和阿娥都感到意外。

「我佮恁張經理其實舊底就熟似。」鄭先生輕輕一笑,這好像是秀蘭頭一次見他笑,想不到鄭先生的笑容竟是如此爽朗又帶點靦腆,讓人感到親切。

「伊是誠有才情又閣足有理想的少年人,無論是本島人抑是內地人的知識分子,提起恁張經理,攏嘛伸出大頭拇,伊的名聲真響喔!」

她們將往何處去 ———— 112

「啊,張經理有遮爾大的名聲?」秀蘭又驚喜又好奇。

「恁當時無去榮座看新劇祭嗎?」

「當然無,票遐爾貴,而且遐攏是一寡內地劇團,我日本話嘛無好,恐驚去了也是看無。」

「阿蘭小姐有所不知了,恁張經理監督的戲,演員講的攏是臺灣話。」

「講臺灣話!內地人看有嗎?」

「有喔!閣拍噗仔咧!」

張經理為人豪爽,眼神總是帶著一股傲氣與自信,對女給們卻很和善,從來不擺架子。秀蘭很欣賞經理的為人,如今,竟發現了張經理在店裡不曾展露的一面,不僅感到新鮮有趣,更沒想到鄭先生與經理竟是老朋友。

張經理曾經去過內地幾次,秀蘭極為嚮往內地的繁華,經常纏著經理問東問西,想知道東京的車水馬龍華燈璀璨,但張經理去的東京,和秀蘭想像的東京似乎不是同一個。

「經理你去過正港的銀座嗎?」

「正港的?」

「對啊,內地彼个。」

「喔,去過幾擺。」

「經理住佇銀座邊嗎?」

經理笑著說:「哈哈哈攏毋是,我住佇築地。」

「築地?遐是佗位?敢有百貨公司?」

「無,毋過有劇場。」

「劇場?」

「著啊,我佇劇場內底學習。」

「學習?學做役者嗎?」

「我啥物攏學,學演戲、學打燈、做道具、化妝、寫劇本,實在足懷念彼時陣的朋友,毋知逸見、小清、小夜佇東京敢好⋯⋯」經理似乎陷入了美好回憶中。

秀蘭當時心想,看來經理在日本劇場裡是個打雜的,什麼都得做,大概是闖不出名堂只好回到本島吧,還好家大業大,否則回本島做戲如何養活自己。

「鄭先生哪會熟似張經理?」秀蘭好奇地問。

「這⋯⋯妳去問張經理吧。」鄭先生再次搔搔頭,沒有正面回應,卻偷偷和阿娥交換了一個眼神,秀蘭一直都感覺這兩人有些特別,卻說不上來是什麼原因,似乎也非男女之情,感覺阿娥與李耀源之間也是如此。

誠實地說,秀蘭也懷疑過阿娥。阿娥絕不是一個貪婪的女子,不會為了自己偷錢的,但她那見義勇為、不平則鳴的颯爽個性,總讓秀蘭擔心有一天會導致瘋狂之舉。偶爾,秀蘭聽見阿娥與鄭先生的交談夾雜著些令人擔憂的內容,像是手寫傳單、罷工、組織、抗議,她想起父親過去工作的工廠罷工時,家中頓失生計,連同笑聲與溫暖也一同失去了。秀蘭也聽說,近來好多參與抗爭的異議人士都被警察抓走,她甚至還聽過關於張經理的傳聞,說他去內地

她們將往何處去 114

前曾因參與運動被抓過，還說他是去東京避風頭的，秀蘭無法想像文質彬彬又帶著少爺氣息的經理，居然曾被關進大牢裡。因此難保阿娥不會在情急之下偷錢資助這些活動，雖然參與運動的不乏經理這樣的大少爺，但也很難動用家產來抗爭，秀蘭又想到鄭先生第一次踏進娜利耶時，豈不就是一副剛出獄的大光頭模樣嗎？想至此，她害怕地打了個哆嗦。

「袂啦，袂啦，無可能啦⋯⋯」秀蘭自言自語起來。

「啥物無可能？」阿娥問。

「喔，我是講，我嘛相信經理無可能偷提錢啦。」

「是啦，何況伊閣是南北貨的大少爺，欠錢嘛應該先偷提厝內的。」阿娥打趣地說。

「毋過，是誰共恁講店內的錢予人偷提呢？毋是張經理嗎？」鄭先生問。

「啊，是啊，是誰講的？」阿娥也跟著問。

「是誰講的？」秀蘭回答。

「是美月小姐講的？」鄭先生瞇起眼睛思考了一會，說：「錢敢會根本就無予人偷提？」

「咦？！」

七、諒子

「予人偷提？店內的錢我逐工攏會盤數，數目攏著啊。」張經理笑著問：「莫非妳偷提錢想欲自首嗎？」

秀蘭立刻羞紅了臉，說：「無！哪有可能！我才毋敢。」聽從前夜鄭先生給的建議，她直接來詢問張經理，卻發現自己果然是誤信謠言的傻子。

經理笑著說：「我知影妳毋敢，跟妳講要笑爾爾。」

「但是，經理，咱這個月……」

「啊，歹勢，我知影……」經理正色說道：「頭家手頭較絚，愛去轉踅一下，一定會敢緊予恁月給。」

「無啦，無要緊啦，只是一直有謠言講政子偷提店內的錢走路……」

「彼攏是謠言，妳毋通相信。」

「我當然知影，毋過，政子去佗位啊，經理你敢知？」

「這，我嘛毋知影，伊只是講欲離開，無交代欲去佗。」經理低下頭，以低沉沙啞的聲音喃喃說道：「實在是，活佇咧世間孤苦伶仃，死後無人理睬，可憐的無產階級靈魂10……」

「啥物死後？政子敢是發生啥物代誌？」

「毋是啦，毋是啦，伊一定是佇別的所在好好仔過生活，伊是娜利耶的雅里博矣！」張經理什麼都好，就是不懂得安慰人，說什麼別的所在，越聽越像是說政子過往了，秀蘭心想。

留聲機開始播放音樂，娜利耶準備要迎接夢一般的夜晚，女給們各自忙著

---

10 相傳是張維賢草擬的「孤魂聯盟」宣言中提到：「孤魂就是生前孤獨、死後無寄的可憐靈魂，其悲慘哀痛恰似我們無產階級農民現在的生活，我們組織『孤魂聯盟』，就是要推動我等的光明及無產階級解放運動。」

她們將往何處去　116

梳妝打扮。今晚是「水手服之夜」，最近為了招攬生意，店家不舉辦主題之夜是不行的，但主題之夜的衣服開銷，女給都得自己負擔，很多人私底下叫苦連天，也不敢真的對老闆和經理抱怨。張經理說咖啡店的生意越來越差，不是只有娜利耶，秀蘭也發現很多老客人現在都去喫茶店，不來咖啡店了，特別是手頭沒那麼寬鬆的知識青年，流行的聚會場所早已轉移陣地。

「妳哪會佇遐起戇？閣毋去換衫？」早已化好妝的阿娥問秀蘭，一邊看著吧檯上的報紙。《臺灣日日新報》刊登了一則殉情事件，今天人人都在討論。巡查部長與女給諒子在草山上服催眠劑尋死，男已絕命，女亦危篤。

「毋知諒子有救嗎？」秀蘭感嘆。

「妳熟似諒子嗎？」阿娥問。

「無熟似。」

「我嘛同款……唔，可能咱攏是諒子。」

「啥物意思？」

「無啦，阿蘭妳看這……我的巴黎欲揣人矣。」阿娥指著一則「我的巴黎咖啡店」徵女給的廣告「第一條：精通國語。第二條：服務細心、注意儀容。」還有俏皮字體寫著「獨立自主・職業婦女」，徵人廣告旁邊恰好是一張「自由戀愛」的漫畫，漫畫裡的男女正甜蜜相擁。

「自由嗎？」阿娥嘆道：「街仔無，戀愛無，店內嘛無……」

阿娥總是自顧自說著意味深長的話,秀蘭逐漸習慣了,不以為意,但這些日子以來,她好像也漸漸聽明白了。
「無定巴黎有。」秀蘭說。
「哈!無定巴黎有!」兩人相視一笑。

參考資料

文可璽,《臺灣摩登咖啡屋:日治臺灣飲食消費文化考》(臺北:前衛出版,2014 年)。

文可璽,《臺灣咖啡誌》(臺北:麥田出版,2019 年)。

王詩琅、朱點人著,《王詩琅‧朱點人合集》(臺北:前衛出版,1991 年)

和田奈穗實,《日治時期臺北地區的賽馬活動》(臺北:國立臺灣師範大學臺灣史研究所碩士論文,2019 年)。

陳芝蓉,《「始政四十周年記念臺灣博覽會」中的女性角色》(臺北:國立臺灣師範大學歷史學系碩士論文,2015 年)。

許俊雅編,《臺灣現當代作家研究資料彙編 104:王詩琅》(臺南:國立臺灣文學館,2018 年)。

葉錦爐,〈新竹競馬場的故事〉,《竹塹文獻雜誌》第 50 期(2011 年 10 月),頁 118-123。

廖怡錚,《傳統與摩登之間──日治時期臺灣的珈琲店與女給》(臺北:國立政治大學臺灣史研究所碩士論文,2010 年)。

廖怡錚,《女給時代:1930 年代臺灣的珈琲店文化》(臺北:東村出版,2012 年)。

鄭麗玲,《阮 ê 青春夢:日治時期的摩登新女性》(臺北:玉山社,2018 年)。

基隆港勃露斯

―― 張文薰、韓承澍

> 「可是呢，富田小姐——我說出這種誰都知道的事可能會被您笑，但那種苦楚最終會成為藥方的。藝術家可以客觀地審視痛苦，因此會產生餘裕，然而普通人的痛苦就只是完全沉溺在那痛苦之中而已。」
> 「嗯，這我當然明白，但總覺得那樣有些汙穢。」
> 「話是這麼說沒錯。但我想表達的是，希望您能從汙穢中擷取精華。」
> 「不過，這種事情真的有可能嗎？」
>
> ——張文環，〈憂鬱的詩人〉

一、落蕾

從微暗的車廂中走出，朝陽已經把基隆車站從屋頂到月臺照得一片燦亮。鐵軌旁幾株山茶花，油亮的葉面上滾動著昨夜沒乾透的雨水，霎時閃進視野，簡有義緊閉一夜難眠的眼睛，過了片刻都無法張開。不過，至少這片刻的黑暗完全屬於自己。

「簡先生，你的手杖呢？」

明明比自己晚下車，富田美世的聲音卻突然從前方傳來，打破簡有義耽溺的個人時光。

一下子被拉回現實的他撐著酸刺的眼眶前後張望，卻也不想在雜沓的月臺上拉開嗓門回喊。

確定美世的所在後，他將手杖高舉過肩示意，不料美世竟然像個獲得獎賞的孩子般高喊：

「太好啦！萬歲！」

這個美世小姐，圓臉、圓眼與紅嘟嘟嘴唇宛如嬰孩般無害，卻會像現在這樣不小心給人難堪……不，其實錯在總是心不在焉的自己。明明擔負重責大任，幫聲樂家吉野好子大師一行人處理臺灣巡迴公演雜事；卻好幾次多虧最年少的鋼琴伴奏富田美世提醒，才沒引發災難，真是太丟臉了。吉野大師巡迴途中的食衣住行可都不容閃失，從晨起睡前的一杯溫水，到挑出料理的魚刺碎骨，都由美世整頓得服服貼貼。善於察覺氣氛、反應機敏，加上彈鋼琴的技巧與風采，簡有義不禁想像美世獨當一面的樣子。

跟自己實在天差地遠，還好這趟旅程總算要結束了。昨晚節目結束後，終於放鬆下來的簡有義甚至在興頭上，買下這根蛇皮裝飾的檜木手杖，明明當時是陪同吉野大師選購帶回日本的土產，自己也還不到需要拐杖支撐的年紀，但多少有紀念這次同行的意思。

這不是第一次擔任內地貴賓的隨行案內人了，簡有義卻在寢食與共的這幾天，對吉野大師一行產生了無法言喻的親密感。吉野大師在觀眾的「安可」喊聲中，脫口吟唱出「ウーヤーホエ」的那一幕，還有美世說出自己是日臺混血的那一刻，都讓簡有義無法把這幾位從五線譜與黑白鍵走出來的藝術家，當作是他人看待。

不過，當富士丸那龐大的船艙近在眼前，他下意識地看向左手腕上的手錶確認時間，等

<small>雨夜花</small>

123　基隆港勃露斯

在家裡的美津子的臉，一下子浮現上來。無論是挑著籮筐的小販：「香蕉、香蕉、臺灣名物、美味喲！」或是快手快腳的人伕：「這個行李、俺、八錢、好！」那些片斷的日語單字，潮騷間的果實酸甜氣味，似乎都跟三年前帶著新婚妻子美津子回臺時沒有兩樣。

「行李可以先放下來嗎？」

「這裡不行，地上髒，小美（みちゃん）……」直到對上了那雙戴著眼鏡的圓亮眼睛，神來：「不是、美世小姐，讓我來拿上船艙。」眼前仰視自己的不是美津子，而是富田美世。

腳一滑，才發現踩爛了好幾片桃紅色花瓣，原來是整朵落地的山茶花。

正忙著用手杖把山茶花撥到路旁，就聽見美世甜甜軟軟的聲音：「剛下船那天慌慌亂亂，現在要回去了，才發現港口離山好近喔！人家好想爬上去看看呢。那邊的商店有賣蛇皮的手提包嗎？想要用來裝樂譜，如果能買到就太好了呢。」這種臨走前的期待很難拒絕，果然吉野大師開了金口：「簡先生，美世就拜託你了，帶她在基隆買點東西。」美世推了一下鏡框、眨了眨眼睛，彷彿從中原淳一畫中輕躍出的少女。是啦，美津子是絕不可能露出這種「愛嬌」神態的，即使是剛到臺灣的那時候，她也只是靜靜審視港邊的一切，傾聽簡有義以台語和腳伕交涉搬運行李的價格時，也不曾露出絲毫獵奇或慌張神色。

二、憂鬱的詩人

如果說，是美世小姐讓自己體會到日語「愛嬌」的意思，那麼美津子就是「崇高」之美

她們將往何處去　　124

了。美津子如果能像美世這樣流露各種情緒，兩個人的關係也不會弄到這麼僵了吧。「簡先生！你幫我看看，這件怎麼樣呢？」美世的聲音把簡有義的思緒瞬間拉回現在。

這已經是第三家商店了，美世卻還不想放棄。簡有義一直暗示她從來只看過蛇皮小錢包，要能裝進樂譜，得用多少條蛇才能做成啊？走著逛著，美世似乎忘了原先的目的。

「嗯，富田小姐喜歡就好。咦？帽子？蛇皮手提包呢？」

「就想說買這頂帽子送給簡先生當作紀念呀！還有，不是說好了私底下叫我『小美』就好嗎？」

「不用不用！這是我的工作，能陪同吉野大師跟認識大家，是我的榮幸……美世小姐……您不要破費。」

好樣板的說詞啊，簡有義說出口後自己都覺得尷尬。只是，要紀念什麼呢？當年不就是因為順應父親的要求，突然決定回臺灣，隨房東母女到新宿挑選紀念品時，自己脫口說出「如果能在東京，與美津子小姐共度更多的時間就好了……」，才使美津子毀棄原訂的婚約，跟著自己來到臺灣。結果，美津子反而成為自己東京生活的紀念品。

帶著美世轉到義重町，喊客來店的聲音此起彼落。「好吧，美世小姐，這裡號稱基隆銀座，一定有蛇皮手提包的！」

「太好了！萬歲！買到就可以安心回東京了！」

那自己什麼時候能回東京呢？眷戀的到底是東京的時間、還是美津子？簡有義甩頭，深

125　基隆港勃露斯

夜大雪飄落在窗臺的娑娑聲、清晨錢湯屋頂的白煙，那份孤獨與自由，連木地板夾縫的臭蟲都讓人懷念。但是，自己哪裡有說「回」東京的資格呢？

「有義先生還好嗎？我是不是說錯了什麼？」

「沒事。只是回想起這次旅途中，再次認識到的那些切實的問題。」

美世欲言又止，這也不是第一次看到簡有義表情驟變了。前幾天，吉野老師指出會場木地板凹凸不平時那句「如果是在內地的話……」，還有隨行記者稱讚簡有義「你的國語講得真好！差一點忘記你不是日本人了」，以及，一行人聊到「本島人溫暖又親切，讓人眷戀不已呢」，這些時刻，美世都看到簡有義似乎快壓抑不住的複雜表情。

「我突然覺得餓了，可以陪我找間喫茶店坐坐嗎？」

「不買蛇皮皮包了嗎？」美世突然改變心意，一下喚醒了簡有義，他的隨行任務還沒完成呢。

「沒關係，遺憾也能成為美好的回憶啊。」

在高砂町的 Lion 喫茶店裡，簡有義滔滔說明著臺北新公園也有 Lion，所以點那邊最有名的咖啡、汽水、三明治來比較看看。美世卻尷尬地說：「有義先生！真的很抱歉，我其實不餓，只是想把握上船前的時間，聽你說說那些『切實的問題』，是民族的問題嗎？如果是吉野老師或其他團員的態度，那我代為道歉。」

「我沒事。倒是美世小姐，您擁有這麼豐富的藝術家才華，可以更勇敢向吉野大師爭取獨立的機會才是。」

她們將往何處去　　　126

「我?我、怎麼可能離開老師獨立呢?老師是我的恩人,如果不是老師把我從育幼院接出來,還請親戚富田家收養我,給我戶籍,我這樣血統不純的私生女,怎麼會有今天?」

「那也是您自己才華出眾,才會在一群院童中被選上。而且,那晚您的伴奏之美妙,讓我感覺已經脫離伴奏而獨立了。加上您年輕又有魅力,獨立演出一定會成功的。」

「不是的!請不要再說『獨立』這個詞了。我哪有什麼才華,如果老師和你有一樣的感受,那該怎麼辦呢?想要彈奏自己喜歡的樂曲,我這種夢想,並不到需要反抗老師的明確程度,只是偶爾會有些煩躁。畢竟,跟著老師很久了。」

「雖然我不是像美世小姐這樣的藝術家,但好歹也寫過詩,可以體會這樣的感覺喔。必須回應上面要求的煩躁啦、跟對手比較的不安啦,但是建議您從這些看起來汙穢的情緒中擷取精華,就像是⋯⋯談戀愛!跟藝術談戀愛,這就是藝術家的才能。」

「老師不會答應的。如果是自由自身的話,倒也無所謂,但是已經跟吉野老師約好了,我不能只為自己的夢想,去當一個利己主義者。」

利己主義者?簡有義也曾經夢想著透過藝術來呈現出生活的艱難與矛盾,卻在美津子的微笑與琴音中,差點忘記了臺灣青年特有的煩惱。是在美津子身上,簡有義才理解那份「崇高」,足以超越人世間的紛雜。但自己的家庭與故鄉,似乎不能守護這份超越民族界線的美。從美津子踏上基隆港碼頭的瞬間,簡有義就開始懷疑自己的決定,根本只是利己主義作祟。

「啊哈哈,美世小姐怎麼會是利己主義者呢?關於追求夢想與民族問題,這就是很切實的問題啊。好像該準備登船了⋯⋯」

基隆港勃露斯

美世知道簡有義不想談，就像前天晚上在屏東的公園散步，簡有義聊到一半突然轉移話題，要她享受「帝都東京的人沒看過」的風景。

「有義先生，我會努力的，希望能成為讓大家了解臺灣之美的藝術家，就像江文也、還有朝鮮的崔承喜一樣。」螢火蟲輕盈地在稻葉上交錯飛舞。

來到基隆車站，簡有義停下腳步，抬頭望向廣場上的樺山總督銅像，許下承諾：「好，等富田小姐成功了，到時候也讓我來擔任您的隨行者，就像邀請崔承喜、關屋敏子、吉野好子大師來一樣！」

三、山茶花

自己是怎麼從一個志在《文藝春秋》、《中央公論》懸賞文學獎的作家，淪落為提行李、帶購物的旅途幫手？下午一點整，列車抵達臺北車站，車廂已經空無一人了，簡有義才匆忙躍至月臺。不，用「淪落」是太不知好歹了，好不容易才找到餬口養家的工作，而且是在文藝關聯的映畫會社，以前那些夥伴可羨慕得呢。簡有義甩頭送走隨行者任務與身分的問題。

花了好幾秒回神，身後的火車鳴笛、車輪轉動，逐漸加速直至完全駛離臺北車站，簡卻感覺此刻自己的心神還在基隆，目送著富士丸，身體卻向著飛速往南的縱貫線列車。

直接回家嗎？這個時間還是先進公司打聲招呼，再到榮町逛一逛。難得不用帶美津子一起上街，今天是內地新刊進貨的日子嗎？不知道從什麼時候開始，自己在書架前流連時，美

她們將往何處去 ——————— 128

津子就在一旁乾等，美津子在吳服區比劃詢價時，自己就在一旁乾坐著，誰都不提出分別行動的提議，彷彿先開口的人就輸了。簡有義不懂美津子為何總要跟著自己出門，那些婦人雜誌不是都可以訂閱寄到家裡嗎？直到上次在新高堂書店，簡有義買完書到處找美津子，來到書店附設樂器部時，美津子臉上那惆悵而哀傷的神情，才讓他產生了深深的罪惡感。那裡陳設著小型的三木鋼琴，定價一百五十圓，比起早些年動輒上千圓的山葉鋼琴，平民化的三木鋼琴當然是親切不少，甚至比山葉的「風琴特價兩百圓」還要低廉。但簡有義還是買不起，大稻埕的賃居處也沒有放置的地方。來到臺灣，讓美津子不像美津子，自己實在是虧待她了。

不過，沒有鋼琴，美津子的反應倒不像簡有義那樣強烈。她自知鋼琴程度只是及格而已，從日本音樂學校畢業以後，也沒積極找工作，就待在家裡等待婚期。在拓殖會社任職的父親原本已經選中願意入贅加賀家的部屬，他自己卻在提親前突然過世，對方也被派往香港分公司，兩家之間依靠偶爾寄來的信與照片維繫著關聯。美津子母女只會彈琴、插花，足跡最多只到教會，從此必須出租二樓的房間貼補家用，卻也因此認識了來自臺灣的青年。雖然母親認為木訥寡言的簡有義要比從未相處過、遠在香港的未婚夫值得信任，但想到女兒要毀棄婚約、遠嫁殖民地，還是猶豫不已。

「簡君可以入贅嗎？加賀家跟這棟小房子，未來都是要交給美津子的丈夫，入贅也只是戶籍上的登記而已。我還聽說，日本小姐嫁給臺灣男子，在殖民地生下來的孩子戶籍上會變成私生子，這種事情可千萬不能發生。」

「說什麼殖民地呢？《內臺共婚法》已經頒布了。而且分什麼日本人、臺灣人？不都是

一樣嗎？」當時美津子幫著簡有義拒絕了，只要能跟他在一起，住哪裡、姓什麼，都不重要。直到婚後兩年母親過世，美津子趕回東京處理後事，才發現這段婚姻關係還沒有正式登記，自己一直都是「加賀美津子」。

還好沒有孩子。應該是從那時開始，美津子才模模糊糊地觸碰到「殖民地的現實」。質問丈夫時，他支支吾吾的態度比結果更讓美津子受到打擊。「《內臺共婚法》其實還是在歧視臺灣人，妳知道嗎？這個規定只是把原來不能進入同一個戶籍的日本人跟臺灣人，改成在臺灣這裡可以，但內地那邊還是一樣不承認。根本的精神就是不讓臺灣人取得日本戶籍，不把臺灣人看成日本人！妳知道嗎？這就是歧視！」

「我只想知道，我在這裡到底算是你的誰呢？」

「這種形式主義式的平等，是我們應該抗爭的現實，妳也見過的吳君、劉君、蔡先生，我們都朝向同樣的目的採取行動。」

丈夫激動了起來，口中說出的是一套截然不同的語彙。美津子想起從前常上樓找簡有義的那些青年，幾次送水果點心上去，他們討論著「誰要評論崔承喜，就必須有崔承喜那樣的天才才有資格」、「我們藝術研究會可以直接聯繫左連，好好的為什麼要變成東京支部？」、「藝術是大眾的？還是階級的？」，幾次激動到甚至忽略在一旁的自己。美津子知道崔承喜是川端康成力推的「半島舞姬」，但簡有義他們使用的語彙與嚴肅的神情，都陌生而遙遠。每每在她尷尬站在一旁的時候，只有一位翁君轉過頭來致意，那河童瀏海下的羞赧眼神，說出「小姐比高畠華宵筆下的新女性還要美啊！」的直率，怎麼會到後來竟是發狂而死了呢？

當時聚在中野區沼袋家的樓上，不時到附近酒館找人討論文藝、創作的他們，後來都往哪裡去了呢？總笑說要多寫、快寫才能賺稿費的劉君，跟翁君一樣住在高圓寺的吳君……說起來，也在阿佐谷的教會做禮拜的吳君算是他們夫妻實質上的介紹人呢，翁君的後事聽說也是吳君幫忙處理的，真是個好人。但回臺灣後，反而不曾聽丈夫提起他們的事。好不容易找到現在這個映畫會社工作的丈夫，來往的對象也換成大稻埕的商人、娛樂雜誌的發行人，甚至還要丈夫投資生意生意的記者。那次，丈夫應酬完歸來，凝視著《臺灣文藝》封面，那是崔承喜大跳躍的舞姿，劈開的雙腿幾成一直線，一副將要飛越整個日本帝國般的氣勢。崔承喜肌肉的線條如此有力，在靜態的攝影中，都可體會舞臺上伸展肢體時的爆發力與均衡。美津子正想探問公演時的盛況，丈夫卻緩緩把頭別開，吐出：「我的筆只剩下寫寫宣傳詞、記下在哪裡開歡迎茶會這類功能了……創作啊、夥伴啊、研究會啊什麼的，最後還不是只剩下我一個人。沒有出資的金主，哪裡能請到崔承喜？沒有那個環境，哪裡養得出江文也？」

如果有琴就好了。美津子真想彈奏一曲，排解丈夫那越來越深的憂鬱。在東京時，簡有義本來就有神經衰弱症。美津子回想起練習孟德爾頌《讚美詩》那段日子，樓上困獸般的踱步聲有時會停下來，讓她相信自己平凡的琴聲也可以抒解他緊皺的眉心。簡有義收到父親的信，要求他盡速回鄉的那一次，美津子決定彈奏非教會聖歌的歌曲，簡單的曲調，果然轉移了他瞪視著那封漢文信件的焦灼眼光。

「這是舒伯特的《野玫瑰》，也有歌詞可以唱喔。」

「舒伯特嗎？我聽過這位作曲家的名字，他好像還有一首小夜曲，也很好聽。」

「⋯⋯那比較難,我試試看。」

「⋯⋯對啦。好幾年前了,東京臺灣同鄉會跟新民報社合辦『鄉土訪問演奏會』,在我故鄉嘉義那一場,江文也就在臺上歌唱這一首。美津子小姐也知道吧,就是後來以《臺灣舞曲》聞名全日本、全世界的江文也呢!」

用音樂,也許能喚回那個志在成為文學江文也的簡有義了吧?眼前既然沒有樂器,美津子就輕輕哼起《野玫瑰》,在簡單反覆卻悠長遼遠的旋律中,美津子閉起眼睛,身體也自然擺盪了起來。

「⋯⋯是舒伯特嗎?小美果然是藝術家的命,隨口哼哼也那麼好聽。跟我同輩的作家呂赫若,也寫了一篇〈舒伯特歌曲論〉呢,他現在人也在東京。哎,我就是缺乏你們這種才華啊,還自私地扼殺了妳的藝術天分,把妳帶到臺灣來,連一臺樂器都不能買給妳。」

「我沒有這個要求,我只想跟心愛的人在一起。」

簡有義彷彿沒有聽見。「都是我不好,一直停在原地動不了⋯⋯會社下次邀請聲樂大師吉野好子來公演,我去陪他們巡迴多賺些加班費,看能不能讓妳過得像在東京一樣。」

四、兩個新娘

美津子決定嫁給簡有義到臺灣生活的時候,周圍的親朋好友還因為霧社事件發生沒幾年,老是用「凶蕃」、「首狩」這些他們自己也一知半解的詞彙嚇唬她。一向疼愛自己的母

她們將往何處去 ……… 132

親，最擔心的反而是獨生女兒去了遠地無法保持信仰之心，而簡有義只是要美津子讀佐藤春夫的〈女誡扇綺譚〉、〈霧社〉，說是可以作為認識臺灣的預備知識。「臺灣是有蕃人，但更多的是我這種漢人，漢人用漢字，妳到了臺灣還可以用筆談，並不是那麼野蠻的地方。」春夫先生的〈田園的憂鬱〉〈秋刀魚之歌〉在女學校是同學間爭相傳誦的流行文學，卻不知道他早在大正九年就去過臺灣。

「信仰方面，就比較囉嗦了。」美津子覺得簡有義未免太過緊張，臺灣不也是日本的國土嗎？何況他偶爾也會在母親的強力邀請下，一起去阿佐谷的教會。「不要擔心，我可是抱著就算啃香蕉也能過活的決心一起走的！」沒想到自己的玩笑，卻換來簡有義吃驚中帶著一絲陰鬱的眼神。他是在擔心自己像〈女誡扇綺譚〉的千金小姐一樣等待未婚夫而失魂落魄吧。

「有義先生不用擔心我會無聊。以前音樂學校的學姊小俊，聽說也跟著丈夫到了臺灣。」

「小俊？沒聽妳提過。」

「她畢業後回宮崎去當小學校老師，沒想到嫁給了同鄉的牙醫師，還到臺灣開業。她先生的診所在嘉義市，你的家鄉不是在嘉義嗎？應該就在附近吧！我可以去找她。如果牙齒痛，附近就有認識的牙醫師，更加安心了呢。」

「也不是那麼近。」

抵達臺灣的那天，丈夫說往嘉義的車程太久，兩個人就先到臺北的鐵道飯店過夜。鐵道飯店的氣派豪華，與抵達家鄉後的光景，都讓美津子震撼不已，這才終於明白簡有義沒說清楚家鄉地點的理由。

133　　基隆港勃露斯

「大林？不是可以換乘阿里山鐵路的嘉義站嗎？」

「抱歉吶！我的故鄉在山裡。最近的縱貫線車站是大林這邊，現在我們要再換製糖會社的支線火車到梅仔坑，然後可能還要換人力車。」

大林車站內散落著香蕉皮、舊報紙，簡有義負氣般地左一腳右一腳把這些踢走，一邊解釋：

「這也太不像話了，臺灣就是……抱歉吶。」

「沒關係啊，東京以外的地方車站也沒那麼整潔。有義先生剛才說製糖會社？是矢內原先生說的甘蔗工廠嗎？矢內原先生是有名的基督教教學者，他前幾年被迫離開東京帝大的事，在我們教會裡也成為話題呢。」

美津子不懂丈夫突然露出的欣慰神情。到了臺灣，簡有義時而懊惱，時而悲傷、憤怒的複雜表情變多了，美津子常常不能理解。

後來是趁著到嘉義教會的空檔，美津子才終於和小俊學姊相見。以為只要憑她明信片上的地址就能走到，美津子卻花了好大的工夫，穿過狹長如隧道般的窄巷，才在一間紅磚牆上爬著藤蔓的本島人家屋發現「川田齒科診所」的招牌。

一開始，美津子還不敢貿然相認。那厚重紅磚牆、狹小玻璃窗內彎身揹著嬰兒的、真的是昔日的網球校隊代表小俊學姊嗎？本島家屋木門內的女子身穿淡紫色浴衣，身形卻比記憶中縱橫球場的小俊姊瘦了許多，總是光潔紫起來的頭髮，垂墜散落在耳邊與後頸。直到聽見吟唱搖籃曲調的熟悉嗓音，美津子才鼓起勇氣跨入門內。

不需太多確認別來無恙的時間，美津子和小俊似乎又回到從前音樂學校女學生的時代。

她們將往何處去 ———— 134

「美津子剛到臺灣不久吧,還是這麼漂亮,妳看,我的皮膚已經晒成這種臺灣色了。」

「其實也有一陣子了。丈夫的老家在山裡,雲霧繚繞的日子很多,後面是一整片竹林,前院用山茶花的籬笆圍起來,還養了雞跟牛呢。」

「什麼?好難想像美津子餵雞的樣子啊。妳不是有個在香港的未婚夫嗎?」

「小俊姊才是呢。當初不是說以後要到完全無人認識的遠地,一個人過日子嗎?還在打網球嗎?」

總算有機會當面問她了。從前揹著網球拍遠征各處的小俊姊,回到學校總把出訪出賽的新鮮見聞說得精彩誘人,最後加上一句叮囑:「有機會,一定要出去呼吸外面的空氣!」但聊到未來的夢想,小俊姊那幅到無人相識的遠方獨居的藍圖,卻又讓大家都說不出話來。當時美津子怯生生地問:「小俊姊不想結婚當新娘子嗎?太可惜了吧。」小俊停下她繃緊網球線的手,堅定望向美津子:「雖然都說我們這裡是新娘學校,但學校教的裁縫、料理、護理甚至語言這些能力,都是我們自己的,在其他地方也一定可以派上用場。」

當時小俊的回答彷彿一顆定心丸,讓美津子至今仍感受到力量。而眼前的小俊一邊縫著嬰兒的尿布邊,回答美津子的眼神依然堅定:「像我們這種家庭的女性,要一個人出走可不容易啊。剛好遇到川田,相親時聽到他說要到臺灣來試試身手,我馬上就答應了。」

「那麼,在臺灣有呼吸到不同的空氣嗎?」

「嗯……好像是,溫度比較高的空氣呢。周圍全都是不認識的本島人,沒有半個可以商量、聊天的對象,一開始簡直跟獨居沒有兩樣。」

「這也算是實現了夢想的一半嗎?好像有點寂寞啊。」

「後來就習慣了。殖民地有殖民地獨特的人情,跟本島人之間雖然還有隔閡,但他們也教了我很多東西喔,這種黑色的液體叫青草茶,喝下去就感覺沒那麼熱了。再加上川田是個很好的人,診所的生意也漸漸上軌道。現實總是跟夢想不同,但也很有趣,沒想到能和美津子在這裡重逢呢!」

似乎是聽見妻子的呼喚,從隔壁踱過來的川田醫師,一把拔起小俊背上的嬰兒,沒頭沒腦地問美津子:「妳也有海外雄飛的思想嗎?很好很好!哈哈哈!」

美津子先是被川田醫師缺了兩顆大門牙的笑臉嚇了一跳,身為牙醫師卻不補門牙?還有,「海外雄飛」是什麼?這就是為小俊學姊實現一半夢想的良人嗎?

「川田醫師,初次見面。我是加賀美津子,在日本音樂學校常常受到您夫人的照顧,現在住梅仔坑庄……。」

「都到外地了,不用這麼見外,妳沒改丈夫的姓嗎?哦,我知道了,是妳老公想入贅成為加賀家養子吧!本島人也滿會打算的,像齲齒治療的方式啦、醫藥費啦,常常來討價還價呢。」

美津子用眼神向小俊求救,但從前事事護著自己的小俊,只是微笑地望向丈夫不語。美津子稍微調整上身的角度,不用正對著川田醫師那口缺了兩顆門牙的黑洞。

「我們才結婚,手續登記那些還沒辦妥。」

「要快點進行啊!現在這種海外雄飛的時代,會把猶豫不前的人拋在腦後的。妳看,報

紙也報導我這川田齒科的醫術高明，患者門庭若市呢。接下來，南支啦、南洋啦我都想去開拓，俊！妳跟寶寶可不能慢吞吞拖累我喔！哈哈哈！」

醫術這麼高明，怎麼不把自己的門牙補一補？報上的「川田齒科」明明是登在付費廣告欄。還有，我都來兩個多鐘頭了，還沒有見到患者的影子呢。美津子哪來這麼多批判他人的念頭，難道是被簡有義傳染了嗎？也或許，只是心疼小俊姊吧。美津子甩甩頭，自己哪來這麼多批判他人的念頭，難道是被簡有義傳染了嗎？也或許，只是心疼小俊姊吧。美津子甩甩頭，她原本可以……。轉角戲院傳來銅鑼、笛子樂聲，似乎是要開演了，寂靜的巷子裡揚起騷動的空氣，是美津子聽不懂的臺灣話。臨走前，小俊姊指著不知道什麼時候又回到背上的嬰兒追出來，「這個醬油蜆仔是隔壁的本島人太太教我做的，內地可沒有的好味道，妳帶回去請婆婆指教。還有這幾本書，無聊時可以看看。下次帶妳先生一起來吧，別看川田那個樣子，我都在顧寶寶，他也缺少談話的對象呢。」提到川田的名字，小俊姊總會微微斂起下巴綻出笑意，那幾乎難以察覺的停頓，反倒讓美津子對自己的過度臆測感到羞恥。

美津子沒說出簡有義不讓自己吃醬油蜆仔這種生食的事。倒是小俊姊給了自己幾本《臺灣婦人界》和林芙美子的《放浪記》，她怎麼會看《放浪記》？小俊明明看來那麼幸福。話說回來，要丈夫跟門牙缺不補的川田醫師聊天？這個組合畫面太衝突，美津子無法想像。回臺灣以後，反倒出以前簡有義雖然鮮少主動與人往來，只偶爾有吳君、劉君這些夥伴來找他。以前簡有義雖然鮮少主動與人往來，只偶爾有吳君、劉君這些夥伴來找他。

門的時間多了，丈夫說是去訪友，尋找工作介紹的機會，但恐怕也有找尋自己空間的意思。

以前，簡有義說是寄宿客，卻獨占了樓上的兩個房間，因為母女倆不想讓家裡人口過於複雜，就只租給簡有義。樓下八疊的大房間是自己練琴與一起用膳、聊天的起居間，簡有義下

樓時總經過她和母親共用的六疊寢室，他沉緩又時而遲疑不前的腳步聲，總讓美津子不由得緊張起來，要找些什麼話題，才能讓他注意到自己呢？沼袋這一帶在中央線沿線算是比較安靜的區域，家裡周圍樹木繁茂，掩映著附近的鐘塔，和風徐徐、陽光輕柔包圍的二樓，幾乎不出門的簡有義就在窗邊讀書寫作，美津子送茶點水果上去時，總不忍驚擾。

「美津子小姐，今天早上的鋼琴演奏也很好聽呢。」

「稱不上演奏啦，一大早吵到您了吧，不好意思。」

「根本是奢侈的享受啊，跟外面公演的感覺很不一樣，彷彿天堂的音符。能住進這裡真是太幸運了。小時候很喜歡上唱歌課，老師彈奏的風琴，對我來說彷彿天堂的音符。能住進這裡真是太幸運了。」

簡有義好不容易開口，美津子把握機會問他：「如果不嫌棄，歡迎常常下來，我們就像……家人一樣，我的鋼琴也請您指教。」

「謝謝。我很喜歡……這個家，可是……」

「可是什麼？」

簡有義眼光望向窗外，那是附近監獄的鐘塔。美津子不解，簡有義是個安分的讀書人，跟監獄裡的犯人能有什麼關係？但這段難得的對話就這樣中止。他總是這樣，鮮少主動解釋什麼，更不用說爭取或追求了。直到那次簡有義被臺灣同鄉硬拉出門玩，回來時罕見地提起，說是在阿佐谷的麻將館遇到作家中村地平。

「中村地平啊？是女流作家真杉靜枝的戀人嗎？她之前的作品寫到跟武者小路實篤在一起的事情，現在又馬上換了新戀人，真不知是怎樣的心情呢？」

阿佐谷、高圓寺都是當時的年輕作家或有志於創作的學生聚集的地區。白天的咖啡店、夜晚的酒店，甚至是打麻將的酒店，往往一推門進去，就可以遇到熟面孔。簡有義不想再跟吳君他們流連喝酒，於是躲進麻將館，就聽到隔桌的談話內容出現「新高山」、「阿里山」，仔細聽了片刻，才發現那張大渾圓雙眼喊著麻將術語的男性，是以〈熱帶柳的種子〉聞名的中村地平。

「能自由自在談戀愛，實在是很令人羨慕，對於像我這樣的人來說……」

「簡先生也有喜歡的人嗎？」

作主。」

「殖民地的青年，哪有做夢的權利呢？喜歡的人、那當然是……」

當時簡有義那盯著自己的憂鬱眼神，美津子再沒經驗也終究看穿了他的心意。所以才會在新宿挑紀念品時，大膽提議要簡有義買個戒指送自己，暗示取代未婚夫位置的意思。母親與簡有義聽到都覺得不妥，轉提議買同樣戴在手上的錶，才引出簡有義那一句低頭呢喃：「如果能在東京，共度更多的時間就好了」的告白。那恐怕是他在這段感情中最為主動的一次。

來到臺灣後，無論是嘉義的老家、現在臺北的賃居處，兩個人都共用一間臥房，終於能共度所有的時間了，簡有義卻總是往外跑。幾次陪著美津子到嘉義教會，都到門口就開溜，自己到喫茶店坐著。美津子不禁想著，簡有義的告白，也許自己根本沒有聽懂。

139　基隆港勃露斯

五、閹雞

裝作聽不懂不就好了嗎？不只簡有義的話語，來到臺灣後的許多事，美津子也都聽不懂。

從縱貫線轉製糖會社線再轉人力車，在天色暗下來的時分，美津子終於踏進那個山茶花籬笆圍繞的家門，此去，就是一個沒有語言、只有聲音環繞的世界。

「咦？媽(お母さん)，是按怎欲共大廳的燈火點起來？天閣光的呢，妳毋是攏講這臭油愛較儉咧？」

「恁阿爸講的，日本新婦(媳婦)頭一擺來，厝內點平光光來共人歡迎毋才對。咱簡家的神明祖公嘛看會清楚新婦生做啥款，日本來的呢。這種時陣毋用儉啦。」

美津子無法進入狀況，倒是日本媳婦這個稱呼讓簡有義莫名煩躁了起來。

「拜託⋯⋯」

「橫直逐工想欲儉彼一點仔番仔油錢，咱嘛袂變好額人啦。美津子、美津子小姐妳過來，先來點香拜祖先。」一恍神，還沒習慣人名後要加稱謂的公公已經湊近蠟燭準備點香。

美津子知道是在喚自己，但面對那比日本佛寺還要長好幾倍的線香，卻也不知該如何反應，正想還是先順應公公的要求拜拜，丈夫已經搶在自己面前將香接了過去。

「爸(とうさん)，小等一下，我先做一遍乎伊看，伊才知影欲按怎拜。」

美津子看著將三柱香高舉過頭的丈夫，以喃喃自語的音量連綿說著什麼，不時往左往右

她們將往何處去 140

彎腰鞠躬，緊閉的雙眼在眉間擠出皺褶，與熟悉的教堂禮拜很不一樣。隨著丈夫的動作，美津子突然發現靠牆左側後方，正擺著丈夫的大學畢業證書，以及寫著「福全堂」的木牌，和一座燻黑油汙的公雞木刻。

「哎呀！有義先生的卒業證書在這裡！還有一隻雞，好像真的一樣！福、全、堂是什麼呢？」

原本因為媳婦還沒拜祖先而有點悻悻然的父母親，看到美津子手指的方向，又亢奮了起來。「阿義你共美津子講，福全堂是以早咱兜經營的藥房，是庄內生理上好的，為著欲窮阿義留學的費用，不得已才讓乎別人，一萬箍呢！實在足毋甘、足毋甘。較早這隻雞就是园佇咱福全堂的大廳，閹雞招福，人客直直來！」

「那張證書，等於是一張支票。是我從公學校到大學畢業所花費的金錢，加上利息總共大約一萬圓。家裡沒什麼裝飾，這張畢業證書就等於是我們這個家的能力，還有送兒子留學一趟的紀念品。」

美津子甚至不敢問，閹雞是什麼？要如何判斷那隻頭上有著雞冠的木頭雞是單純的公雞還是閹雞？一下「我」、一下「阿義」、一下「我們」，丈夫換了幾次人稱，似乎想跟自己話語裡的主角撇清關係。美津子後來想，當時丈夫臉上那無奈又逞強的複雜表情，已經暗示了後來的一切。

「我爸說，拜祖先不用急，慢慢來。」「我媽說，家裡熱水都要燒柴薪，怕妳不習慣洗澡。」

「汝莫囉嗦，美津子嫁入來就是咱兜的人，袂慣習嘛是愛慣習。」

「話就猶未講了莫佇遐誓唸,聽講古的時陣甘有人像汝按呢佇邊仔一直插喙的?」

「按呢喔,遮勢講哪會毋去作辯士?」

雖然聽不懂,但公婆臉上的表情並沒有攻擊性,滲透著不拘小節的親密。正當美津子看得津津有味,丈夫卻嘆了口氣,閉口不語。美津子擔心是不是拿香拜拜的問題讓公婆不開心。

「阿義啊,你佮美津子小姐是按怎熟似的?美津子小姐甘有咧做工課?」

「爸、媽,我母是講過矣?伊是我稅厝遐厝主的查某囝啦,我先炁她去房間,荷物（にもつ）毋是,行李有影足濟,閣有一大堆書要囥入去。」

缺乏翻譯,美津子原本以為自己會手足無措。但當過幾天清晨,婆婆拿著一碗浸溼的白米給自己,伸縮脖子模仿雞隻「咕咕」的模樣,美津子其實也能意會,人與人之間有些超越語言的東西存在。只是過不了多久,從臥房裡追出來的丈夫卻奪下自己手中的碗嚷嚷著什麼,美津子只約略聽懂「無知」、「不衛生」、「迷信」這幾個發音相近的詞。原來那碗米浸了拜拜用過的米酒,婆婆聽說讓雞吃酒米,可以消毒、防雞瘟,也可以讓神明看護。看著雞隻露出如醉漢般東倒西歪的神態,美津子實在覺得有趣,脫口說出:「這就是『千鳥足』[1]的本義啊!」然而,面對婆婆的好奇,丈夫卻不願意翻譯,說是要早點讓她熟悉這個從小長大的地方,硬拖著自己出門。「這間教室真來到小梅公學校,簡有義才露出回臺灣以來罕見的笑顏。

令人懷念啊,我當了好多次級長,名字也有『美』字嗎?真是巧。她住附近嗎?」

「美娟小姐,只有一兩次被表妹美娟搶了去。

1 形容人喝醉酒步伐不穩的樣子。

她們將往何處去 142

「她很會念書，家裡卻不讓她升學，很可惜⋯⋯聽說結婚生了兩個孩子，早就沒有聯絡了。」

明明沉湎於美好的回憶，丈夫卻不直接回答自己的問題。話題突然轉到「臺灣人念公學校，日本人念小學校，教科書不一樣，升學途徑也被限制！這就是教育面的歧視！為了往內地的學校升學，老師也特別讓我們幾個讀小學校教科書，還訂了《少年俱樂部》那些雜誌來看」。

「可是有義先生念高等學校、帝國大學，不也跟日本人一樣嗎？」

「都是老師的功勞，老師曾經偷偷給我吃她未婚夫從東京帶回來的牛奶糖，彈風琴讓我唱歌，啊，她的琴聲真是好聽⋯⋯」

「咦，就是這間教室裡的風琴嗎？我可以來這邊彈風琴嗎？也可以教這邊的小孩子音樂！」

美津子不想深究丈夫時而溫馨、時而疏遠的轉變，開始描繪在這山中擔任音樂教師的未來圖像，但丈夫就像早上搶過酒米時一樣，說話的方式轉為低吼：「不可能的。老師結婚後到內地去了。藝術家不應該做這種事。不可能的。」

簡有義似乎越來越常說出「不可能的」，到底是在拒絕誰的要求？誰的期待？無論是妻子想經營的地方新生活，或是像上次，公婆說要挑日子舉辦婚宴的反應。

「妳不要理我爸媽。要辦婚宴，妳如果穿上這裡傳統的鳳冠霞披，我可受不了。到時候還得拜拜，不只家裡的祖先，是列祖列宗、天上天公、觀世音菩薩、媽祖、帝爺公、灶君、土地公都要拜，有些還得跪著拜。我受不了⋯⋯妳的信仰應該也不容許吧，我不會答應的。」

143　基隆港勃露斯

「可是，爸媽提了好多次，既然這是他們的心願，我沒關係的，順著他們的人情跟民俗的意思。結束後我再回房間禱告，上帝會寬恕……我也想多認識你的家族、這邊的人情跟民俗……」

話還沒說完，簡有義就衝出臥房，美津子只聽見大廳傳來公公「……這個家的先祖……先解決父母之苦……高等文官……領薪水的好工作……」這些近似日語的音節，以及丈夫似地衝回房間：「我不會答應的。要燒那樣多紙錢祭天祭祖，要把所有他們的朋友、遠方親婆婆口中不時夾雜的「美津子」，卻無法捕捉到他們爭吵的內容與結果。只見丈夫又一陣風戚都找來，沒有意義！結婚是兩個個體的事情，應以個人意志為優先，鋪張浪費、因循舊習媳婦！一次又一次的要求，不像話，我們並不是父母炫耀的道具。」

正是阻礙臺灣文化向上的原因！」

「我沒關係的，融入你的生活、照顧你家人的心情，也很重要。」

「我爸媽擔心如果不辦婚宴，別人會以為妳是我從東京帶回來的不良、女給、舞女！這太侮辱人了，鄉下地方就是這樣，一天到晚問我找到工作了沒？要讓親戚看看什麼日本美人媳婦！一次又一次的要求，不像話，我們並不是父母炫耀的道具。」

「我沒關係的，趁這個機會讓他們看看我們感情很好，我很幸福。」

「妳不用管這些。要是爸媽再說一次，我馬上就帶妳去臺北！這樣妳也可以上教會。」

其實美津子並不是那麼虔誠的教徒，但丈夫似乎比自己還要在乎臨行前母親「不要捨棄信仰之心」的殷殷叮囑。簡有義問過在東京時就有往來的蔡培火，蔡先生滿懷熱誠地推薦甘為霖牧師所創立的嘉義教會，也有剛成立的大林教會，離梅仔坑近一點，也在積極召募教友，他還連帶推薦教會發行的報紙，說是可以讓美津子更熟悉臺灣的語言。但美津子去了幾次後

144

覺得那是長老教會，畢竟跟所屬的聖公會不太一樣，而且因為不懂臺灣話，用白話字寫成的報紙也看不懂。

其實最想要離開故鄉去臺北的，是簡有義吧。父母頂讓藥房的積蓄雖然可以勉強過日子，但振筆疾書，組織文藝同好，以文字為生民立命，才是丈夫應當扮演的角色。只是，到附近的嘉義、新營、佳里、臺南請託長輩友人，獲得的回音卻寥寥無幾。

這天夜裡，美津子在細碎的聲響中醒來。發現丈夫也醒著，才聽他喃喃唸出：「聽見了嗎？那是獼猴啼聲爬過樟樹樹稍、跳上楠樹壓斷細枝而遠去。山風吹動檳榔樹葉窸窣作響，更遠處是竹節碰撞聲。夜鷹尖銳鳴叫蓋過領角鴞夜鳴。最清晰的卻是最細微的紡織娘聲，就在窗邊。」

美津子讚嘆道：「好夢幻的聲音，好精準的文字，你應該寫下來，就像以前在東京時投稿雜誌一樣。這只有你才寫得出來。」

簡有義沒有轉頭，只是凝視著天花板，緩緩說出：「不可能的。」

六、頓悟

接到小俊姊死訊的時候，美津子正拿著掃帚打掃大稻埕的家裡。

「原本計劃要到臺北去叨擾幾天，但她突然得了瘧疾，沒幾天就走了。她葬在郊外的佛僧花叢下。將來南方見！」川田醫師在信紙空白處所留下的訊息很有個性，襯得小俊姊娟秀

工整的字跡更清寂。雖然都說來到臺灣，感染一次兩次瘧疾也是平常事，但這熱帶風土病的致命危險，還是震撼了美津子。

「川田的妹妹來玩，說是要看臺灣八景，我們去了臺南、日月潭、阿里山，純真的蕃人令人印象深刻，但又覺得他們好像是被擺上去的道具，有點不協調。接下來要到淡水，想到可以順道去臺北找久違的美津子，整個心情躍動了起來。過得還好嗎？小美可是比川田的妹妹更像我的親人。不過也多虧了她，讓我有機會出門，無論是蕃人的歌舞、西班牙人與荷蘭人築起的堡壘、漢人寺廟，我都想要一處一處地看個清楚，這與我們習慣的文化太不相同了，世界是如此廣大！不趁這個機會呼吸新世界的空氣，枉費來到外地！」

小俊姊總是能對看似理所當然的現象產生不同的想法，只要跟著她一起，世上的空氣彷彿都不一樣。美津子不難想像揹著嬰兒寫這封信時的小俊，就像網球隊春季遠征的前一晚，在宿舍床上輕輕碰擊球拍表面確認球線硬度，再把球袋揹上對著崇拜者說「不錯吧！打贏了回來就為我歡呼萬歲！」的神采飛揚。春季大賽正逢紫陽花盛開，小俊耀眼的笑容、藍紫漸層的衣衫，在懵懂的晚輩如美津子眼中，就等於廣闊世界的色彩。如果知道寫完信後就會病倒，小俊姊會怎麼做？是不是多花點時間抱抱孩子跟川田醫師？應該不會，小俊姊一定照常做自己的事情，她是到了最後一刻也要充分感受生活的人。

要不是臺北的映畫會社要簡有義馬上上班，臨走前，美津子本想再到嘉義一趟向小俊當面道別，卻被丈夫以行李打包不及為由給阻擋了。

「可是，這幾個箱子，裡面都是《改造》啦、《文學界》啦，還有你以前的《福爾摩沙》啦、還沒寫完的原稿啦，回來以後都還沒有打開過，這也要打包嗎？」

「還是整理一下，臺灣這麼熱又潮溼，怕發霉或給蟲蛀，將來再回東京的話⋯⋯」

美津子恍然大悟。原來丈夫想的是「回」東京，跟抱著「即使啃香蕉也無所謂」決心來到臺灣的自己並不同調。搬到臺北之後，丈夫除了上班下班，陪同應酬或隨行公司客戶的時間更多。美津子有時特意將箱子裡的原稿拿出來攤在桌上通風，簡有義下班後看到，總是凝視著自己的手跡良久，用指頭描畫格線，有一次甚至還直接在上面捏死一隻蠹魚。

「不應該是這樣的，當時想像的未來不應該是現在這樣。」聽到丈夫的自語，美津子湊過來看著被蠹魚滲出的汁液汙染的稿紙：「哎，蟲子用力拂到旁邊就好了，怎麼不告訴我一聲呢？」

「這麼熱，這麼潮溼，再用力，也都是空的。」

丈夫到底在說什麼？美津子知道他的生活不如想像中順利，會社給他個「部長」職稱，實際卻跟研修生沒兩樣。會社人手不足，說是要從零開始創造臺灣的文化，上頭卻沒有具體的方向。想做什麼都得自己來，看不到成型的結果。一開始，丈夫還會向美津子抱怨工作的困頓，說既然沒有幫手，就直接從《文藝春秋》、《中央公論》這些內地的綜合雜誌取經。後來，丈夫翻閱雜誌的時間越來越少，有一次只看了一眼就匆匆闔上，那是芥川賞名單公布的特輯號。

「夜風汐風、恋風乗せて／今日の出船は、どこへ行く／むせぶ心よ、はかない恋よ／別るるブルースの、せつなさよ」[2]，癱坐下來的簡有義輕輕哼唱起歌謠，是美津子在放送裡聽過的流行歌曲。只是歌詞唱錯了，他把勃露斯之前的「踊れ」唱成了歌名「別れ」。會社的應酬會上舞廳嗎？丈夫執筆的手，現在執起的是舞女的玉手嗎？還是說，丈夫有什麼在港邊難捨的對象嗎？

美津子發現如果一直待在家裡，會變成那種連自己都討厭的、終日猜忌丈夫的女人。眼前浮現小俊姊「呼吸新世界的空氣！」的神采，她決定起身出門，沿著太平町通進入城內。如果家裡有蓄音器該多好？京町的時計店、彰化銀行、茶莊、齒科、光食堂支店、蓄音器店。母親曾經稱讚木瓜糖很好吃，可惜再也沒機會寄回去孝敬了。明治喫茶店、菊元百貨，丈夫上班的榮町到了。

「這榮町都說是臺北銀座，如果是這樣，那邊的新公園就等於是日比谷公園了。哪裡像？東京哪有這麼熱？妳也受不了吧？」

只要一起出門，一路上丈夫就會不停探問自己對氣候與氣味的感受。上次到東門市場，湯麵的重油爆香味、小廟前搬演布袋戲的鑼鼓聲、黃澄澄的椪柑、嫣紅的荔枝，還有不知道是在攬客還是爭吵的本島人語言，這些感受既陌生又新鮮。但丈夫總是阻止自己停下腳步駐留，同時叨唸著「人太多，妳很累吧？」、「這個味道妳不會喜歡的啦」、「這

---

[2] 日本哥倫比亞唱片於 1937 年所發行的暢銷歌謠〈離別的勃露斯（別れのブルース）〉，由淡谷則子（淡谷のり子）演唱，服部良一作曲、藤浦洸作詞。

她們將往何處去　148

七、可愛的仇人

看到那封簡有義隨便塞在褲子口袋裡的信之後，美津子才終於有了答案。

拜啟。有義先生，我寫這封信的同時，您一定拚命在找蛇皮手杖吧？真不好意思，手杖在我這裡，那天在基隆 Lion，看您又忘記拿，我就帶走了。不好意思，當時我真的很想要一個可以紀念這趟旅程的東西。就像上次說過的，我那從未謀面的父親是臺灣人，能藉著這次老師的巡迴演出實際來到故鄉，對我而言意義重大。臺灣的一切，都新鮮又熟悉，時常讓我產生「原來如此」的感嘆，明明我什麼都不懂，是不是太狂妄了呢？雖然來到異地，卻能熟悉而安心，這都要歸功於有義先生。有義先生不只是隨行案內而已，如果可以，真希望有更多與有義先生共度的時間⋯⋯

麼熱還在這邊炒菜，都沒食慾了吧」，小心翼翼的語氣跟頻繁打斷自己思量的焦躁，讓美津子在心裡反問：能不能不要代替我做決定呢？你是在著急、害怕什麼？

大正町聖公會的內地人教友時常討論臺北的飲食狀況。圓公園的蝙蝠翅湯、江山樓的炸丸子，美津子還沒有機會驗證是不是合口味，就被丈夫以「那個場合不適合女人去」回絕了。還有，在教友、小俊姊口中都說是臺灣家庭料理首選的醬油蜆仔，丈夫也因為曾經吃壞過肚子，便以「細菌很多」而阻止自己嘗試。再這樣下去，自己的人生到底還能往何處去？

149　基隆港勃露斯

您推薦的春夫先生作品，我都讀過了，就是世外民、就是Ａ君吧。在日本與臺灣之間，扮演兩面翻譯的角色，明明擁有滿腹的才華跟高超的思想，卻得不到肯定，也沒有發揮的機會。這種心情，我也感同身受。想起之前在育幼院被亂喊「蕃人」，我很能夠了解有義先生的痛苦，這就是您所說的「切實的問題」吧。

您過得還好嗎？會社有沒有刁難呢？您說過，只有在東京的生活才是最自由自在的，很想跟我們一起回東京。我一直回想起在屏東公園、在嘉義街上您仰望椰子樹，在基隆碼頭仰望銅像說這句話時的表情。還有您唸出描寫故鄉猿猴啼聲的句子，那好聽的聲音。請您到東京來吧！既然只有東京能讓您擁有不被歧視的自由，實現創作的夢想，那麼請回到東京來吧！

我知道您很辛苦，當年背負著父親的期待離鄉背井，經過瀨戶內海時想要跳下去的孤單，還有看到火車窗外的富士山景色就想起夏目漱石的《三四郎》。上週我幫吉野大師拿東西到上野，也想著您當初上學時經過的不知道是不是同樣的路？不好意思，我囉嗦嗦寫太多了。希望能早日相見。

在東京等您的　小美

美津子原以為自己會崩潰，卻出奇地冷靜。生氣的只是「小美」這個稱呼，那不是兩人之間專屬的名字嗎？丈夫卻輕易在另一個女性身上找到「小美」。簡有義如果是從地方到帝都求學的三四郎，難道自己是讓他宛如迷途羔羊的女神美禰子嗎？自己也因為這段戀情，離

開原定的道路來到臺灣生活了，但他卻向別人吐露回東京的願望？好吧，如果另一個小美召喚著丈夫前往東京，那麼，自己與他共度的時間，也就到了盡頭。只是，蛇皮手杖？跟丈夫的氣質也太不合了。

簡有義雖然驚愕，卻也迅速接受了美津子的分手決定。事實上，接到這封寄到會社的信件之前，他完全沒想起蛇皮手杖的事。沒有告知美世自己已婚，才讓她寫了這麼一封熱情的信件來，確實是自己有錯。這段沒有孩子與財產、也沒有正式登記的關係，稱得上婚姻嗎？再跟著自己在臺灣生活，也只是拖累美津子吧，不如在反目成仇之前好好分別。

再度來到基隆港，簡有義熟門熟路地為美津子安排行李上船，這幾年來，他已經因為迎接、送行會社貴賓的工作，對基隆碼頭熟悉無比了。

「還有一點時間，到義重町那邊的商店看看吧。小美，我們上次在大和商店買的木瓜糖很好吃。」

「是嗎？剛回來那次，你不是說木瓜糖不衛生又有奇怪的味道？」

顯然簡有義想起的是另一個小美。美津子決定戳破這個總是不把話說清楚的傢伙。「你到東京去的時候，就可以帶木瓜糖給那邊當伴手禮了。」

「不可能的。我家裡、還有會社的事情⋯⋯我只是比較喜歡新鮮木瓜，倒不是不喜歡木瓜糖⋯⋯」

看著簡有義忙不迭解釋卻夾雜不清的慌張模樣，就像當時在新宿，要求他買戒指給自己當紀念品時，他驚愕而慌張地回應：「倒不是不願意選戒指，但是那是婚約者⋯⋯我只

151 基隆港勃露斯

是……送妳手錶好嗎？雖然妳已經有一支了……對，一個人不需要兩支錶……」美津子懷念地笑了。

「對不起，因為我這可笑的利己主義，浪費了美津子小姐的時間。」

「戀愛的時候，每個人都是利己主義者吧。也是因為你，我才能到臺灣來，跟小俊姊重逢，也有了再往南方去看看的念頭。」

「這樣一個人到南洋去，沒問題嗎？」

「嗯，不會有問題的。女學校的時候學會的英語、護理、裁縫，到那邊都可以派上用場。那邊也有教會的人會帶領。現在的局勢，我們基督徒到南洋去，政府好像也是樂觀其成呢。」

「還是覺得很抱歉。」

「雖然對你來說可能有點失禮，但是臺灣是個比我原先想像的還要可愛的地方呢。」

綿綿細雨中停泊在基隆港棧橋的蓬萊丸即將出航，船上船下同樣人頭攢動。裝卸完畢的船員掛上粗大的麻繩，戴著帥氣帽子的舵手從駕駛室窗戶探出頭，俯視甲板上的船客。這碼頭的風景再熟悉不過，只是這次，簡有義才發現從自己的角度，可以看到黑鳶正撿拾港邊被丟棄的動物內臟，而紅嘴鷗則尋覓著黑鳶吃剩的碎屑。

棧橋上擠滿送行者和揮舞的手帕，只是其中沒有一雙手為了自己而揮舞。簡有義眼中，眾人的臉上盡是憧憬與期待，但這裡面有多少人擁有重逢的機會呢？

「莎喲娜拉！莎喲娜拉！」

簡有義對著蓬萊丸空喊了幾聲，轉頭走向基隆車站。

她們將往何處去　152

參考資料

中央研究院地理資訊科學研究專題中心「臺灣百年歷史地圖」：https://gissrv4.sinica.edu.tw/gis/twhgis/。

國立臺灣圖書館「館藏南方資料影像系統」：https://ntlsa.ntl.edu.tw/cgi-bin/gs32/gsweb.cgi/login?o=dwebmge&cache=1747472046866。

張文環，〈憂鬱な詩人〉，《文藝臺灣》第 1 卷第 3 號（1940 年 5 月 1 日）。

張文環等著，鍾肇政、葉石濤主編，《光復前臺灣文學全集 8・閹雞》（臺北：遠景出版，1997 年）。

陳柔縉，《臺灣西方文明初體驗》（臺北：麥田出版，2011 年）。

陳柔縉，《囍事臺灣（經典紀念版）》（臺北：麥田出版，2023 年）。

瘋人們

——黃亮鈞

> 這條橋叫燈心橋，是用兩片木板併合而成，非常簡陋，走起路來上下搖動。據說，這裡自古就有鬼魅出沒，就是現在，一到黃昏以後，村民也害怕，很少靠近過。據說，即使是文明時代的今天，過橋的時候，還會有黝黑的手從橋下伸出，摸捉行人的腳，或流水的聲忽然轉變為笑聲。
>
> ——呂赫若，〈財子壽〉

一、大宅院的鑰匙

正要入夏了。農人習慣將拔除後的雜草散亂丟在田埂上，雜草被太陽曬得乾燥，底下就又冒著蠢蠢欲動的新生。玉梅踏著田埂間的乾草，發出響脆的節奏，兩旁水稻田的水滿溢出來，泥溼了她的鞋。玉梅的手中還緊緊握著一把鑰匙，那是素珠在剛剛的一陣混亂中，硬塞到她手上的。

牛眠埔村落的福壽堂，位在村落南邊墓場的彼岸——通過燈心橋之後，就能看見不遠處的紅色門樓，門上那塊以青字寫成的「福壽堂」匾額略微傾斜，結滿的蜘蛛網又更厚了些。

她們將往何處去 —— 156

福壽堂的當家周海文，是當地出了名的咨嗇富豪，執守著家族留傳的田和地，幽魂般地存在於牛眼埔的南端。

也是這當家周海文，始亂終棄地對待繼室玉梅，同時和家中下女素珠發生關係，耽溺肉體的慾望而難以自拔。海文任憑玉梅生產後發狂，隨意找了間公立醫院就急著送走發瘋的她。素珠知道自己和海文的肉體關係也到了盡頭，處理完玉梅的問題，下一個就輪到自己要被趕出這宅院。

怎麼可以。怎麼可以被如此輕易地作賤。心有不甘的素珠，偷走海文金庫的總鑰匙，想著要把鑰匙藏到一個最隱密、海文絕對找不到的地方，於是趁著玉梅要離開前的混亂時刻，把鑰匙塞給了發瘋的她──那是素珠所能想到最遙遠的可能。

玉梅知道這把鑰匙是海文金庫的總鑰匙。

回想起剛剛素珠的神情，模糊的印象中，她是多麼氣憤，眼角卻噙著淚光。玉梅心底明白，素珠即將面對的命運，其實和自己相似。但也不願海文找不著總鑰匙，海文會陷入焦慮和煩惱；一方面她總覺得這是應該做的事。玉梅緊緊握著總鑰匙，嘗試掙脫被哥哥牽住的手，衝向海文，一邊嘗試叫喊著：「鑰匙、鑰匙啊。」

然而可憐的玉梅，忘記自己不再是以前的自己了。

此刻的玉梅，在旁人眼中，就像緊握著拳頭，準備毆打、報復海文，海文皺著眉頭連連後退、雙手驅趕似地擺動，福壽堂的長工溪河則提起行李箱，連忙擋在玉梅和海文中間。

玉梅的哥哥和老母見狀，立刻拉住她，一邊叫喊著模糊的吼聲，令人恐懼。

「彼就是海文舍個兜的病查某?」

「講話較細聲咧!要你按呢大細聲?」

「聽人講『生贏雞酒芳,生輸四塊枋』,這太太毋知是生贏也是生輸?」

不遠處的農人們,早早就在看著這場難得的好戲,不時閒話幾句,手邊還要假裝忙碌著農事。

騷亂結束在玉梅哥哥的一巴掌。

正要入夏了,蟬聲也躁動起來。被哥哥斥罵後的玉梅,繼續一步一步踩踏著乾草,發出響脆的節奏。這一瞬間,她回想起了福壽堂外的世界,原本就是如此地遼闊和自由。然而,她不再能夠清楚表達自己的感受了。

一路上,玉梅感覺自己換了好多種前進的工具,沿路的水田、顛簸的石子路,又或者是大家擠在一個小車廂內、筆直地向前滑行。她不曉得外邊的世界是如何變成現在這副模樣,與老母在牛眠埔村落編大甲帽的日子,早就已經遠遠地把自己丟下了。

「城北病院到底生做啥款?去遐好無?」臺車上,老母的淚流乾了,沙啞地問著玉梅的哥哥。

「這海文舍實在凍霜!聽人講遐是足亂矣!實在是⋯⋯」玉梅的哥哥終於敢表現自己的憤怒,對著老母大聲吼叫。但也難怪他如此氣憤,家人住進城北醫院,就等於宣告家族基因的缺陷。當時的人除非不得已,不然不會輕易將家人送到專門的機構,寧願把人像寵物一般圈鎖家中,照三餐餵飯就是了。老母哀戚著,哥哥對著沿路的風景發怒。行路的過程中,間

她們將往何處去 158

或夾雜著玉梅的喊叫：「愛哭面！愛哭面！」老母一聽，流乾的淚水就又湧泉似地難以止歇。

城北醫院究竟是什麼地方？昭和十一年四月，從事貧民診療救助工作的臺中慈惠院設立了靜和醫院，並在隔年六月作為臺中州立精神病療養院使用，是當時臺中州內唯一的精神病患者收容中心。

後來，由於都市計畫更新，這所療養院鄰近出現了新建的平安醫院。平安醫院前身是明治四十二年設立的城北醫院，又稱為臺中避病院，專門收容傳染病隔離患者。於是，臺中州立精神病療養院和平安醫院兩個院區，因為地理位置相當靠近，附近居民多依據過往的習慣，統稱為「城北醫院」──只是他們大多敬而遠之。

入夏的蟬聲，在此似乎也闃寂許多。

玉梅住進城北醫院，恍惚之間就過了一週。家人們臨去時，哥哥把她交送給護理人員，隨後朝著邊旁啐了一口痰；老母親哭得涕淚直流，體力不支，險些站不穩固。只有玉梅臉上笑呵呵地，即使心底並不見得如此歡快。病床被安排在院區走廊最底間，也是病房內最靠近窗戶的位置。雖靠著窗、採光卻出奇地差，窗外稀疏雜植相思樹，花期明明近了，此地的景物看來卻是如此萎靡，彷彿也無心向陽。

玉梅的床位正對著一只大圓掛鐘，掛鐘底下搖盪著鐘擺。上頭的羅馬數字安安妥妥地置放在對應的角度，清晰地展示著時間應有的模樣。她發現較短的針總是比較長的針走慢許多，那兩根針不斷不斷迴環轉繞、鐘擺晃蕩來回，她也就日日躺在床位上，直直地盯著看著。有時候玉梅甚至以為，自己是聽到了那鐘的針移動的聲響，即使掛鐘的針並未移動。她總在

黃昏時刻感覺到這口大圓掛鐘的可怕——因為她知道這一天居然又即將消逝了，而鐘只是那樣地轉著繞著、鐘擺始終規律地重複著，日復一日。

「一切攏是命，無法度。」這句話總沒來由地占據著玉梅的心思。

二、病床上的瘋女人們

初初入院的玉梅，對於外在環境的印象卻相當模糊，是在往後的日子裡，記憶方逐漸補足的。城北醫院明明才重新修整不久，卻瀰漫著一股古舊的氣味，彷彿夏日裡數日未洗的衣物，起初難聞，久了也就習慣了。玉梅此刻的心思依舊靈動，外表看來卻宛如死一般地活著，又或者說，外表看來像是死了，內裡卻還真真正正是活著的人。是的，玉梅的內心重複思索著「死一般地活著」這句話，卻難以向他人傾訴自己其實仍然「活著」的事實。

夜深時，她所在的病房某處，總會傳來「啪嗒、啪嗒」的腳步聲，接著就會是「咿呀、咿呀」的聲響，時遠時近。不久之後，玉梅才意識到那並非鬼魅作祟或者器物失修的聲音，而是醫院的工作人員，在夜晚爬上病患病床後的噪音。夜裡，每當聲響再次發出，玉梅總盡力將被子覆蓋到頭頂，感覺周邊的氣溫都下降許多。咿咿呀呀，那聲響每一天都更靠近玉梅。

玉梅本來是不太做夢的人，自從住院，不，發病以來，卻總做著相似的夢。夢境裡有一口甕，甕的開口很小很小，但裡頭恆常發出微弱的聲響。在夢裡，玉梅會探頭去看——赫然

她們將往何處去 ———— 160

發現裡頭活著一隻小貓，或者說，類似貓的生物，然而就像泥製的一般坍陷無力，卻持續喊叫著——玉梅接著驚醒，順序總是如出一轍。咿咿呀呀，醒來時，附近病床的聲響依舊。

「嗚啦——呀哈——嗚啦——呀哈——」

「嘖，她又開始發作啦？」

「是啊，一開始好像也不見她這麼嚴重，這幾週開始越是激動呢！」

附近床位的另一名女性患者，年紀似乎比玉梅大一些，總會在醫院裡的工作人員接近她時，大聲吼叫、揮舞雙臂。每次發作時，都需要數名男性工作人員架住她，鐘擺盪過好幾次之後，那位女性患者的騷動才會平靜下來。漸漸地，玉梅發現那位女性患者似乎是「有意識地」這樣做。她只會在特定幾位醫護人員靠近時製造騷動，直到女性工作人員前來安撫為止。同時，只要發生騷亂的當晚，夜裡就會出奇地安靜，靜得容易入睡。

「愛哭面！袂使哭！袂使哭！」玉梅開始有樣學樣，對著醫護人員揮舞著無力的拳。但在他人看來，披頭亂髮的玉梅的確相當駭人，醫護人員也逐漸把她納入難以管束的黑名單之中。這對玉梅來說，卻是相當幸運的事。

「就這張床位！」這一天，一群醫護人員簇擁著一名患者，如同玉梅第一天到來時那樣，就在她旁邊的空床位住下了。奇特的是，有別於其他患者入院時的哭鬧，這位同樣是女性患者卻出奇地安靜，甚至總掛著一抹謙恭的笑。在玉梅眼中，眼前的女性目測三十歲左右的年紀，體態豐滿，留著一頭雜亂短髮，卻散發著迷人的氣質。如果不是有時的怪異行徑，大家看見她可能都會認為是一位貴族之後或好人家的千金。

161　瘋人們

「妳看！嬰仔是不是咧哭？」醫護人員離去時，玉梅突然彈起來似地，瞪大雙眼，對著隔壁床的新患者大叫。那位新患者對玉梅面露微笑，靜靜地點了點頭。

「無哭矣？無哭矣？」玉梅喃喃自語，而對方猶然靜默。

這是她們兩人第一次見面。

在後來的日子裡，玉梅從零星的耳語中，得知這名女子的資訊。他們總是稱她「玉子小姐」，相較於對其他人的稱呼似乎禮貌了些。醫護人員在經過她的床位時，總會搖搖頭嘆氣，或者說出「真是可惜」、「要不是因為外頭亂成這樣」之類的話。

玉梅同時發現，玉子多數時候是靜默的。但總會在固定的某些時刻，突然衝到窗戶邊，把頭整個扭向天空，似乎注意著什麼東西正從天而降。又有一次，醫護人員不小心摔破了水杯，發出巨大的碎裂聲響，原先靜默的玉子嚇得如殺豬般尖叫，整個房間的吵雜都因為她的尖叫而停了下來。除此之外，玉子都是靜靜地掛著一抹微笑，眼神不曉得看向何方。

玉子的到來可以說讓玉梅日復一日的生活起了些變化。她不再只望著鐘擺的搖晃發呆，偶爾會看向玉子，甚至主動和她搭話。

「妳嘛是愛哭面？」

「妳腹肚枵？」_餓

「嬰仔食飯矣無？」

玉梅種種不著邊際的話語，玉子都靜靜聽著，甚至笑了一笑，此外就沒有更多應答了。

她們將往何處去 162

但玉梅的內心卻相當滿足，她心裡知道，她們其實是「同樣的人」，她似乎看得見對方同樣被迫塞進一口甕裡，靜靜地向著眾人微笑。

「愛哭面，無哭矣！愛哭面，妳按怎咧哭？」不成調的兒歌，是玉梅發病以來時常唱起的，一邊把玩著手中的海文金庫的總鑰匙。這些舉動都會讓她回想起還在福壽堂的生活。玉梅知道自己的確是不幸的，但她習慣性地將這樣的不幸怪罪到自己身上──是因為這副不祥之身，才讓家族和自己遭逢如此不堪的危難。都是因為她的緣故。想著想著，玉梅落下淚來。

就在玉梅流著淚、唱著歌、玩著鑰匙的時候，一旁的玉子卻是緊緊地盯著她。而玉梅也發現了這件事。

「妳敢是愛哭面？」玉梅試圖再向玉子搭話。玉子同樣靜默著，眼神裡卻明顯有了光，看著玉梅手中把玩著的物件。

「抑是妳毋是愛哭面？敢是按呢？」玉梅說著，顫顫地將總鑰匙拿給了玉子。玉子如獲至寶般，緊緊握著鑰匙，似乎相當喜愛。雖然玉子依然是沉默的，但以這把鑰匙作為契機，兩人建立了共通的對話模式──玉梅想跟玉子說說話的時候，就會讓玉子把玩鑰匙；玉子想找玉梅時，也會用雙手比出「鑰匙」的手勢，玉梅就會把鑰匙拿給玉子，讓她靜靜地把玩。玉梅知道玉子喜歡亮晶晶的東西，或許和她的成長背景相關吧？她們有著愉快的小小祕密。即使在他人眼中，她們的舉止不過是兩個嬉笑打鬧的瘋女人，但在這偌大又寂寥的隔離療養院裡，卻是她們最珍貴的專屬祕密。

啪嗒。啪嗒。啪嗒。

瘋人們

這天夜裡，腳步聲再次迴盪在異常寂靜的病房，一步一步。玉梅如同往常，想用棉被蓋住自己，只要假裝聽不見，就能夠熬過這個長長的夜晚。

「欸？嗚？」玉梅發現，自己的被子被掀開了，眼前是一張模糊的臉孔卻有一雙有力的手，摀住玉梅的嘴，玉梅難以抵抗，全身就被對方壓住，接著，她感覺到自己的衣服被扯開、褪去。她想起嫁給海文舍的那天晚上也是一樣的情景。海文舍在玩弄自己的時候，喜歡摀住她的嘴，喜歡她掙扎的樣子，並且諄諄告誡著玉梅：「只要我摀住妳的嘴，妳就要掙扎，但又不准給我大叫或逃跑喔。」每一次，每一次，海文舍都會重複著這句話。這句話讓玉梅全身無力，只能默默流淚，放棄掙扎。

但此刻的玉梅，莫名想起了玉子。她想起玉子那樣靜默的笑，她不願意自己在玉子旁邊被玷汙，她並不願意。玉梅瞥了眼玉子的床位，卻和她四目相對。原來，玉子早已發現身邊的異樣，只是因為初來乍到，還不曉得這所療養院夜裡的「規矩」，直到和玉梅四目相接的現在，她才知道事態的嚴重。平時靜默的玉子陡然尖叫，就像那一次她聽見水杯摔破的聲響一樣。

「嗚啊啊啊啊啊啊啊——」玉子尖銳的叫聲，讓整排病房都打開了夜燈。一些值夜的醫護人員衝入她們所在的最底間病房。

「怎麼回事？中村先生？你怎麼在這？發生什麼事了？」醫護人員詢問正壓在玉梅身上的中村。

「都是這兩個瘋婆子！剛剛又吵又鬧，破壞這邊的秩序，我正在教訓她呢！」中村邊說

邊搧了玉梅一巴掌，還準備出拳毆打玉子，還好其他醫護人員制止了他。

「管教可能是需要的，但請適度。」護理長出言制止中村的行為。他朝玉子臉上啐了一口痰，憤憤地和其他醫護人員離開病房。

病房重回詭異的寂靜。只有窸窸窣窣的、微弱的哭泣聲。

玉梅和玉子各自把身體藏回被子裡，也流著各自的淚。玉梅許許多多的心思，都藏在被子裡不會覺得委屈？不曉得今後的日子我們還會怎麼度過？玉梅許許多多的心思，不曉得玉子會不會覺得委屈？不曉得今後的日子我們還會怎麼度過？玉梅許許多多的心思，不曉得玉子怎麼想的？不曉得玉子窩裡頭。方才險些被侵犯時，她居然想到了海文舍和玉子，但想到時的感覺卻是如此不同。她很想抱抱玉子，感謝她拯救了自己，然而她做不到，就又默默流起淚來。

此刻，玉子卻有著同樣的心思。那一晚沒有人真的睡好。

「一切攏是命，無法度。」

三、「這裡」的人

這一晚，玉梅又做了一場夢。然而，和先前甕裡小貓的夢境不同。她夢到的是年少的自己，那個仍被稱為「小姐」的時代，還不用協助家裡編織大甲草帽，那是真正屬於玉梅的少女時代。

夢裡她和家人在午後的街庄邊散步，全家人都還和樂融融地生活在一塊呢。臺灣中部的午後天氣是如此舒適，方方規劃齊整的街、一旁鈴蘭街燈晶瑩可愛，一切都如此迂緩。但在

此時，她瞥眼瞧見街邊那戶人家——家人們總是告誡著「袂使過去！」的那戶人家——邊旁的小木屋，居然豢養著一頭巨獸。那頭獸被用鐵索綑綁在木樁上，而窄小的房間恍如牢籠，木門微微開啟，裡頭透出一道相當熟悉的視線，玉梅和這道視線正正對上了眼。她發現那其實並不是什麼巨獸，而是一個活生生的人。她震懾著，直視著那個人，發現似乎是一名女子。

此刻午後的陽光是那樣溫煦地照來，玉梅瞧見了，那個人和自己有著一模一樣的臉孔。

再一眨眼，她發現自己正被鐵索綑綁，限縮在窄小環境裡，唯一透出光的木門瞬間闔上。一片漆黑寂靜。她是醒來了，但也可能未曾醒來過。她知道自己依然被鐵索綑綁著，牢牢囚禁在自己的身體裡，透著小小的甕口，觀看著世界。

時間的搖擺如此單調重複，同時，是如此迅速而始終未曾停下。

倏忽已過了三年多。

玉梅和玉子依然交好，從那一夜之後，她們朝夕相伴，出入行動都一起，玉梅也在與玉子互動的過程中，慢慢理解她的身世。她在玉子一件斑駁破爛的衣服上，發現依稀繡有「高橋」字樣的痕跡，推測玉子本姓高橋，而且是內地來本島的人，也無怪療養院的工作人員對她特別，偶爾到中庭放放風，玉子依然會抬頭看著天空。起初，玉梅以為她是在看往還的飛鳥，後來才發現，玉子是在擔心有東西從天空掉落，才頻頻張看著。

「會掉下來的，掉的時候要趕快躲起來。」這是靜默的玉子少數會說出口的話。

她們也逐漸發現，越來越多人進來療養院。

「中村先生，這次的病患又是和玉子小姐一樣的嗎？」

「嘖，這種瘋婆子只會越來越多吧！」

中村從三年前的事件被上級訓斥一番後，行為收斂許多，但還是處處針對著玉子和玉梅，例如苛扣她們的用具和飲食。當然，這也都只是小動作了。

越來越多的病患，瘋狂的理由都「和玉子一樣」。這些新進入療養院的人們，多有肢體殘缺者，「外面」的世界和「這裡」似乎正在產生差異，而「這裡」的人始終不清楚外界的變化。

「玉子小姐，有家人來探望您。」醫護人員來到最底間的病房通知玉子。

玉子有家人來探望？玉梅難以相信這件事。因為這三年來，玉梅的家人陸續來看過幾次，只是這一年來得少了，而玉子，三年間卻是從未有家人來過。

「姊姊！」那是一名理著平頭、穿著白襯衫和卡其吊帶褲、中等身材卻透顯優雅的二十多歲青年，一看見玉子，就衝到她的床位，跪在病床一旁，緊握著她的手。

「姊姊，我一直、一直以為妳是死了的。」

而玉子，一慣地笑著望向眼前的青年。

「你趕快躲起來，就要掉下來了。」玉子只淡淡地說出這句話。

玉梅在一旁看著這戲劇性的一切。自稱是玉子弟弟的青年，喃喃對著玉子吐出一連串的話，玉子依然只是聽著。

「要不是因為可惡的戰爭，要不是姊姊當初執意要來這座南方之島……」

瘋人們

「爸媽他們居然為了家族面子把妳丟在這，我一直以為妳死了。」

「等戰爭結束，我一定想辦法帶姊姊出去，妳再忍耐一下，好嗎？」

「一切都是命啊，沒辦法的。」

玉梅聽得並不是很清楚，片片斷斷地，接受了外界的消息。青年在大圓掛鐘上的短針走了一個羅馬數字之後才離開，離去時，還放了好些食物和衣物在玉子的床位。玉梅看見玉子流下了淚。

三年的時間尺度，許多事也跟著改變。

海文原先在牛眠埔村落極力追求的安穩生活，隨著玉梅的離去亦不得安寧。他透過媒人文福嫂替下女素珠作媒，終於送走了她。素珠臨去時猙獰地對著海文詛咒，海文只裝作聽不見，幾日後就又招募了新的下女進福壽堂工作，命運的輪迴，流轉輪替著。

已經是昭和十六年了，日本內地和臺灣本島陷入一片緊張和混亂，福壽堂也無法安穩地逃出這場風暴。

海文的爸爸是鄉里皆知的事實，當年那些窘迫於生活、求租空房被拒的農夫們，沒有一刻遺忘海文曾經的薄情。由於戰時的特殊體制，日人警察要求當地保甲響應皇民化運動的推行。身為地主階級，同時也是「六角庄第三保保正」的海文，雖然掛了個保正的職務，卻一向推託保正的工作，逼不得已時也勉強應付應付而已。

戰爭時期，一切「不合時宜」的舉措，都顯得敏感許多。這些年來，庄裡那些看不慣海

她們將往何處去　　168

文行徑的人，其實一直向警察檢舉他大大小小的不妥。但擁有雄厚資產的海文，每每透過賄賂，僥倖躲過牢獄之災，然而，善於守成而不擅開源的他，漸漸地用盡了祖產。

那把素珠塞給玉梅的總鑰匙管理著海文的金庫，擔心鑰匙不見的海文也只打了這唯一的一把。海文的金庫，是特地雇請內地人師傅精煉鑄造而成，如果沒有總鑰匙就難以開啟——裡頭放滿房契、地契等重要財產證明，非到必要，海文是絕不會輕易開啟的。

「阿兄……，海、海文舍，拜託你，就予阮暫時蹛一月日吧！只要一个小小的空厝間就會使。」這一天，海文的弟弟海山又回到牛眠埔村落，請求海文的協助。海山和吝嗇固執的哥哥不同，其實很有迎接新時代的膽識，在分完家產後就到外地打拚去了。期間他雖曾回鄉央求過海文多少給些資助，卻被掃地出門，好不容易另外借貸到些資金，才終於有重新出發的本錢。

然而，海山回到市區之後，還是發展不順，花光所有資金和運氣的他，投資的茶事業遇上了戰爭，血本無歸。「走啦！囉嗦！攏講幾擺啊，閣親像狗同款直直走轉來？走啦！」祖產漸漸耗盡的海文，原本就已陷入重重的憂鬱和焦慮之中。面對弟弟海山的懇求，比起前次更為嫌惡，極盡所能地羞辱，把連日來的氣憤都出在他身上。

「歪嘴雞仔閣想欲食好米！」海文將整桶堆肥用的豬屎潑往海山身上，海山只得悻悻然帶著妻兒離去。

「彼是海文舍伊小弟？」
「哪會按呢落魄？」

169　　瘋人們

「倆周家真正是無好後代！」

海山面臨破產和被親兄弟羞辱的窘境，決定孤注一擲。他離開福壽堂後，瞥見巡邏的巡查，突然想到可以用現代法律的手段對付海文。於是，走投無路的海山親自向當地警察檢舉海文的土地其實是「非法侵占」，因為自己是周家的人，也應該擁有其中一部分。這次的時機似乎是向著海山的。由於海文對皇民化運動的不配合，當地警察本就對他頗有意見。儘管連年有農民檢舉，卻苦無實際證據證明海文的不是，但他們仍試著要找到他的把柄。這次的檢舉，也正因海山是周家的親族，讓警察恰巧有了搜查的名目。

「周先生，麻煩您出示土地的持有證明。我們需要對照清查土地名目。」警察藉著清查土地名目問題，要求海文出示登記證明。

「嘖，好的，警察大人，請您稍等。」海文百般不願地到房間裡找金庫的總鑰匙。在哪。在哪。在哪？他摸遍了箱子，居然不見總鑰匙的蹤影。他接著找了抽屜、找了紅眠床、找了地板的暗匣……，每一處都摸遍了，就是找不到金庫的總鑰匙。

「警察大人行行好，過幾日再來吧！我一時間找不到鑰匙，還請大人多多擔待啊。」海文心有不甘地向警察求饒。

「這怎麼行！我們有任務在身，務必即刻看到相關證件。」

「警察大人啊，我是真的找不著鑰匙呀。等我這幾日找了鎖匠開金庫，再請您來一趟吧！」他幾乎就要跪下了。

警察們見得了勢，撂下狠話，警告海文三日後會再來盤查，這讓海文是又氣憤又無奈。

「可惡，是佗一个可惡的人，膽敢陷害我周海文！」海文喃喃自語，焦急著要求家中下女們和長工溪河尋找金庫的總鑰匙。

由於海文將所有房契和地契都鎖在金庫當中，只得僱用數名當地的鎖匠來破壞金庫的鎖，無奈當初內地人師傅的設計實在精良，用了各種方法也打不開。他又命令家中所有下人清查財貨，為找鑰匙幾乎翻遍一整座大宅院，惹得下人們連聲抱怨，而金庫總鑰匙始終下落未明。

鑰匙。鑰匙。鑰匙。在哪。在哪。到底在哪！

幾近瘋狂的海文，日日在家中翻箱倒篋，試圖回憶任何有關鑰匙的可能性──下女偷走？海山偷帶走？在母親的棺木裡？他甚至想挖起母親的墳，找找看鑰匙是不是被她帶進黃泉之下了，只是最後還是礙於觀感而作罷。

他陸續想起死去的母親、失蹤的秋香、被遠嫁的素珠，最後終於想起被送到城北醫院的玉梅。他細細回想當天的情境，送走了玉梅、遇見了文福嫂……，他突地意識到，玉梅在被送走時手中似乎把玩著什麼，而她衝向自己時，還緊握著拳頭。拳頭裡面握著什麼？那會不會就是他正在尋找的鑰匙？海文越想越恐懼、越恐懼就越欣喜。是了，一定是了，是被玉梅那瘋了的賤婆子帶走的。無恥！我要去找她討回來！

海文終於想起玉梅了。準確地說，是想起了她手中的鑰匙。

那日，正是警察準備上門找海文的日子。牛眠埔村落的午後陣雨下得極大，每一滴雨似

171　瘋人們

乎都想打穿屋瓦。但海文並不理會如此滂沱的雨，他瘋也似地奔往城北醫院。是了，一定是了！我要好好找玉梅那瘋婆子算帳！

海文衝出福壽堂，衝出濃密的竹林，眼前就是燈心橋了。通往外部的燈心橋，當時也還僅僅是由兩塊板子合在一起，經過大雨沖刷，變得有些溼滑而位移。

是了，一定是了！瘋婆子要還我金庫的鑰匙！我的財富、我的福壽堂，都是我的！海文連日搜查福壽堂，熬了兩日都沒闔眼，本已有些倦態，然而他自己卻並未發覺身體的變化。在他衝過燈心橋時，兩塊板子霎時斷裂——這座橋已經很久沒有維修了。海文失足掉落，而午後大雨依舊，農人們都回農舍避雨。海文的掉落無人知曉。

待大雨終於停歇，有些人注意到燈心橋斷了，但因為不常使用也就不以為意。

三天之後，海文的遺體才在下游處被人發現。

四、縱火犯

新來的病友西園寺晶子，和玉梅、玉子同一間房。

「無產階級必須勝利！」

「爭取最高自由！」

晶子時常吵鬧。她喜歡舉起雙臂向天空揮舞，同時高呼一些她們聽不懂的口號，甚且時常偷偷逃離療養院，讓療養院的工作人員異常困擾。

她們將往何處去 ———————— 172

「妳嘛是愛哭面?」玉梅試圖和晶子搭話,然而晶子並不領情。

「可憐啊!跟妳們這些瘋人關在一起!」

「等組織的人接我出去就可以了。希望他們趕快來。好想搭輪船回內地啊。」一連串莫名其妙的話語,令人摸不著頭緒。晶子習慣高聲說話,也喜歡羞辱玉子和玉梅。

「咿——」

刺耳的響聲突地蓋過了晶子的喊叫。眾人慌亂地四處奔走,人們依照醫護人員的指示,掩護著自己。

這陣子的白日裡,身在城北醫院的人們,時常都能聽見刺耳的警報聲響。然後他們會在醫護人員的引導下,成群成群地移動到地下室躲著,等到快不耐煩的時候,就又突然可以出來了。

然而,瘋人們始終不知道自己是在躲避什麼。

晶子每每趁著周遭一片混亂,試圖逃離城北醫院。這一日,她又因為嘗試逃跑而被院方人員捉回,院方正在考慮將她關到獨立的小房間。

「她怎麼又逃跑啦?那麼想逃回阿佐谷是嗎?」

「哈,誰會知道,增加我們的工作量而已。」

「把她關進小房間吧!」

「聽說,晶子小姐是那、個?」

「哪個？」

「共產黨啊！」

「噓，小聲一點！不怕麻煩嗎？」

晶子原先是在東京阿佐谷一帶浪蕩的無業者。後來被日本共產黨吸收，派遣至臺灣嘗試發展組織。然而，在晶子來臺發展的初期，據點即遭當局查禁，她為求自保佯裝瘋狂，後來通過鑑定，竟真被送至城北醫院。於是，晶子只得日日等待組織的人來救援，又或者嘗試自己逃跑，逃離這個囚禁瘋人的地方。

「護理長，所以要把晶子小姐關到隔離間嗎？」

「是的，麻煩你們了。她很會掙扎，記得等到半夜再綁住她。」

醫護人員在醫護間討論時，沒有注意到晶子正偷偷躲在門外聽著。晶子知道自己可能被獨立關押後氣急敗壞，因為那樣逃脫的機會又更少了。當天夜裡，她潛入備品室偷取火柴，決定製造一場極大的騷動，趁著眾人入睡時點燃窗簾，她就能趁亂逃走。

晶子打了火柴，由於窗簾的材質有助於火焰燃燒，火勢迅速擴大，她自己也嚇了一跳。趁著還無人發覺，她將火柴等打火用具丟向最靠近窗邊的玉梅床位，隨即逃到其他病房。眾人依舊熟睡。玉梅也還睡著。

是玉子首先發現異狀。她看到光影，既而感覺到熱。

她們將往何處去 —————— 174

「掉下來了！掉下來了！」玉子搖醒沉睡的玉梅，四周火勢蔓延，玉梅轉醒過來，但雙腳發麻無法走動。眼看火勢已逐漸蔓延至床位，兩人相擁著，無力以對。難道我的一生就要結束在這裡了嗎？玉梅霎時間回憶起自己的少女時光，竟然也想起在福壽堂生活的那些過往，明明是那麼樣地苦痛和無奈，怎麼在這樣的時刻，居然又回想起來？玉梅緊緊握著玉子的手，感覺如此厚實。

正當玉梅和玉子陷入絕望之際，院方才終於派員趕到，轉眼撲滅了火勢。幸好兩人都僅有輕微的嗆傷。

院方開始清查起火原因，發現玉梅的床位上散落著打火用具。中村看見了，想起新仇和舊恨，便一口咬定是玉梅所為。

「你們瞧！一定是這個瘋婆子幹的好事。不然怎麼會有火柴？」

「我早就知道這個女人有問題，之前教訓她居然還被處罰？哼！」

「那麼，平常跟她交好的女人，一定也有問題囉？」

一旁的玉子被認定為共犯。此時，晶子偷偷溜了回來，由於火勢太快被撲滅，她來不及逃跑，現在只想著要讓自己脫罪。

「我看到了！我看到她們在窗簾邊玩火柴！」晶子在一旁起鬨幫腔，宣稱她看到兩人鬼鬼祟祟地蹲在窗邊。平時不採信患者說詞的院方，此刻卻無比相信晶子的話。

院方已經認定這場騷亂是玉梅和玉子所為，為了避免後續出亂子，便進一步懲罰她們，將兩人各自關到隔離間。中村更藉此機會對兩人拳打腳踢，抒發累積已久的不滿。

忍受不了殘酷對待和分離的玉子和玉梅，內心深處都想逃離這處地獄。玉梅又開始做著相同的夢，甕中小貓的夢。只是甕口逐漸縮小，小到光線都快要沒有了。

「這一次，我一定要成功離開這爛地方。」一天夜裡，晶子再度趁著醫護人員不注意取得火柴，為求順利逃脫城北醫院，這次她準備引燃更大的火勢。

她先在平時無人的備品室和休息室點燃火柴，再跑到集中最多人的中間病房，點燃火光，警鈴大作。一整個院區的人員都醒了過來，投入救援行動。一陣慌亂之中，許多病患因為來不及逃生而被燙傷或嗆傷，昏迷在地。晶子則順利逃離醫院，摸著夜路，叫喊著…「這、這就是無產階級真正的勝利！」再也不知去向。

而在那陣慌亂中，隔離間恰巧遠離火勢最大的地方，加上所有醫護人員都投入救火，沒有人注意到被關在裡面的玉子和玉梅。又恰巧隔離間的門鎖鏽蝕鬆動，她們兩人不約而同撞開了封閉的隔離門。

「愛哭面？按怎會無哭矣？」
「掉下來了，又掉下來了！」

玉子和玉梅遇見了彼此，臉上灰撲撲的。此刻兩人知道，她們必須離開這座城北醫院，這個囚禁她們數年時光的地方。

兩人朝著外頭不停、不停地奔跑，外界正是戰時，夜晚格外寂靜無人。她們不斷奔跑，直到疲累為止。

五、燈心橋的傳說

美軍的空襲標的首次涵蓋臺中州，一直在療養院生活的玉梅和玉子並不曉得外面的世界變得如何。

她們在夜裡不斷地向前奔跑，雙腿因為長年在床，已然失去過往的力量，亦不知道自己正處在何方。

黎明時分，此刻她們的所在地，是臺中火車站東南邊的日本帝國製糖廠，此地不久前才經歷了美軍空襲，殘骸一片。她們耳邊猶聽到警報聲響，然而並不曉得下一步究竟該往何處去。

「嬰仔要食奶，才會趕緊大漢。」玉梅在混亂和殘骸中，想起的僅僅是福壽堂那段日子，那段促使她瘋狂的產後時光。玉子的存在，如同自己的骨肉般，帶來希望的可能。

慌亂多時，玉梅和玉子躲到一處涵洞中休息，兩人都相當疲累。她們逃離城北醫院時，什麼也沒帶，但玉梅還是將鑰匙緊緊地握在手中。

她心疼玉子疲累，正要拿出鑰匙給玉子把玩，玉子卻看見不遠處閃著光，讓她相當好奇。

「袂使！袂使！」

玉子似乎失去原先的靜默和理智，不顧玉梅的阻擋，離開涵洞，跑到發光處。那是一塊反光的金屬，是玉子再也熟悉不過的──讓她如此瘋狂的主因──一顆未爆的炸彈。

玉子一摸到未爆彈便驚覺不對，正要尖叫時，微微地搖晃，炸彈隨即引爆了。她的四肢當場被炸碎。

177　　瘋人們

爆炸的瞬間，玉梅眼睜睜看著玉子的四肢分離，手臂掛到一旁的樹枝上。

她失去理智地衝向玉子，玉子早已面目全非，讓玉梅想起她不斷做著的、相似的夢，甕裡的小貓就如同眼前的玉子一般，面容潰爛模糊。

玉子就在玉梅的懷中失去呼吸，一句話也沒有留下。

再次失去一切的玉梅，更不知該往哪去了，依然緊握著手中那把鑰匙。

「愛哭面，無哭矣！愛哭面，妳按怎咧哭？」不成調的兒歌，是玉梅發病以來時常唱的，一邊把玩著手中的海文金庫總鑰匙，一邊向前走。

玉梅一路跌跌撞撞，餓了便乞口飯吃，人們指著她喊「瘋女人」，髒汙得看不出她本來的面目。

不曉得走了幾天幾夜，玉梅來到一座很熟悉的農村，不是別處，正是福壽堂所在的牛眠埔村落。

此時的周家，早在數年前因海文的死而沒落，海山和其他兄弟都認為福壽堂必定徘徊著守財奴海文的怨靈，於是將可拿取的財貨變現後，遺留下空蕩蕩的福壽堂。

眾人唯一的共識，就是出資重修那座導致海文死亡的燈心橋，希望藉此讓海文的怨靈不至於找他們報復。

於是，燈心橋從兩塊斷裂的木板橋，變為磚石打磨而成的拱橋。不變的是，燈心橋可怕的傳說和詭異的形象，附近的土饅頭越埋越多，鄰近的甘蔗園依舊鬼氣森森，令人戰慄不已。

在海文落橋之後，燈心橋下鬧鬼的傳說更為廣傳。

她們將往何處去　　　178

玉梅回來的那一天,是昭和的第十七年。

那一日,對於牛眠埔當地人而言,是極為普通的一日,天氣尚炎熱、天皇玉音猶未放送。

只是在後來慌亂的記憶裡,人們似乎會討論起,終戰那一天,有一名全身髒汙的女子墜落燈心橋下,而人們依舊畏懼著燈心橋的傳說——那座橋叫燈心橋,非常簡陋,一到黃昏以後,會有人伸出黝黑的手摸捉行人的腳,潺潺的流水聲夾帶一名女子的嬉笑聲。那笑聲聽來卻是如此地憂傷,令人在害怕的同時,帶著一絲絲同情。

參考資料

下條久馬一、旭重雄，〈精神病者監護施設に就て〉，《社會事業の友》第 20 期（1930 年 7 月），頁 96-97。中文翻譯轉引自謝于嫻，《從「瘋」到「精神病」——臺灣精神病法律史（1683-1945）》（臺北：國立臺灣大學法律學系碩士論文，2023 年），頁 79。

甘記豪、張維斌，《臺灣大空襲》（臺北：前衛出版，2015 年）。

朱歐・畢尤著，葉佳怡譯，《卡塔莉娜：關於生命療養院，以及人們如何被遺棄的故事》（新北：左岸文化，2019 年）。

呂赫若著，鄭清文譯，〈財子壽〉，收錄於鍾肇政、葉石濤主編，《光復前臺灣文學全集 5・牛車》（臺北：遠景出版，1997 年）。

呂赫若著，林至潔譯，《呂赫若小說集（上）》（臺北：印刻出版，2006 年）。

巫毓荃，〈臺灣精神醫學史上的 1930 年〉，「歷史學柑仔店」：https://kamatiam.org/%e5%8f%b0%e7%81%a3%e7%b2%be%e7%a5%9e%e9%86%ab%e5%ad%b8%e5%8f%b2%e4%b8%8a%e7%9a%841930%e5%b9%b4/。

垂水千惠著，劉娟譯，《奮鬥的心靈：呂赫若與他的時代》（臺北：國立臺灣大學出版中心，2020 年）。

臺北地政 e 博館「日據時期土地登記制度」：https://emuseum.land.gov.taipei/Item/DetailDiscover/%E6%97%A5%E6%93%9A%E6%99%82%E6%9C%9F%E5%9C%9F%E5%9C%B0%E7%99%BB%E8%A8%98%E5%88%B6%E5%BA%A6?businessType=%E5%88%B6%E5%BA%A6&discoverType=%E5%9C%9F%E5%9C%B0%E7%99%BB%E8%A8%98。

靜和醫院「本院沿革」：http://www.cott.org.tw/about。

文本篇

論語與雞

―― 張文環

鍾肇政／譯

隨著祭典的日子快到，就是沒有月光的晚上，村子裡的青年們也要用火把光來練習舞獅，所以院子裡充滿著喧譁的空氣。不管怎麼說，鑼鼓陣與舞獅都是祭典時最叫座的。小伙子們好像認定這是大顯身手的好機會，所以人人都在拚命地練功夫，因此從院子裡的各個角落，傳來刷刷的揮拳聲。

阿源的爹一向來就是個功夫迷，因此只要是練功夫的時候，阿源便可以獲得許可，出到外面去。平時晚飯吃過，只能休息個把鐘頭，便得開始溫習《論語》。書念得差不多了，以為可以獲准休息，從大廳探出半隻頭，想聽聽大人們在聊的那些天南地北、古往今來的趣事，然而只要被父親發現到，便會告訴他：小孩子快去歇吧，明天一大早還得上「書房」哩。因此，阿源總是渴盼著祭典與月夜。

阿源的爹雖然雅然好功夫，然而據說祖父認為還是文比武有用，所以想讓阿源的爹成為一名文秀才，迫他躲在書齋裡，輕易不肯讓他出到外面。父親儘管被關在書齋裡，可是他不是打瞌睡，便是從記憶裡尋出在院子裡練過的拳法，自個兒哼哼唧唧地練起來。結果嘛，文也好武也好，都成了半吊子啦——有時父親也會這麼向阿源發發牢騷。也是因為於此，父親才不至於強迫阿源習武。

有一次，過年回娘家的姑媽這樣向阿源說，阿源也覺得好在沒有早生幾年。

「阿源仔可以自由讀書，比起你阿爸來是幸福多了。」

「好像記得你阿爸像你這種年紀的時候，常常被打得哭泣呢。」

姑媽還這麼說。那也是古早古早的事了，如今家道中落，不再有靠從前那種大家族制度

來維持一家的跡象,甚至連必須培養長子讓他做官的傳統也消失了。從前一個有錢人家,如果家裡沒有官老爺,財產便好像失去了保障,使人覺得不自然的教育方法,可是現在這樣的山裡的小村子,也在高喊日本文明,因此姑媽的話,在阿源聽來像是講故事似的。不過阿源與父親不同,看到人家在練功夫,自己倒不想練。在大家面前,出手出腳、使勁、拚命地握拳用力,就好像皮影戲裡的角色那樣進前、後退、踢腿,他覺得好難為情,實在沒辦法練。他只喜歡在有月亮的晚上,在院子裡看看一大群年輕人聚集過來大吵大鬧的模樣。另外還有一點就是可以離開父親的眼光,自由自在地在人影中來回走著玩,也是他所引以為樂的事。然而,一旦祭禮過去,村子裡便又發生霉味來了。他真想跟著那些演戲的離開。也是因為這樣,每逢有月的晚上,青年們便想起了似地聚到阿源家的寬敞的院子裡來。這樣的晚上,也就是阿源最快樂的時候。書房裡的同學們會來,連與他同年的書房先生的女兒阿嬋也會來。她每一次都一定站在阿源的身旁,看到有趣的事便偷偷地扯扯阿源的衣服,悶聲低笑,這使阿源對她覺得好親近。但是阿源總覺得阿嬋背上莊嚴地烙印著「先生的千金」幾個字,不能很大方地搭話。因此每逢阿嬋向他說什麼,便好像被先生吩咐了什麼差使似的。阿嬋這邊卻覺得阿源總是裝著持重的老成樣子,常用她那小女孩的天真模樣,要他做這做那的。四面環山的這個小村子,每當月亮升上來的時候,便明亮得好像在盆子裡撩下了月光似的。林子成了一朵黑影,湛著神祕沉在那裡。時不時地,有青年們的嗓音從其中響過來。阿嬋的面孔承受著月光,清晰地從一大群人影中浮現著。

「阿源仔,我要做你的太太哩。」

有一次，阿源被邀去扮家家酒，阿源懷著忐忑不安的心，跟在阿嬋後面走去。他留心地察看先生是不是在看著，阿嬋倒一點也不在乎地拉住阿源的手就跑。她說要去園裡的躲雨小屋。阿源覺得興趣缺缺。他只是為了不使阿嬋掃興，在阿嬋所吩咐的這兒站一會，那兒坐一下，學著新郎倌的樣子走步。阿源常常覺得，這麼任性的阿嬋與嚴格的先生，父女倆竟會生活在一起，真是不可思議。說不定先生太寵女兒，沒法出手打她吧，他想。阿嬋的父親與我的父親，到底哪一個更疼孩子呢，阿源也這麼想過。當然這也並不是由於阿嬋是個小女孩才如此，對她的弟弟，阿嬋的父親還是一樣態度。這麼想著想著，他忽地又想像到阿嬋長大後，可能真的要來做我的太太呢。然而，阿嬋的父親雖然嚴厲，跟阿源的父親倒像是有著某種連繫的，也會和和氣氣地互相寒暄，這也使阿源覺得他與阿嬋之間確是有著某種連繫的。父親每次看見先生，一定請他對學生們更嚴格些。這就像是父親在唆使著脾氣暴躁的先生，阿源害怕讓同學聽到那種話。他真不希望有人會告訴他：你爸爸好壞。阿源還擔心，他們對父親的怨恨會加到他頭上。只因阿源有這種抱愧的心情，所以在書房裡他是個好孩子，跟大家都和好相處，也好像受到先生的疼愛。在阿源的心裡，他是存心補償父親的壞處，所以不想跟同學打架。也因此被認定是個懦弱孩子。每次看到同學被先生打得哭起來，他便覺得一顆心都縮成一團了。不過當他單獨與阿嬋在一起時，她說在學校裡最喜歡的就是阿源，使得他簡直不敢再正眼看她。阿嬋看來很聰明似的，但功課倒不怎麼好，因此有時候阿源禁不住地懷疑阿嬋是不是個小皮蛋。阿嬋是她今年九歲的那個胖弟弟，笨得幾乎教人想叫一聲小笨瓜。儘管這樣，可也從來都沒有看過先生打過他們。他有時也會在心裡向先生嘀咕一聲⋯到底還是人家的孩子好教

吧。不管如何，阿源很希望能夠下山到街路上的公學校去念書，戴上制帽，操一口流利的「國語」[1]，好好地嚇唬一下這裡的鄉巴佬們。聽著那些「內地人」[2]在交談，老是聽到克、魯、斯、卡[3]四個字音，所以書房裡的同學們裝神氣時總是聳起肩膀說是克魯斯卡。他們先說克魯斯卡，然後用臺灣話說拿火柴來，那模樣，真是神氣活現。

「克魯斯卡拿火柴來。」

但光是克魯斯卡實在不夠味，總覺得不像是說了「國語」。阿源好想看看有圖畫的書，也希望能夠在院子裡正式地玩──就是說：得到認可，在院子裡大吵大鬧一頓。也希望得到可以唱歌的公認，扯開喉嚨大唱一頓。更巴不得用顏料來畫種種東西。在那裡，先生一天給同學用朱筆點四次教就是他所想望的，只因書房的教育方式太單調了。這種學校的讀書生活你讀。這就是「授書」。當然啦，這裡說四次，也只是村子裡的孩子們，從山裡來的小孩子只授書三次。最早的一次叫早學，早飯前大約五點左右就得上書房，同學們輪番煮好茶，然後去請先生。先生的住宅就在書房隔壁，必須去請，這也就是去稟告準備好了的意思。在煮開水的時候，另一個同學打掃。茶沏好了，先在孔子壇上供奉一杯，另一杯放在先生座席的桌上，然後才去請先生。先生睡眼惺忪地落座，一面啜飲一面抽一筒煙，就在這時同學們朗聲唸起來。先生不耐煩似地宣布：大家把書拿過來。立時，讀書聲停了，同學們把翻開的書本抱在胸口一個個踱到先生桌前。有自信的先站出來，唸給先生聽。讀畢，先生便執起朱筆，發出鼻音般的嗓聲讀字句朱點。完了以後，先生就在那兒叭叭地吸著菸說：

譯註

1 指日語。
2 指日本人。
3 日本片假名クルスカ。

論語與雞

還有不會的可以拿來問。等了一會,都沒有人出來問,先生便出去了,於是同學們也向孔子一拜,一個個地回去。早上的太陽把屋子染紅,家家戶戶都可看見在籠笆裡,主婦們在餵雞。

只有阿嬋的功課是自由的。她和弟弟睡在書房裡的一個房間裡,大家來到了這才吃驚地起來,首先回到隔壁的住家洗過臉,這才過來讀書,但有時回去就不再過來。這樣的時候,他們必定滿臉不高興的樣子,彷彿是因為正在好睡的時候,被一群小鬼給吵醒了。她是老大,所以很受父親驕縱。阿源覺得先生對自己的孩子們那樣放縱,實在沒有道理。當然,照規定上書房不是簡單的事。正式上學的頭一天得帶些蛋一類的供物,先拜過孔子才開始過讀書生活,而這以後非得好好下苦工便沒法趕上人家,也許就是因為這個緣故,先生不得不顧慮女兒的體面才那麼放任她的吧。阿源猜想,她一定是沒有正式入學的。總之,村子裡的孩子們最難過的是早課。冬天太冷,夏天大清早的時候也正是最想睡的時候。不過在阿源來說,早上來到書房生火煮茶,是最討厭的活兒。煙嗆得人怪難受的,而且木炭又不容易點著。加上非最早來到便趕不及,所以老覺得心裡緊張不踏實。有一次因為剛好火柴用完,使他慌了手腳。廚房的一半充作同學們的房間,正中是先生的房間,正中是先生的鄰房就是男生的房間裡有一隻用木板做成的床,姊弟倆似乎就是在這裡睡覺。早上阿嬋起來以前同學們很少進到這個房裡,阿嬋多半有人來打開廚房門的時候被吵醒。有一次阿源來這裡找火柴,看到正在酣睡的阿嬋睡姿,禁不住好笑起來。因為一個女孩兒人家,也睡成一個大字。就好像一隻小青蛙翻轉過來,還把一隻腿多麼舒服似地擱在弟弟的肚子上。他覺得弟弟這樣子太可憐

她們將往何處去 188

擱在肚子上還好，萬一擱在喉嚨上，豈不叫弟弟窒息了？阿源好想把阿嬋的腿移開，但還是免了。爐子生好了火以後，阿源把火柴送回去。腳步聲使阿嬋猛地醒過來了，彈簧一般地收攏了手腳又端端整整地入睡了。阿源噴出了笑。

「你壞！」

因為阿嬋的嗓門太大，阿源一驚，放下了火柴就跑回廚房，在爐子前手押雙膝拚命地忍笑。阿嬋不曉得什麼時候進來了，用力地推了一把阿源。

「不是的，我是去拿火柴的。」

這時，輪到打掃的阿標進來了，阿嬋的臉繃得更緊，悻悻地睨住阿源。

「阿源，進了人家房裡就得把人家叫醒才是啊。悄默聲地像鬼魂一般，嚇了人家一跳。」

「我不幹，先生可沒叫醒妳啊。」

「別這樣，先生會聽到呢。我是去拿火柴的，那個小氣鬼就發怒啦。」

阿源說著一腳踢開了那隻空火柴盒。阿標功課差，很怕先生，所以就靜下來了。他搬出了掃具，開始打開門窗。

阿嬋怒沖沖地出去了。阿標不知道就裡，光看到女生罵男生，鼓起掌嘿嘿嘿嘿地高興起來了。

這一天阿嬋沒有來讀書，大家要回家時她才悄悄地溜到門邊。阿源向她送了個笑，她卻不搭理，他再次回頭看了她一眼，她嘟起嘴扮鬼臉，使他覺得這小妮子好討厭。不過阿源倒覺得第一次懂得了男生與女生性格方面的不同。女生是討厭被男生看到睡臉的，阿源有點難

189　　論語與雞

為情起來，便跑起來了。剛才大太陽還掛在山上的，不曉得什麼時候湧起了雲，整天都像是會下雨的樣子，再也不跟女生說話了，那只有受辱，如果父親看到受阿嬋侮辱，一定會被揍的。父親一定會這樣罵他：就因為你是個憨呆，所以連小妮子也瞧不起。阿源這麼想著，在大家已經落座的餐桌邊坐下來。

「阿源，念到哪裡了？」父親忽然開口，阿源吃了一驚往父親那邊看過去。

「念到〈鄉黨第十〉了。」

「〈鄉黨第十〉的哪裡呢？」

「鄉人飲酒杖者出斯矣。」

「嗯，是講禮貌的地方。」

「是。」

看到父親的臉色漸漸溫和起來，阿源這才鬆了一口氣。

吃過早飯出門時，天空好像低垂著。下起雨來，對來自山裡的同學們雖然不好，但阿源還是會高興起來。山裡的同學的父母親，通常都是把孩子驅向書房的，所以即使是雨天，書房裡缺課的還是很少。

「束脩都給了，不去念，只有讓先生撿便宜，而且一本《論語》也老是念不熟。快去。」

父母親們總是這麼說。意思是：如果不去，不但功課不進步，還沒辦法把先生的學問全部學過來。如果學生都這麼差，那就隨便誰也可以當一名先生啦。儘管不能把四書五經全部念完，只要學會一本《論語》，教那些蹩腳學生，還是十分管用。讓先生老是拾便宜，整個

她們將往何處去　　190

村子裡都臉上無光彩啦。因此，即令下了雨，縱不致於捨不得束脩，但是作為家長，孩子應該得的，還是希望他們能得到。然而一旦下了雨，村子裡的雜貨店口，賣起了炸豆腐，老人們便聚在那兒賭起錢來。他們吹著氣吃剛出鍋的炸豆腐喝酒，村子裡的老人先生喜歡喝酒，並且很會說些故事讓大家高興，講到列國、三國，大家便會停止賭錢，各出一份錢買炸豆腐和酒，在那兒享受一番桃園三結義的氣氛，於是店頭便辦喜事一般地熱鬧起來。那種熱鬧勁，加上忙碌地打在地面的兩腳，先生的嗓音便越發地增加一份熱力。阿源的爹也被這種氣氛吸引著，打著雨傘來湊這個熱鬧了。至於書房，再也沒有人管了。每逢這樣的時候，阿標便從孔子的神案上取過戒尺，在先生的房間演起大戲來。同學們個個笑得東倒西歪，連女生也雙手抿住小嘴，讓肩膀顫動著。阿標更得意了，扯起喉嚨學關公的樣子。從山裡來的一位大女生，因為大聲笑得難為情了，只好躲進廚房裡去。笑聲還從那兒傳來。就這樣，書房沸騰起來。阿嬋當然不會向父親告狀。先生娘碰到這樣的雨天，最大的樂趣便是到鄰居去串門子，就是在家，大家也不怕，因為先生娘也不會告狀。但是，當一名大男生坐在先生的位子上，握起拳頭搥了一記桌子，大叫一聲「安靜！」的時候，整個書房裡以為是先生回來了。很快地，有人說「這傢伙」，於是笑聲又揚起來。阿源好笑起來就想小便。這時的書房，已經沒有先生、學生了，好像成了無政府狀態，只有女生們成了笑聲的伴奏者，好不容易地保持著秩序。阿源來到廚房，開玩笑說：不要連通往廁所的門也堵住了，女生們便一股勁地逃開，各各回自己的座位去。只有阿嬋倔強地留在那裡。阿源不管這些，出到後門外，在屋簷下站著，掏出傢伙，將暖暖的小便撒向在雨裡顫抖的野芋頭葉子上。對面的林

子在雨中一片迷濛，草木像是在痛苦傷心著。阿源根本就不把阿嬋放在眼裡似地，看看從褲襠間落下的細細的一條瀑布，希望能張兩腳競爭競爭。解完了，穿好了褲子，避著阿嬋的眼光進到廚房裡，大家還在吵個沒完。他瞭了一眼阿嬋，她正在鼓著腮膀子，好像對他起了敵意。真可惡。幹麼忽然恨起我來了呢？

阿源把眼光投向同學們的嬉鬧，大聲叫好。

「別理她。」

「討厭！我可要告訴人家啦。先生沒在就吵成這個樣子。」

人家當然是指她的父親。她的意思是先生沒告訴人家，然後由他來告訴父親。得大家忽然怔住了。連女生們也似乎在窺伺著阿嬋的臉色。雖然她的威嚇是間接的，並沒有假父親的威，但看起來她還是很惡毒。雨似乎變小了，先生從黃昏前的村道回來。把風的小鬼趕來通報，阿標這才慌忙地將戒尺放回原處，箭一般地竄回自己的座位。書房裡沉入穆靜的秩序裡。先生浮著滿意的笑進來。同學們示意的眼光互碰，胸口好像被呵了癢似地咬緊牙關緊閉著嘴巴。

中元近了村子裡忽然增添了活力，人人都忙起來。傳聞說，為了過節所需的費用，大家都忙著幹活，甚至還有人不惜去偷人家的東西。一天下午，原來靜謐的書房四周突地吵鬧起來了，好像有人在大聲互罵著，同學們的眼光便從窗口瞟出去。因為那叫罵聲太凶，所以先生便也擱下筆出去。是陳福禧與鄭水聲在吵架。臉頰下陷的陳，表情因發怒而蒼白著。鄭水聲也因為受到激烈的侮辱，憤怒地沙嘎著嗓門。陳說，鄭今天早上砍來的竹子，一定是在他

她們將往何處去　　192

的山裡砍的。鄭則辯稱是自己山裡的。兩人一起進派出所去了。派出所就在書房隔鄰。看熱鬧的人們很快地就把派出所的前面圍住。由於先生出去了，所以同學們也擱下書本，擠到窗邊看出去。兩人的怒吼聲從派出所的籬笆溢出來。雙方在所裡爭論了好久好久。警官沒法可施。只好在一旁看著兩人爭得面紅耳赤，根本就沒法判斷誰對誰錯。這使陳急起來了。

「好，那就到有應公那兒去斬雞頭咒誓吧。」

陳這樣的提議，鄭只好一口答應。如果鄭沒有偷我的竹子，我誣賴他偷了，那麼雞的冤魂便向我作祟，如果鄭真的偷了，那麼雞的冤魂啊，去找鄭好了。這是陳要發的咒，鄭發的便是反過來的。兩人之間便成立了這可怕的斬雞頭的誓，即使是無罪的人，這麼做了便等於把作祟分攤在雙方，因此非到十分嚴重時，輕易不會去做這種重誓的。由於是陳提議的，所以他的家人非常擔心。在村子裡，陳算得上是有錢的人，區區幾根竹子，實在犯不上這樣爭吵，可是一旦說出來了，便只好做下去了。最後兩個人都鐵青著臉從派出所出來。警官無可奈何，只好同意兩人，於是很快地他們就花了錢，買來了雞，由陳提著。鄭手上抱著香與銀紙，看熱鬧的人們便跟在兩人後面走去。這個村子的有應公好遠，一行大約三十個人看著為首的兩人，便也全部跑出來加進行列之中。先生和同學們都從來沒有見識過這種可怕的場面，互相咒罵，走過村子，過了小橋，爬上右邊的山上。村子裡微冷的空氣拂過了這一群好奇的人們臉上。

「準備好了吧。」陳說。
「還用說的。難道你怕了？」

論語與雞

「廢話！」

兩人又開始了唇槍舌劍。

「算啦算啦，已經決定這麼做了，也就不必再這麼吵啦。」

先生擺出和事佬面孔說，一群人也就靜默下來了，只有溪水的淙淙聲在林梢上瀲灩著。

女生沒有一個跟上來，男生倒全部到齊了。

「孩子們也可以看嗎？」

有人這麼問了先生一聲，阿源心中一愣。

「見識見識也是應該的吧。」

先生臉上確實掠過一抹後悔之色，他一直沒察覺到有這麼多學生們跟上來。他所看到的都是沒有進書房讀書的，根本就沒想到有十五個敬畏他的小孩子跟來了。其實，同學們是一群人出了派出所，正要踏出村子一步時，才避著先生的眼睛走出了書房的。來到半路上，先生才發現了一兩個，可是自己都來了，實在不好罵學生。此刻先生說出了見識兩個字，同學們這才深深鬆了一口氣，於是村子裡忽然因小孩子們的聲音而熱鬧起來了。

村子裡的有應公在崖下的山洞裡，來到此地，令人覺得全身汗毛直豎起來。那是因為有人說過，洞穴裡有一股冷風吹出來。林蔭下的山洞黑黝黝的，洞口上面橫掛著一塊紅布條，上面寫著「有求必應」四個字。洞口前面擱著好幾塊大石頭當桌子，洞口有五六個骨罈子，阿源覺得人這麼多，還好過些，萬一只一個人，實在沒法待下去。陳與鄭兩人在石塊上放下了雞與銀紙，點了蠟燭，在洞口的香爐上插上了香，人們聽到石頭上的雞不時地拍動翅膀，

她們將往何處去　　194

發出啼聲，感到一股陰森森的氣氛。陳鄭兩人都是剛從園裡來，腰邊還繫著刀架。刀架上插著刀，可見兩人都不是到園裡幹活去了的，否則刀架上的必是鐮刀才是。大家擁著氣息看守著，除了陳與鄭兩人的賭咒以外，沒有人開口。阿源無意間抬頭一看，藍天在林梢上窺望著。陰暗的林裡淫氣好重，阿源想到萬一斬雞完了以後大家害怕起來拔腿便逃，那時要怎麼走呢？他用眼睛搜了搜四下，也回過頭找了找。為了逃時能走在眾人前面，他推開人群，去到最後，站到一顆石頭上，從人家肩頭上看這個場面。香煙忙碌地搖晃著上升。雞為像察覺到了自己的使命，不住地在拍打翅膀。陳回頭看了一眼鄭，抓起掙扎著的雞說：

「你先來。」

「不，還是你先。」

「好。」

陳的右手繞到腰後，拔出了刀，左手抓住雞腳，把雞頭擱在石頭上，說時遲那時快，右手一揚便劈下去。以為雞頭會飛開，其實並沒有砍斷。據說⋯這種血是不能被噴到的，所以觀眾往後退了一步。

「換你啦。」

鄭接了過來，擺好同樣姿勢，唸過了咒語，然後舉起刀，往垂落下來的雞頭砍了一下，並把雞拋開。這一瞬間，雞又蹦又跳地滾進竹林下面去了。就在這時，阿源看到了料想不到的情景，禁不住地愣住了。有個人雙手划開竹林，好像追趕那隻翻滾蹦跳的雞似地往崖下跳下去，把那隻半死的雞撿起來。這人竟然就是先生。眾人把先生留下，急步下山走了。阿源

感到一種幻滅的悲哀,也覺得阿嬋太可憐了。她有這麼一位齷齪的父親,而他自己也有這麼一位先生,這是多麼窩囊的事。阿源讓緊握的手心滲著汗,走過竹林,穿過林子出到小橋。同學們好像突然想到鬼魂似地跑起來,阿源也只好留心著腳邊跑。他一直都想跑起來的,但是看著陳和鄭兩人在草上拭刀血的蒼白面孔,彷彿覺得只要他們跑起來,那兩個人便會追趕過來似的,所以提心吊膽地移步。村子裡依然是一片和平的空氣,大家這才放心了。已經是黃昏時分。同學們好像回到了老家似地進了書房。是授書的時間了,可是先生遲遲不見回來,想來是幫著先生娘在扯雞毛吧。有個同學去阿嬋家偷看,果然不出所料,先生正在廚房替雞洗澡哩。

「阿嬋,妳家晚上有肉哩,雞肉啊。」

有人向阿嬋說,可是她似乎一點也不在乎的樣子。先生流著口水在拔雞毛哩,這樣的耳語使得阿源再也不想在書房裡待下去了。就溜回去告訴父親吧,卻下不了決心,只好茫茫然地看著大家在交頭接耳。他弄不懂自己為什麼會不時地讓眼光瞟向阿嬋。看到她始終緘默著,卻又覺得阿嬋還是有點可憐。

過了一會,先生匆匆忙忙地進來了,倒看不出有什麼特別的表情。好像比往常遲了些時候,先生還是吩咐大家帶著書本過來。也沒有聽大家唸,馬上就提起朱筆給大家點新的一頁。如果從家長這邊來看,很明顯地是先生的一種怠慢,可是在同學來說,這倒是教人很高興的事。授書過的同學,一個個回去了。

阿源回到家時,廚房的煙囪忙碌地冒著火煙,灶孔裡的火熊熊燃燒著。母親早已知道阿

她們將往何處去 ———— 196

源他們跟著咒誓的人去看熱鬧，不免訓誡了他幾句。阿源從母親的臉色察看到，還是跟先生一塊去是對的。要不是這種臉色，屁股準又會狠狠地挨一頓揍了。

「沒問過父母親就跑到那麼遠的地方去了。萬一出了什麼事，那可怎麼辦呢？不孝順的孩子，沒有人願意去理呀。」

母親裝著冷冷的樣子，和嬸嬸她們一塊準備晚餐。因此，「媽，我肚子好餓了。」這話，也出到喉嚨就嚥回去了。在書齋裡擱下書本出到大廳，父親正在和幾個客人談著話。敬過禮後，心口是鬆了些，但老覺得父親的眼光射向自己的臉上，有點不安。想拿了面盆去廚房打洗臉、洗腳的水，卻又覺得提不起勁，幾乎想哭出來。阿源又差不多成了個還沒有被打就先哭的愛哭蟲。他懊悔去看熱鬧。女生們都可以忍著不去，為什麼我就忍不住呢？阿源像個怕被看到的小孩，默默地洗過了腳，看準大人們坐定，這才在餐桌邊落座。

「這位小朋友就是大少爺嗎？」

一位爸爸的朋友問。

「是的，不過還有一個更大的，生下後一個禮拜就壞掉了，所以還是算大兒子吧。」

父親的眼皮因酒微微泛紅了。聽父親的口氣，阿源稍稍放心了。

「阿源，聽說今天出了件事是嗎？」

「是，可是先生為什麼要撿那種東西吃呢？」

阿源的口氣明顯地含著一份憤然之意。

「嗯，先生說他是信奉道教的，也不曉得可靠不可靠。」

「不,只是饞嘴罷了。」

一位叔叔說。如果道教的人都這樣,那這種「教」真教人討厭。阿源總算完全放心了。

飯後,他有意無意地黏在母親身邊,討好地向母親搭話。

「阿源真有心機哩。」

被母親一語道破,所以他向母親露出了笑。

「做了壞事就拚命討好,想蒙混過去是不是?下次再做壞事,一定不原諒你。」

「是,媽媽,我不敢了。下次一定先得到許可。」

母親好像已經忘了阿源的事,跟一位阿婆商量鄰居的女兒結婚的事。院子裡已經垂下了夜幕,插在牆上的拜過天公的香,在漆闇裡描著三顆紅點。

阿源總算平安上了床,可是白天殘忍的一幕烙印在腦海裡,使他恐懼。好想請父親早些進來,可是父親在微醺裡正和客人聊著《三國志》裡的孔明。也許太累了,不知不覺間還是入睡了。阿源在夢中驚跳了起來,可是父親的溫暖的巴掌在無意識裡拍了拍他的肩,把他搖醒了。他感覺到守護著自己的父親那溫柔的力量,心又平穩了,便再次落入靜靜的睡眠之中。

第二天早上,為了早課上書房路上,阿源忽地想起了昨夜的夢。那是阿嬋在啃著昨天那隻雞腿的夢。阿源真不想上書房了,但書房裡倒一如往常。

不久,發生了一件以書房為中心的重大問題。一連落了幾天雨,雨停後的某天,來自山裡的學生家長們表示要輟學了。說男孩子還小,路遠不保險,讓姊姊來又不放心,結果書房裡有一半同學給帶回去了。尤其女生全部退學,只剩阿嬋一個人愣愣地坐在那兒。根據他們

她們將往何處去 ────── 198

的說法，書房變成了戲班的練習場，不適合女孩子的教育。先生當然不會在同學面前勸誘家長們，不過倒也說明了教育的真義，想讓他們回心轉意，他們卻根本不肯聽。因為如此，有一陣子書房像老阿婆的頭髮，疏疏落落怪寂寞的，同學們的讀書聲也變小，而且失去了彈力。是不是由於雞的事，對先生感到失望了呢？不過聽山裡的家長向阿源的父親提到的說法是：有一天下雨的日子從街路回來，路過書房前面，發現到書房裡成了一所娛樂場，孩子們不但談不上學習什麼禮儀，反而很可能學會了壞事。阿源聽到父親也同意了這種說法，還表示將來希望能搬出街路做做生意，一方面也是為了小孩讀書方便。阿源在書房裡的桌上想著這些，把眼光投向窗外，院子裡正有幾隻雞在玩砂呢。

──原載《臺灣文學》第一卷第二號，一九四一年九月一日

引自鍾肇政、葉石濤主編，《光復前臺灣文學全集八‧閹雞》，臺北：遠景出版，一九九七年

―― 作家簡介 ――

張文環
(1909－1978)

出生於嘉義梅山（舊名梅仔坑，日本時代改名小梅），公學校畢業後赴日本岡山就讀中學，而後入學東京的東洋大學專門部。在日期間積極參與左翼政治、文藝活動，創立「東京臺灣人文化 circle」、「臺灣藝術研究會」，並發行純文學雜誌《福爾摩沙》。

1935 年以短篇小說〈父之顏〉入選日本《中央公論》徵文，為少數以臺灣人身分在日本文壇獲獎者。返臺後曾任職《風月報》、電影公司。1941 年創立《臺灣文學》雜誌，為其創作顛峰，代表作〈夜猿〉獲得 1943 年皇民奉公會第一回臺灣文化賞，〈閹雞〉則被改編為舞臺劇。

戰後創作沉寂，生涯轉入商界、銀行業、旅館業。至 1975 年才於日本出版匯聚前半生經歷的《滾地郎》，預計寫作「臺灣人三部曲」，然未及完成即因心臟病辭世。

張文環的作品以小說為主，偶有隨筆、評論散見報章雜誌，內容多取材自鄉土，被認為寫實氣息濃厚，尤以描寫故鄉梅山的作品最為人熟知。作品包含短篇小說〈論語與雞〉、〈夜猿〉、〈閹雞〉，長篇小說《山茶花》、《滾地郎》等。

薄命

―― 楊華

一陣陣的風兒，悉率地吹動著窗格，更戛戛地響個不止，彷彿要進來一樣的，在拚命叫喚。

「戛戛！請開門！戛戛！」

然而，我默坐著靜思，都不去理牠。

夜深了，愈覺得是和死一樣的靜寂，秋蟲雖然振動寒翼，掙扎著斷斷續續的啼叫，卻不過在這靜寂的當中，平添了淒涼的情調吧！月兒漸漸的給烏雲籠罩住了，風卻愈加刮得厲害，吹得那幾株留著枯葉的老樹，悉率地作響，天地更陰慘起來！怒號的風聲裡，彷彿帶來了一陣的細雨，在這細碎的雨聲裡，彷彿又夾雜著一陣模糊的披雅娜的聲音同時鈎起了我心頭無限的淒清。這披雅娜的聲音呵！又彷彿是個古怪的精靈，牠遠遠在著，張著偉大而撫愛的手，使我的心全個傾向於牠了。不一回忽然披雅娜的聲音戛然停止了。我心頭無限的淒清卻依然是存在著，風雨聲也還是交響未停，時已十下，還是毫無睡意，簡直是驅逐著我這孤蓬似的旅客，向著回憶熱情之路上去了。

表妹！我現在又想起你瘋了的情景。我想起你從小住在我家的事情，我想起你短促生命中一切的痛苦和艱難，更想起你是死了，你是永遠的死了。再要聽到你憨直的聲音，再要看見你憔悴的面容，是永遠不可能了。如夢如煙，不堪回首的逝影，時常的在我心房的深處閃現，使我感受無限的哀傷與失望，有時竟悽然而至於唏噓起來。

唉！人的一生，宛如一個夢，不！不！不！不是一個夢，這譬喻太普通、太平凡了，不如說，人的一生，好像是個傀儡，被一條命運的線牽著在場上跳動，要東就東，要西就西，

她們將往何處去 ——— 202

無意識地，不由自主地迴旋舞踏，要依著劃定的軌道上跑，不准你稍越雷池一步，真的是命運的惡作劇呵！我常常這樣想，這樣地來解釋人間不幸與幸運的事情。

她生來就好像被命運咒詛著一般的，自幼便死了母親。她一生沒有得到過母親的愛，再加了姑丈——她的父親——的躁急、好賭，和乳母的凶戾疏忽的看護，也就造成了她一生孤獨消極的陰影和多病的身體了。她從小也沒有好的衣服穿過，穿的又是破了再補、補了又破的一件藍的厚洋布衫，差不多在四月裡穿起，總要等到八月裡才脫下來，而所換上的也只是一件補得不堪的原色洋布的夾襖，全身真是骯髒得了不得，頭頸、手足都好像上了一層油垢一般。

她很聰明，記得在我家的時候，每次吃過晚飯後，照例父親是要我將日裡教過的書拿出來再溫習的，她總坐在我的身邊旁聽著，有時我讀不明白的時候，父親便打我一下，接著教我這是什麼字，那是什麼意義，但我小時很遲鈍，一個字教過了好幾遍，雖然想快一點記起來，但過了一刻又忘記了，等到父親第二次問我的時候，我往往不知所措，而她呢，倒很清楚的記著。說這字是這麼樣的讀音和意義。講得清清楚楚。

「你這不長進的東西，老是這樣教不通。你看，愛娥的年紀比你還小。倒比你聰明得很，羞也不羞？」

當我父親這樣地罵我的時候，表面上我雖然很不服，心裡卻在服她的聰明。

她的所以到我家來，是因為她的父親賭輸了錢，把她賣到一個冷冰冰、陌生的人家做媳婦仔，她經受不起許多的虐待……苦楚……才跑到來的，我還記得當她每來的時候，見了我祖母便大哭起來道：

203　薄命

「媽呀！這一次就是我父親打死我，我也不到婆家去了，你看咧！這是婆婆……。」說著就伸了頸子，又解開外衣，露出胸口，再又扐起了褲腳，露出大腿，給祖母看，祖母見她頸子上抓得周圍滿布著黑色紫色各種深深的指甲痕。胸部是一條一條的竹仔痕，腿上又是捏得現出許多紫色青色的塊。看過了，祖母便含淚指向我父親說：

「你看！人家孩子到底不值錢！犯了什麼罪！又這樣打了……。」

我父親也皺著眉頭同情地道：

「是呵！愛娥！你別去了，就在我家裡住下去吧。」

她聽了這話，如同法場上的犯人忽然遇了大赦一樣，登時便不哭了，而且在她枯黃的小臉上，立刻露出了一種表示安慰的苦笑。那時她只有七歲——比我少一才——卻很像一個成人的樣子。她很少和人家說話，如有人無論問她或叫她，她必定非常恭敬的回答。每日飯後洗了臉她總是本本分分的坐在祖母旁邊，聽著祖母談著平常瑣碎的家事，一對無光的眼睛，注視著祖母的面龐，好像聽得津津有味的樣子。祖母倒非常愛她，稱讚她將來必定會做人家。到了我家以後，祖母便給她洗個浴，換了一套半新半舊的衣服，夜裡跟著祖母同睡。但是她在做媳婦仔總無論如何要好得多了。雖然有時我們在大聲歡笑著，她也跟著輕輕的笑了一聲。但那笑聲中總含了苦寂和淡漠，使人聽了感著一種深甚的消沉的意味。

她並不甚美，如其給現代的創作家批評起來，簡直是個母夜叉，她既沒有如他們所讚稱欣顏歡笑的時候，雖不能說她是入樂土，比較她在做媳婦仔總無論如何要好得多了。

她們將往何處去　204

般的苗條的身材，也沒有如他們所謳歌般的彎彎的眉毛、圓圓的眼睛、猩紅的嘴唇，所有的只是一條長不盈尺的又紅又黃的辮子和一副枯白瘦削的小臉子嵌著一對塗著悲色的沒有神采的眼睛，嘴唇是紫黑色的，牙齒是乾黑的，鼻子是很平的，平得就像沒有的一樣，又兼齙頭，是以要認識她鼻子的存在，是難中之難了……講到美，她總都在被摒棄之列，沒有一處或一小點能夠使人可愛的地方，因此別的孩子們都不喜歡同她一同遊玩，其實她自己也自慚形穢不敢和那些穿著綢穿著緞穿著得很美麗的孩子們去遊玩，於是在另一方面也就愈使她悲哀成性了。但是我很同情她可憐她，不過我日裡是要跑到距家二里多遠的公學校裡去讀書的，所以和她玩耍的機會很少。而她又孤獨成性，即使在星期日我叫她同別的孩子們一同去玩耍，她也甘願一個人坐在家裡推卻不去的。

記得有一次，大約五月裡吧，在星期日的午後，我一定要她同我到小溪邊去捕小魚，她被我逼得不過，只得拿了一只小的畚箕很不情願的同我出去。

我家離小溪很近。小溪對面有一座小山，繁茂的相思樹林，望過去彷彿覆蓋著一個大的球一般，小溪邊種著一株株的楊柳，在春天的時候，嫩綠得非常可愛，在夏天的時候，更是清幽得涼煞人。如其你獨自一個人坐在那邊，聽著柳樹上小鳥的玲瓏的叫聲和清澈的潺緩的水聲，望著對面小山上蔥蘢的樹木，幻想起來，是要使你羽化登仙疑是置身天國了。我們慢慢地走近了溪邊，許多小孩子都已很活潑的跳在溪中捕魚了。我便脫了鞋子襪子也跳下溪去，一面叫她蹲在溪邊，用畚箕截著，等到魚游進去的時候，便很快的拿起來，我自己在溪中來來去去追趕小魚。可是她很不中用，幾次把畚箕拿起來的時候，都給牠跑了。那時我不

覺躁急起來，便囉囉嗦嗦說了幾句，而別的孩子們見我嘴開了——他們都非常憎惡她——也就馬上都接上來說：：

「阿漢！叫她這種人做幫手，倒不如自己一個人來捕好，你看——。」

「這個人真笨，直像泥人一樣！」

「她的臉子更難看你瞧，伊的鼻子，簡直落了三次西北雨，也還滴不到她的！」

「好醜！醜到買不到車票。」

她受不住這樣難堪的輕蔑譏誚的話，便拋了畚箕，抖了幾抖下巴，哇的一聲哭了出來。

「阿旺！你看她倒會哭哩！」

「是的，太愛哭咧！這裡又不是死了她的爸爸媽媽。要她哭什麼呢？而且哭得又很不動聽。」

「愛哭咧！愛哭咧！」

大家便一齊這樣地嚷了起來，因此她越發哭起來，背轉身，一面哭一面走回去了。我那時很後悔自己太鹵莽輕率，實在是不應該埋怨她的。便也拿了畚箕，抱鞋子襪子都擺在畚箕裡追上了她。牽著她的手安慰她。但是她一聽我安慰的話，益發哭得厲害了。沒法子，我只得呆立著聽她哭。後來好容易住了哭。我便和她回家裡來，母親見她一雙哭得紅腫的眼睛，以為我在外面欺負她了，還很厲害的罵了我一頓。

她住在我家每年總要回家二次，而且她回家的時往往和我在學校放暑假放年假同時候，倒好像她在避我一般，聽祖母說：：

她們將往何處去 206

「愛娥說⋯⋯她和你們合不得夥。」

真的，哦！孤苦的表妹呵！薄命的表妹呵！

後來我在公學校的高等科畢了業，便考入T市的二中了，放假的時候，也大概都在T市的伯伯家裡，回家的時候很少，關於她的消息也就茫然了。只聽見伯母說：

「她很會幫我家裡的忙哩！」

十七歲一年暑假時回家去，見她瘦削得越發可怕了，終日除了幫母親的忙以外，只是獨自一個坐在冷靜的地方發呆，好像得了歇斯迭里症一般。祖母說：

「愛娥這幾年真好像呆大一般，走既不大走，就是說話也像很不喜歡般的。十月裡做媳婦去啦。不知怎麼樣哩？」

「愛娥妹年紀還輕哩！怎麼這般早就把她許人家了？」我這樣說。

「年紀是很輕，但是她的父親急於等錢用，有什麼法子？愛娥又不是這裡人，可由我作主嗎？我想下半年就做些嫁妝給她。要她父親自辦那是萬萬不能的呢？」祖母說。

「又是一個舊禮教下的犧牲者！」

我想⋯⋯心裡就有一股忿火在熊熊地燃燒著。

「下半年不知她更要消極到怎樣的地步哩！」

我突然感到一種無可奈何的悲哀了！

這一次回家只住了一個多月就出來了，年假時也沒有回去，所以表妹出嫁以及出嫁後的情形怎麼樣，我一些也不知道。越過年暑假的時，我也本打算不回家的，後來因祖母病了，叫我回去，當我回家後祖母的病就好了，一時因為別的緣故不能出來也就在家裡住了幾天，不料這一次倒聽見了愛娥妹的消息。

是晚飯後的時候，我們都坐在天井裡納涼。陣陣的微風吹來，不覺胸中一日來的暑氣清爽得許多，我望著天上閃爍著的繁星和草際穿梭似的螢蟲，紡織娘奏著很和諧的音樂，正是如入了詩境一般。不知怎樣的一來，朝弟忽然講起愛娥妹來了，我被他一提醒於是便問起祖母來：

「愛娥妹嫁到那地方去，還好不？」

「什麼好不好，唉！總之是她的命苦。」

祖母淡然的說，接著又是一聲微弱的嘆息。

「到底怎麼樣？給公婆打罵？……」

不知怎的我倒著急起來了。

「去年剛嫁去的第五日，他們的生理，就被官廳命令停止營業一個月，後來還將他營業取消。」

「怎麼？」

「因為是租了別人的名義來營業的，這倒還好，今年四月裡還把他們一間堆柴的草屋燒掉哩！」

她們將往何處去　　208

「為什麼？」

我有些不相信起來了，她本是很聰明的一個人。

「這夜她提了盞煤油燈到草屋裡拿柴去，把燈放在一條矮凳上，不知怎的火光焰上了掛著的一件棕簑，你想，一間草屋著了火是多麼容易，況且那幾天天氣很晴燥，他們救火的人數又少，不到半個時辰，就把牠燒個乾淨，這夜，她的公婆——平時本是不喜歡她的，這樣一來，更把平時積蓄著的鬱憤一齊爆發出來，如虎般的把她毒打了一頓！」

我驚奇了。我的心就老是不可抑制地跳動起來。

「現在她差不多每天給公婆罵，什麼白虎星、掃帚星……我們娶了你來，原是要想你掙些產業，你現在竟把我們的產業都敗光了，她這白虎星、掃帚星……就是他們現在吃的水，本來是叫她的男人挑的，現在也要她獨自去提了。」

「那麼她的男人好不好呢？」

「說到她的男人，簡直是一個呆大，唉！愛娥的命真苦呀！前個月我問那邊到這裡來賣柴的人關於愛娥的消息，那人說，現在更不像人了，全身差不多只有一張皮了。我想差個人去望望她，但是沒有人可差。真可憐。」

「哦！」

祖母嘆了口氣。心裡像是很難過的。

這一夜我差不多沒有睡著，既不是在可憐她的一生的命運，又不是在想拯救她以後的命運，只覺得頭腦昏昏沉沉的胸中空空洞洞的有一種說不出的難過。

209　　薄命

去年年假歸家去，聽見她生產後就發瘋了的消息，說她看見東西就敲破自己的衣褲，赤身露體的在家裡來去的奔走，大哭大叫的真像要喊破喉嚨的樣子，她的夫家請神降妖，差不多什麼法子都行過，但是一些也不見效。

從這次出來後，我好久還沒有回家去過，她瘋了以後怎麼樣？也無從知道了，後來在一個將近放暑假的下午，接著了家信，信裡略提起了愛娥死去的消息，我讀了這家信，不覺起了一種傷感的情懷。

噯！愛娥的一生的命運，有誰去憐惜呢？她的死，更有誰知道這是誰害她的呢？

....

——作於一九三五年一月十日，原載《臺灣文藝》第二卷第三號，一九三五年三月一日

作家簡介

楊華
（1900—1936）

出生於臺北永樂町，本名楊顯達。17 歲遷居屏東，任私塾教師直到過世，為日本時代的重要詩人與小說家。

除了參加屏東的傳統詩社「礪社」，亦受到五四運動影響，創作白話文學並堅持漢文寫作。1926 年起專注於新詩創作，並在《臺灣民報》獲獎，後來更在《南音》連載詩作。1927 年，因違反《治安警察法》而被囚禁於臺南刑務所，期間創作了《黑潮集》。

1934 年，加入「臺灣文藝聯盟」，並於 1935 年在《臺灣文藝》發表小說〈一個勞働者的死〉與〈薄命〉，表達勞動者無力對抗命運的悲劇，深刻寫出了臺灣人的苦難。1936 年初，因健康惡化而無法繼續教書，治病和養家活口使其陷入了困境。同年 4 月，《臺灣新文學》刊出一則關於「島上優秀的白話詩人楊華」的日文消息，表示希望大家前去探望並給予鼓勵。5 月 30 日，於屏東市的貧民窟自縊身亡。

陳芳明《臺灣新文學史》稱其為「臺灣新文學史上最早被肯定的詩人之一」，而楊順明《黑潮輓歌：楊華及其作品研究》則指出楊華是「日治時期漢語新詩篇數最多的詩人」。由此來回顧其短短的一生，不只展現出了底層臺灣人的奮鬥歷程，更是文人不屈服於殖民體制的重要象徵。

蜘蛛

―― 吳天賞

林蔚儒／譯

自二樓望向空地，翠綠的野草因著霜氣與寒風，大半變得枯黃。正月將近，學校好似也開始放假了，白天成群的孩子興沖沖地放各種風箏，到了晚上，夜幕的靜謐則如同朝霧般蔓延。書讀到一半，我休息片刻下樓小解時，仰望天空，便見獵戶座、昴宿星團、金牛座，還有月亮目光如炬地盯著這片空地的漆黑。那角落有一間小吃攤，一個月前還販售著伏特加和葡萄牙[1]茶泡飯。由廢棄的木板跟生鏽的白鐵皮湊合起來，活像滿是補丁的舊衣服，可謂是不折不扣的豬圈。沒記錯的話，這小吃攤是從十月底開始營業的。

「有人在家嗎？」正當受託看家的時候，外頭傳來女人的叫喚，出現在眼前的是個年約三十出頭，頗有幾分姿色的婆娘。從五官相貌到穿著打扮，感覺並不像普通女子，且頗有幾分風韻，她說道：「我在前面的空地擺了一個小攤子，還請多多關照。」她的肌膚和玉手嬌嫩欲滴。從打到照面的那一刻起，我的好奇心便受到強烈的刺激，心想以後只要口袋有點小錢就來找這個婆娘，打聽她過去的精彩人生經歷，再以我的智慧幫她開解開解，這樣一來肯定能拉近彼此的距離。反正就是把話說得很鄭重，讓她覺得好像看到人世間的真理。我越想越覺得這真是個好主意，於是就在那天晚上十點左右出門去。

藍色與紅色玻璃相嵌的長方形燈籠上，以深綠色調寫著攤名「Epoch」[2]，接著依序用更深的顏色寫上「俄國純伏特加」、「葡萄牙茶泡飯」、「日本酒」，生意非常好。

「Epoch這個攤名是妳自己取的嗎？」

譯註
1 原文為ポルト，意義不明，暫譯。
2 指時代。

她們將往何處去　214

「是呢。」

「取得真不錯。好聽又富有深意。」

「真的嗎?」

「就算有什麼隱情,這也是個好名字啊。」

「哎,就是我的新時代呀,從這個攤子開始⋯⋯」

以這間小吃攤當作分水嶺,一名女性清算了過去,展開新生。她肯定經歷過波濤洶湧的人生,她的眼神和唇畔所流露的嬌媚,訴說著過往——不,真正值得期待的是接下來的發展。一鑽進被窩,我就忍不住冒出各種邪念。要是當她的小白臉,一定會在路上被吐口水、在背後被指指點點。但那又如何?那些唾棄別人的傢伙,內心還不是口水直流。她肯定也渴望著男人。前陣子在衛生展覽會上遇見的那位寡婦又怎麼樣呢?說到衛生套,可真是夠了。總之找個像我這般有男子氣概又年輕的對象,也沒什麼不好吧。嘖,小白臉是嗎?真是豈有此理。想著想著,我就這樣睡著了。

隔天晚上,我打定主意後又去了一趟,一看,有位文士氣質的男子面前已經擺著好幾支酒壺,正在高談闊論。女人的雙頰有幾分酡紅,將自己喝的伏特加倒進小小的玻璃杯,一面婉言應對一面喝酒,氣氛愉快而開朗。男子看上去差不多和女子同齡,不知是哪裡來的浪子,說話顛三倒四,前言不接後語,女人則這樣說:「小清怎麼樣呢?在大阪嗎?那豈不是很可憐?你們在一起幾個月了?半年!哎,男人就是這樣。那麼飯島先生什麼時候要一起喝一杯呢?也找小清還有小夜來吧。你最近都沒去小夜那邊嗎?啊,她應該也不在。畢竟她最近都

在演戲，既忙著開店，又要去演戲，真了不起啊。不是不是，才不是你說的那樣，我們只是普通朋友。嫉妒啊、同性愛什麼的，會做那種事的人真不知是什麼心態呢。哎，飯島先生，倉內先生打過電話來喔，說他可能會過來呢。維洛[3]！誰還會留戀維洛。那傢伙簡直禽獸不如，唯獨孩子我是放不下的。不認識的人都這麼說呢，說那個羅紗緬[4]拋夫棄子，跟別的男人私奔。我才不在乎呢。只有妹妹不一樣，她深知我的為人。只有她反對我回橫濱。說真的，飯島先生，什麼時候和小清喝一杯呢？倉內先生！早就斷得一乾二淨了。一開始明明是他趁著酒興跟我好，結果輸的是我。在一起六個月後他就溜了，過沒多久又跑回來，但我可是吃了秤砣鐵了心。倉內先生對我來說已經什麼都不是了。」

這時我的朋友龍來了，我宛如迎來援兵，也能不時插入他們的談話了。

「這位是吳先生，這位是龍先生，而這位則是有名的翻譯家飯島先生，專精法國文學。」

三個人光是你看我、我看你，沒人點頭致意，倒不是說彼此懷有敵意，而是沒必要這般講究。

「昨晚真是失禮了。」龍說。「可是促膝長談了一整晚呢。」女人答道。原來當我昨晚在被窩裡放縱著甜美的想像之際，龍和這婆娘已經從星座聊到文學，還鉅細靡遺地互道身世，看來已然親密無間。宣稱連喝了三天三夜才來的飯島氏好似醉到無以復加，一下裝瞎，一下歪嘴，有時還獨自發笑。接著又比出幽靈那樣的手勢⋯

「我給你們看看手相吧。」說完便拉過龍的手。

3 原文為ヴィロ，意義不明，暫譯。
4 日本幕府末期以來，蔑稱專以歐美男性為對象的娼妓或洋人的情婦為羅紗緬，又稱作洋妾。

她們將往何處去　216

「唔，你的手很巧。三等親內肯定有自殺、發瘋或殺人的。」

彷彿一語道破，龍雙唇緊閉地瞪著飯島氏，一聲不吭。

「那我呢？」

「嗯，你這是好色之徒，成天妄想。」

剛說完，飯島氏便往後靠向牆板，低下頭哼哼唧唧地。準備照看飯島氏，結果突然被他一把抱到腿上。

「飯島先生！大家都看著呢。」

嘴上這麼說，女人卻像小鳥般雀躍，攏了攏前襟和下襬，一副含羞帶怯的模樣。飯島氏伸手拿起開水灌了一兩口，又生龍活虎地高談闊論了起來。這哪裡像是上了年紀的婆娘。

「高圓寺這一帶大家都在談論呢。那傢伙簡直難以置信，明明沒有男人最重要的那話兒，卻是女人一個換過一個，噓寒問暖的工夫可厲害了。不過，畢竟沒有的東西就是沒有，這也是沒辦法的事。」

「你說的是真的嗎？」

「要是不相信，那就讓你親眼瞧瞧？」

「但如果是真的，未免太可憐了。」

「說這什麼話，人家是天生的，哪有什麼好可憐。」

「這樣還會對女人感興趣，也真是不可思議。」

「他可感興趣了。亂抱亂親一通，又在最後關頭收手，裝得倒像那麼一回事。來，喝吧！年輕人不喝可不行，喝吧喝吧！」

龍和我從剛才就一直在喝，酒過三巡已然暈頭轉向，然而這麼近距離目睹香豔的場面，不知該說是萬分尷尬或是瞠目結舌，本來生疏的距離感也消失了，我們只能擺出一副老練的樣子，壯著膽子聽其自然。女人被飯島氏摟著，卻像幼兒想掙脫母親懷抱那般蠢動，唯獨一雙眼睛直盯著龍和我。

「不如現在就出發去找小夜吧？」龍脫口而出。

「好主意。走啊走啊，走吧！飯島先生。」女人二話不說表示贊成，急忙擺脫飯島氏雙臂，匆匆收拾酒壺、收起燈籠、關掉電燈，四人一起走到柏油路去。在戲院前發現了等待客人上門的圓計[5]，女人把手搭上司機的背，不由分說地劈頭道：「哎，三十錢，三十錢，可以吧？到阿佐谷。來，大家上車吧。」她自說自話、自顧自地打開車門，把三個高大的男人推進去，最後自己也上了車，坐在飯島氏腿上，便要車子發動。

小夜的關東煮店位在阿佐谷的郊區。我們想找的小夜卻到築地小劇場表演去了，有個男人替她顧店。彷彿為了彌補遺憾，我們四人於是又喝了起來，這時龍大概已經醉醺醺，硬是將酒壺壺口對著飯島氏的嘴灌，也不管人家喝不喝。「不喝可就算不上藝術家喔。」龍一邊放話，一邊自己喝，又把酒壺的壺口對準了我。女人也像投降了那樣蹲在牆角，背靠在牆上，彷彿狂奔了

5　即一圓計程車，只要均一價一圓便可在市區任意搭乘。最初於 1924 年出現在大阪，其後東京亦如法炮製，最後即便價格有所調整，也都以圓計來通稱。

她們將往何處去　　218

一陣又突然停下來那樣喘著氣。宛如母狗舔舐著剛出生的幼犬般，飯島氏伸出長長的舌頭來回舔著女人的耳朵、嘴巴、臉頰到鼻尖，還兀自發笑。我看到龍這時彎著腰，沒想到竟這樣往旁邊倒了下去，還壓壞了門上兩塊玻璃，癱在地上。神奇的是，這時就屬我的神智最清醒，心想這可不行，於是出聲趕他們回去。龍在來的路上寄放了五圓紙鈔在女人那邊，因此她拿出來賠償破掉的玻璃，付了錢才走出來。一走到外頭，女人居然靠著電線桿擺出九十度鞠躬的姿勢，伸出手指往喉嚨掏，隨即咯咯地吐了出來。龍則蹲在旁邊嗚咽地哭了起來。我和飯島氏搭著肩彼此攙扶著，東倒西歪地走到路口要招圓計，但互相扶著走在路上時，還嚷嚷了起來：「要變得了不起！」「可不是藉著酒意才誇口的喔。」

「嗯，不是藉酒意脫口而出的。」「是說真的喔！」「真的真的。」兩人喊著喊著，抱成了一團。

因為我們實在太吵，結果附近的警察來了，提著燈籠下令：「你們都給我到派出所來。」

「不好意思，我們是在等計程車呢。」

「總之給我來就對了。」

彷彿骨頭被抽掉般爛醉如泥的四人暫且挺直了背站在派出所的桌子前。將各自持有的物品放在桌上後，又被要求寫下各人的姓名、職業、年齡與地址，寫完後，眾人一一低頭致歉。

飯島氏說：「可否網開一面，讓事情到此為止。」看起來很和善但又威嚴十足的警察這時總算露出了笑容：

「你們以為現在幾點鐘了？這個時間在那邊吵吵鬧鬧，別人怎麼睡覺？我說，這點道理

「你們該不是不懂吧?」

「真的很抱歉。」有人開口,大家便輕輕地點頭致歉。

「飯島真這個名字,是中央社出版的《海戰》的譯者吧?就是你嗎?」

「哎,是的,給您添麻煩,真的很對不起。」

「好了,都回去吧。」

我們攔下了駛過派出所前的計程車,回到高圓寺,女人讓我和龍先下車,說她要送飯島氏回去,兩人相偕乘著那輛自動車消失了蹤影。到了住處前,龍叫喊著痛苦,流著淚道:

「吳!啊啊吳!只有你是懂我的吧!這世上怕是沒有其他人了解了。啊啊,我是孤獨的,寂寞的。昨天家裡寄來了十圓,轉眼又花個精光。明天該如何是好?嗚嗚,嗚嗚。」他哭喊著,癱坐在地上吐了出來。

我被龍的哀號給打動,硬是忍住了即將奪眶的淚水。說什麼寂寞,什麼孤獨,這世上不是還有更慘的人嗎?明明有人連好好吃飽都沒辦法,你卻一路喝酒到天亮,顧影自憐,落下天真的眼淚。真是墮落啊。不折不扣的墮落。我這般鞭答自己,一邊將龍扶上三樓讓他睡下。當我鑽入被窩時,想起了過去參加朋友婚禮的事。當時有兩三個朋友勸酒,但被我強硬地拒絕,還把酒灑了一地。究竟哪一個才是真正的我呢?哪一個都無所謂吧。已經過了五年,她至今還沒有嫁為人妻。

深夜一個人垂頭喪氣地走在椰林道的她,最終消失在公園那頭。我不知不覺眼眶發熱。

她們將往何處去 _____ 220

隔天夜裡，我打開二樓的窗戶，望向空地一角時，黑暗中尤其黑的那個小吃攤，瑟縮地迎著晚秋的寒風，靜靜佇立。眼前當然沒有點亮的燈籠，女人也不見蹤影。

那之後已經過了一個月，對我來說，女人和飯島氏猶如只有在夢中才會邂逅的人。

龍自那隔天起為了三餐溫飽又到神田給人擦鞋子，但我昨天久違地去找他時，他把黑色面罩往上拉到鼻尖，說道：

「喂，那個女人啊，是蜘蛛呀。」

話音剛落，他便以獨有的笑聲哈哈大笑了起來。

——作於一九三四年十二月二十六日，原載《臺灣文藝》第二卷第三號，一九三五年三月一日

221　　蜘蛛

作家簡介

吳天賞
(1909－1947)

出生於臺中新富町，作家、記者、美術評論家。筆名吳鬱三。

自小生長在基督教世家，外祖父是臺中柳原教會的創始人之一，父親為招贅，身為長子的吳天賞乃從母姓，陳遜仁、陳遜章為其胞弟。

1923年進入臺中師範學校演習科（今國立臺中教育大學），與翁鬧、吳坤煌、楊逸舟等人為同學，皆雅好文藝，並對前往東京留學嚮往不已。1929年前往彰化埤頭公學校任職，1931年在牧師的介紹下，與二林名醫李木生的孫女李玉梅結婚。

然而，成家無法澆熄吳天賞前往東京的渴望，他於1932年賠償公費，離職前往東京學聲樂。隔年，吳天賞自覺缺乏聲樂演出的天分，轉至青山學院大學英文科就讀，期間積極參與「臺灣藝術研究會」、「臺灣文藝聯盟」東京支部等留學生文藝團體，並於《福爾摩沙》、《臺灣文藝》等雜誌發表小說、詩等創作及評論。

1937年返臺，後經林獻堂的引薦，進入臺灣新民報社擔任記者。1940年調回臺中支局，後轉任《興南新聞》新竹支部長，又調任《臺灣新報》臺中支局，再於1945年戰後擔任《臺灣新生報》臺中分社主任。期間從文學創作轉至美術評論，積極於報上發表臺灣美術相關評論。

1947年二二八事件後，吳天賞擔心家人因自身的職業身分受到牽連，輾轉逃亡於各地，同年六月底因心臟麻痺逝世，享年39歲。

夜雨

——王詩琅

蔚藍的天空已漸布起灰雲，冷氣也一層一層地浸透肌膚來，秋色可是已深了。昨夜來下的微雨，雖已停歇，那冷風卻還一陣一陣，鑽過窗隙來。

寡言的有德，近來好像閉殼的蛤子似的，沒有言辭。憂鬱的面容，更憂愁頹喪，他坐在廳邊的床上，任憑妻子阿換，咕咕嚕嚕講了一番，初是不睬她，終是老不耐煩，才將方看的說本放下。

「天天說，也沒有法子，久木昨日說，現在人員是夠足額數，和田又是前日託過，別的工場更沒有容人的餘地，可託的都已託過，你到底是叫我什麼樣？」

「你一句也是沒有法子，兩句也是沒有辦法，工場既是無望，該當設了別法。難道你坐在這兒看書，腹肚可以會飽不成？」

「做生意欠本錢，別的工作又不慣。自十五歲就入工場學疊鉛字，到現在三十九歲。這樣像白絲蟲一樣；文不像童生，武不像槍兵，幼的做不來，粗的動不起，這不景氣的當兒，還有誰要嗎？」

「我也已經做到山窮水盡了，可以典的都已典完，借得來的也都已借過，明天牽孀的會錢，也要和前月一齊還她，你可是打算怎樣？好好的工作，罷了什麼工，休息的禮拜日，就是沒有工資，不過稍苦一點，有什麼相干？別的都不要緊，像我們罷得連米連水都沒有。」

阿換為準備午飯，一邊拭桌，一邊說。有德卻不睬她，仍舊拿起書看。他心裡頭卻是懸念早上出去的秀蘭。不一會，飯菜剛擺得好的時候，樓梯的聲音在響了。

「爹，回來了。」

有德看一看秀蘭的頹喪的神情，早就覺得一半以上，沒有希望了。但焦急的心情，卻待不得她寬息，慌忙地：

「交涉的結果怎樣？」

「不中用，這井坂吳服店雖有缺人，二天前，早已雇定昨年畢業的高氏金鸞，我順便到玉桃家裡，託她爹問問Ｎ乘合自動車會社，有沒有缺車掌。」

自罷工以來，沒有餘蓄的有德一家，如漏洩的水甕，一天迫一天了。老實日給一塊半的他，也沒有別的出息，哪裡有積蓄的餘地呢？所以稱為賢內助的阿換，向四方親戚朋友告借，也已借得沒有地方可借了，幾件小金首飾也已典完。所以伉儷的他夫妻，近來為著些少的問題，稍不稍，就起衝突，甚至較鬧打架。自然這重壓的空氣，流到雖然貧窮，卻還和氣的他們的家庭，連活潑的秀蘭和今年才入學的頑皮的隆興，也自然而然，在無意識裡，受其所染了。

正午的報午機鳴了。

繼一會，隆興也回來了。

以前一個月，二三次歇息的禮拜日，父子母女團圓圍住的午飯，是他們的一件快樂事，有說有笑，盡所謂天倫之樂的，自罷工以來，卻就不然了，大家默默地，沒有話說，只管吃著飯。

「爸，二錢給我。」

吃完了一會兒，隆興爬上床來靠在有德的身邊，他卻不睬他，仍舊繼續看小說。

225　夜雨

「爸,二錢給我啦,要同桂竹去玩。」

「沒有錢,不可耍,讀書去吧。」

「不,二錢給我啦。」

「說沒有錢就沒有錢,滾開去。」

他將躺在他懷裡,纏縛要錢的隆興推開的時候,因為在床邊的關係,又有些過於用力,在房裡的阿換,連忙走來扶起,開口便罵。

「呀!」的一聲,倒蹼在床下去了。

「你這短命,怎麼這樣粗手狠心呢!」

「什麼,你罵誰?」

「罵你,有什麼事?」

「姦你娘,不審實,出口就罵。」

「半路死的短命,這麼無良心,將這小小孩子蹼在地下。」

「胡說。」

有德睜一睜圓眼,右手伸向阿換臉上去,打得一個噗響。她也不讓他,雙手的抓向他臉奔來,有德要架她,他倆你打我架,我抓你扭起來。在灶裡洗碗箸的秀蘭,忙趕到要分開的時候,已是打成一團。隆興站在桌邊哭,望著爹媽的打架。她費了好大的工夫,才將爹媽分開,阿換氣呼呼地喘著還是罵,有德卻不答應,整了衣服。

「爹,往哪兒去?」

他卻不回答女兒，一直溜向樓下去。

＊＊＊

廣闊的太平町鋪道，兩旁櫛比的大店鋪，被薄暮的夜色籠罩起來了。輝煌的電光，漸漸地逞威，要代替太陽支配世界了。

剛開業未幾的咖啡店——「娜利耶」…在這十字街頭角現其麗姿。宏亮的留聲機的嬌聲，紅紫的「良・薩茵」來粉妝這近代女性的艷容，在這島都的臺灣人街上，添一新的魅力。

他漫步永樂市場一遭，聽一會「走江湖」先生的雄辯。順便訪了同在小田印刷所的同僚德成，他也是罷工後尚未就職的，湊巧他不在家裡，信步走到這街上的時候，怒氣雖已消滅無跡，但空虛的寂寥和悲哀占領他的腦海往來，這是他近來時常經驗的。他覺得自己的形影很悄然，先前散工後，攜了隆興的小小的可愛的手散步，和現在好像兩樣的人。

西裝青年、長衫女史、勞動者、紳士、自轉車、自動車、人力車、貨車……這些構成近代都市的細胞，摩登的風景，在他灰黯的心情，都是馬耳東風。無精無彩，痴獸獸慢慢地步著。

他不知道自己的窘迫的生活，錯雜的苦悶，亂麻的心緒，要怎樣才好？W工場的青年工們憤慨業主，要廢掉休息也有工資的禮拜日，開始罷工。自己們熟練工，也為生活的切實相關，呼應站起來，動起全臺北印刷工組合的組合員總同盟罷工。但結果歸於職工的全面的慘敗，究其原因，雖是惡劣的業主為對抗工人，向內地大量的移入工人及新雇臺灣人，買收內奸，來攪亂陣營。就是自己們的團結不固，指導方針不好，

227　夜雨

任幾個人操縱，也不能說沒有其責，他覺得什麼人都恨不得的。業主也是為景氣壞不能如前多霑潤工人，自己們卻是為生活而蹶起，那更是正當的行動，就是那些內奸，是擋不住長久的罷工，而降服的可憐蟲，這些都不是罷工的責任者，他覺得似乎別有個大的、看不見的責任者。

他又回想剛才較鬧的場景。

會錢、厝租、米錢債務、打、罵、哭……在他暗淡的腦裡旋晃著。

路上已漆黑了。不知幾時，他既在這寂靜的小巷裡，低下頭行著。猛抬起頭看，已是自己的樓下了。他躊躇了一會，就跑上去。

＊　＊　＊

晚飯用畢了一會，剛下樓去的隆興，導了母親的結盟姊——阿柳嫂和她的媳婦素梅上來。

「哦！三姨，怎樣好久不來坐呢？」

「哦！什麼風吹來呢，我是心亂如麻，沒有心情到你家坐，你為什麼這十幾天，也不來看看我們呢？」

「不是啦，我這幾天，忙得很，沒有閒空，就是這……」

她使個眼色，用嘴指了坐在床沿，同秀蘭說話，打扮得較前更妖嬌可愛的素梅。

「就是這個，我想曲也是學不少，又已經是十五歲，所以預備來月初我同她到臺中去。」

「恭喜恭喜，姊姊又要加發一筆財了。」

阿柳嫂接了秀蘭端上來的茶，啜了一口，才慢慢地

她們將往何處去 　228

「有德的工作，可有找著沒有？」

「唉！」似被人家撞破了舊傷痕似的蹙了眉頭，嘆了一口氣。

「任他找，也是沒有，時機的變遷，實在太厲害。想十幾年前，休了幾天，就跑到家裡來，十叫八請。現在到他們店問，尚還不要，聽說有幾個送工頭的人事，才得復工。前月我想送幾件，所以叫他探聽要人不要人，他探聽說，沒有缺，所以也就罷了。我想工場既是無望，也該快找別的經紀做。不然你想，這麼大家口，終要怎樣呢？」

「你叫他做別的經紀，我想是難的。前兩月做的，那小生意，是最好的例子。這樣率直，且沒有經驗，若再做別的生意，怕會再虧了本。最蠢就是這些勞動者，不守本分，不想那些頭家們，是有官勢、有錢勢，任你怎樣，哪裡能勝過他們，豈不是，像以卵磕石頭嗎？我想來想去，還是……」

「是的，三姨這個打算最妥當的，不然一家四口，就是餓死，也沒有別的辦法。」

「聽說我隔壁的玉治，一天的賞金有二三塊以上的，像秀蘭這樣的標緻，一定會得更多的，又不是什麼賤業。」

她貼近阿換的耳朵，說了很久。

在房裡換衣服，聽她們說的有德，早就恍然明白了。

他早知道是前幾月罷工還不久，阿換向他相量的計畫，就是她和阿柳嫂的打算：是將秀蘭，送到最近開業的大咖啡店「娜利耶」做女招待。然後慢慢地，教她學京曲，做藝妲。他本是鄙視阿柳嫂，因為她一生所行的路，都沒正經的。自二十歲的時她丈夫亡後，就淪落為

229　夜雨

娼，後來稍有粒積，養了幾個媳婦，做藝妲，大概只寒暄幾句，就跑開。他雖是兩袖清風的工人，少時卻曾在書房裡念了幾年的書。他很輕蔑藝妲、娼婦、鴇母、烏龜，一類之人。所以妻子和他相量的時，他氣憤憤地滿臉漲得通紅，大喝一聲。

「任是窮得沒有飯炊，我也不叫女兒，幹那種勾當，我沒有能力，使她進高女已罷，至少也須教她嫁一個適當的好丈夫。」

他拒絕那個提議了。

但現在一切都逼迫起來，剩在他面前，最後之路——叫女兒去幹那他最厭惡的醜業的一種——女招待，已不得不崩潰了。

他自慰自想：十六歲的女子，出嫁有點早。窮人嫁窮人，所得的聘金，自是不多。且遠水救不得近火，設使這些都做別問題，要拯救眼前燃眉之急的生活，只有這女兒。他到這裡才覺得幹那樣勾當的女人，也多是無可奈何，不得已的一條生活路，過去輕蔑她們是錯的。

不一會，阿柳嫂回去了後，阿換似乎很難啟口地向有德說：

「剛才你可聽見了嗎？你以為怎麼樣？」

「我雖然不願意，也是沒有法子，你打算就好了，只要問問秀蘭，答應不答應。」

他也很艱澀地說。

她回轉頭，向在床上，蓋隆興的被的秀蘭。

她們將往何處去　　230

「秀蘭，你年紀也不少了，家裡已窮得到這麼田地，你也知道的，剛才你三姨說的，你以為怎樣？」

「……」

她一語不發，低下頭，過了好久。

「你願意不願意？」

「我也不曉得，只憑爹媽主意，就可以了。」

淌下淚的秀蘭，唏噓地說。

有德覺得很難過，背過臉，跑下樓來。

早上歇了的微雨，較前更大滴地下來，冷清清靜悄悄，人稀的街上，不知道由哪裡送來微弱的哈兜鈴的悲調，他深深地，吸了一口氣，仰頭凝視著黑漆漆的天空。

——作於一九三四年十一月九日，原載《第一線》第一期，一九三五年一月六日

作家簡介

王詩琅
(1908 — 1984)

出生於臺北萬華。小說家、社會運動者、文史研究者，筆名王錦江、王剛、王一剛、裔剛、王仿、王禮謙等。

1915 年入秀才王采甫書塾學習漢文，1918 年進入臺灣總督府臺北師範學校附屬公學校（今臺北市老松國民小學）就讀，畢業後與友人自組讀書團體「勵學會」。1926 年與小澤一等人組織「臺灣黑色青年聯盟」，隔年被捕。至 1935 年間，因「臺灣勞動互助社事件」及日本國內無政府主義共產黨事件波及，三度入獄。

1931 年與別所孝二、張維賢等人合組「臺灣文藝作家協會」，並於 1934 年加入郭秋生、廖毓文等人創辦的「臺灣文藝協會」，開始文學創作及評論，陸續發表〈夜雨〉、〈青春〉、〈沒落〉、〈老婊頭〉、〈十字路〉等短篇小說。

1937 年赴上海任職日本陸軍宣撫班，數月後辭職返臺。次年赴廣州任廣東迅報社編輯，戰後返臺，先後擔任《民報》編輯、《和平日報》兼任主筆、臺灣通訊社編輯主任、《學友》主編等職。1950 年代起投身臺灣歷史、民俗文化的書寫與編纂，曾主編《臺灣風物》、《臺北文物》等刊物。1961 年任臺灣省文獻委員會編纂組長，纂修《臺灣省通誌》，並擔任《臺灣文獻》編輯，1973 年退休。

曾獲國家文藝獎、臺灣新文學特別推崇獎、臺美基金會人文科學獎等。1984 年病逝於臺北馬偕醫院。

青春

——王詩琅

一

夏天是四季裡的青春。

生氣躍動的太陽正在放射赫赫刺刺的光芒。

滿目蕭條荒涼的冬天之光景，也已如消散了的雲霧，沒有半點的痕跡了。

站在這不低不高半山的丘陵上的Ａ療養所前，可會得眺望的，沒有誇張地說，實在盡是一幅明媚秀麗的活繪。

遠遠地圍住三面之翠黛色的峻峭的高山。那下面，高高低低的水田，其間點綴紅磚硃瓦，撓背的古式的大厝和葺稻草的茅屋。在田裡悠然地行來穿去的戴草笠的農人和耕犁的水牛。時而雪皓的白鷺在暖風吹得一起一伏的黃金波裡翱翔。

療養所的左側，是上這山的傾斜的狹道。道之盡處的山腳為起點，就是往近這裡的小都市去的路。鋪輕便鐵線的大路之兩旁，夾著青青綠綠的田圓。

騷囂的廚房也已寂靜的午飯後了，棲歇在這雪白瀟灑的「曼雅羅」風的建築物裡面，將近五十的人們。所前作種種型，剪得齊整的樹木。刈得平坦的庭裡的綠茵中，作長方、四角、圓的……等型的圓裡，紅紫白藍黃青的競其妍艷的洋花，都在這燃燒般的苦熱裡，慵倦地喘息著，被這炎暑壓迫得無聲無息，死了一般地沉默。

只有環繞周圍和右邊的遊山，所後的廣大的水池邊裡，那些相思、栴檀、苦楝、榕樹、

她們將往何處去　　234

棕梠等的叢木裡的蟬兒，舌舌地不斷奏著牠的音樂，間也啁啁地跳躍的雀兒，遠山森林竹籔裡的杜鵑，唱著朗朗嘍喨、旋囀可愛的嬌聲，聊以破這單調和寂寞呢。

响午量體溫的看護婦說，今天有三十七度六，事實她自己也覺得熱一些，身體較昨天也更不舒服，咳嗽也來得更厲害。

她把飲完了的沖泡魚肝油的牛奶碗，放在鐵榻邊的小桌上，任憑東來姆去收拾。枯黃的臉紋皺了皺，深凹的眼窩頂，在她憔悴的面容，好像是留著美麗的最後之那細細的柳眉蹙一蹙，才將含在口裡末的一口吞下。她方才像完成了一件任務般將消瘦得如枯柴似的纖手，拿起枕邊的婦人雜誌，懶洋洋地躺下柔軟的榻褥，她掀了二三張後忽又放在原處，呆呆地眼瞪住玻璃窗外蔭影裡啁啁地追逐的雀兒。

囉囉……囉囉……囉囉

遠山裡斑鳩噪了喉子啼叫著。

唉！可厭的東西，你又哭起來！她心裡恨恨地咒詛一聲，挺身坐起來。

病了一個年餘的她，病院的乾燥寂寞的生活雖已慣馴，這但好像鞚弔她的被病菌侵蝕壞去的青春，似哭非哭的哀調，卻教她特別銳敏的神經不由已要昂奮起來。

「月雲姊，昨夜多謝！因為太好食，我吃得一空。實在教我想出在內地的時候。」

對面室的日本人千代子，打動鞋拖聲踏進門來微笑地說。

「些少的東西，說哪裡話來。請坐請坐。」

她稍枯嘎著的微弱的音聲說了後，一手撥開褥上的白被，一手理散亂的頭髮。

「學生實在很可欣羨的,像你貴兄那麼元氣又活潑。」

她向一邊的籐椅坐下,才望一望她的臉。

「今天身體怎樣?」

「有些懶。沒有什麼要緊的,結局不久都是要……」

她搖一搖頭,講到中途,望一望千代子,忽又緘起唇露著絕望的冷笑。

「說什麼,你又感傷起來了,你這樣聰明的人,也不是不知道醫生說的未必全部都可以相信。就是入這裡被宣告絕望的,不是許多倒轉好起來嗎?醫生不是神仙,科學還未全能,三個月前,聽說也曾對德田暗講我已無望,現在倒反說有點起色,說若照這樣繼續下去,不久一定包管痊癒。你儘可慢慢寬寬靜養,不必胡亂去想他吧!」

她輕輕地點了頭也不答應,拿起昨天由京大暑假回來的二哥,帶來看她的滿盛櫻桃的籠子,請千代子吃。她們的交際雖不算久,意氣卻很投合,如姊妹一樣親密。所以她也不推辭,抓起珊瑚珠般的櫻桃。

「樓上的那位水河叔,聽說很危險。剛才原口先生拿酸素吸入器去給他吸入。」

「哼!我也聽過,這老人家最可憐。沒有兒子,小小的生意本都為病弄得空空。」

「我想人生總是糊糊塗塗過了一世吧。富貴的、貧窮的、榮耀的、下賤的,終末總也是歸結到死的一字。一斷了氣息,萬事不是都完了嗎?古人說人生是一場的幻夢,實在不錯,死的一回事我倒不甚怕牠。」

「千代子姊,不要說那些話,你不是不久就能恢復健康,可以出院嗎?」

她們將往何處去　　236

「唉！出院也是同樣，在這裡有你這樣親熱的姊妹，倒不感覺寂寞。回去又要孤零零，遭他白眼，德田已和那個女給儼若夫妻，我是他們的眼中釘。」她嘆了一口氣：「我只恨我自己的命運，我畢業了女學校二年後，父親就把我送到臺灣來嫁給他，起初倒還不錯，但自從幾年前就時常沉沉大醉回來，後來就漸漸不在家裡過夜了。到我病了的時候，一點也不看顧，家中又沒有大小安慰。只得和女中守了空廛，假使出院又要去過那監獄般的家庭，娘家自父親死後，已經零落散開。這麼近三十的年紀，沒有自活的能力，又沒有什麼希望，倒不如死掉落得快活。」

她說到這裡覺得不好意思，慌忙轉了話關，攀談一些閒話就跑了。

二

熾烈的陽光還毫不稍緩其手，這幽靜清爽，微風習習的獨室裡，還覺得有些熱。

她除有事而外，很罕和那看顧她的蠢笨的東來姆說話，自然在孤獨裡的她會追憶過去的種種的影像，幻想未知的未來。

如凱旋將軍一樣，揚揚得意裡以首席畢業公學校，受過臺北 S 高女的試驗的她，到要發表的那一天，卻不免要擔心起來了。

胸膛似填著一塊大石，不安地坐也不得，站也不得，口裡雖和母親說話，其實也不知道

237　　青春

在說什麼，到了半午，二哥的鼠灰色之高校的制服，由自轉車跳下來的時候，心裡就像小鹿撞著一樣。

「月雲，恭喜！阿娘她有名了。」

二哥的冷靜的說法，她很不滿意。

但怪沉默的母親也像把塞在口裡的東西取掉，歡喜地為她準備小小的祝賀宴忙著。家中頓呈熱鬧，她的不滿也就打消了。

父親特地在繁忙的店務中，同她去赴入學式的路上，她雀躍地在難以名狀的幸福感裡，覺得自己的前途，猶如看過的繪中，帶翅的馬在洋洋沒有際涯的天空飛跑。

在高女中成績亦是占著首位，尤其是擅長音樂方面，打得好一手的風琴與鋼琴的她，一腔響亮得如振動銀鈴的喉嚨，唱的歌曲更使人迷入陶醉的三昧境，同學們每和她打笑說：

「我們的蘇勃娜諾！我們的關屋敏子！」

先生囑望她，她自己也要以聲樂家立身。

她以決心告訴爹媽的時候，他們極力反對，說：「女人本是只好學些針黹就可以的，現在時勢既經變遷，婦女的內助的天職卻沒有變的。待畢業了學校，好好地找個門當戶對的學士，嫁去就罷。還要學什麼類女伶的出頭露臉的工作。」

但痛兒心切，尤其是只有這個女兒，痛愛得像掌中珠的母親，聽她二哥幾次的勸說、較鬧，也就不得已只好承應。

她們將往何處去　238

她想;男子獨專成功立名的臺灣,自己欲在這固陋的社會,為女性揚眉吐氣,爭一個世界的之聲名。

她的小小的腦裡,時而描畫圖在花環中的舞臺上,萬人注視之桃紅色的洋禮裝,溢滿臺下的聽眾,拍得噗噗響的讚聲……

她又回想到還新鮮地烙在腦裡的幾齣場面來了。

第四學年初,身體覺得有點奇怪,有些懶,又不愛吃飯,且時咳嗽,面容也稍瘦黃起來。他們以為以前的胃病再發,也就延請幾位漢醫看,卻總不見效,她媽暗地又聽她說月例的有了亂調,疑訝地在那入夏不久的五月初,決心往臺北醫院去。

徐徐的暖風,向她白制服和格子裙吹來,她們路上玩賞豎在日本人屋上飄搖的紅的黑的鯉幟,吟味些城內店鋪飾窗內的桃節句的人形。

內科診察了一回,就叫她去Ｘ光線室照,微感不安在黑漆漆的室照了一會,復回到內科的時候,叫她母親進裡面一刻,出來的時候紅了的眼眶有些潤溼。

「阿娘,先生講什麼,說是什麼病?」

抵家了也待不得寬息,趕一步接連地向母親問‥

「沒有說什麼,講的病名我也不懂,大概不甚要緊啦。只說還是停了學到Ａ地方的療養所,靜養到痊癒才上學去較當。」

避開她的視線,搖搖頭說。

「阿娘,不要騙我,敢不是講我是肺病,是肺結核嗎?」

被迫切的神情所壓，母親沒有答應，低下了頭。

她像失了神的夢遊病者，無氣力地一步一步到了自己的房裡，才唏噓哭起來。

悲哀鎮靜了後，她想：還這麼活活潑潑要停什麼學，入什麼院？我的意氣什麼都不怕的，語云：「人力可以勝天。」我仔細注意療養就是罷。隔了二天，她硬著心腸再登校了。父母兄弟們勸她，她也不聽，到將近暑假的學期試驗中吧，那晚正伏在案上用功，忽然咳嗽來猛烈，很用氣力打了幾個後，覺得口中有奇怪的腥味，仔細向痰壺一看，壺內有幾口血痰，於是也就不得不輟學了。

初入這療養所經過四個月，消瘦的體重也增加，臉色也好起來了。來看她的大哥，順便往診察室叩問主任醫的時候，他說：「大概健康人的脈膊、呼吸、體溫是有一定的標準。三者若有其一亂調，則是病人。尤其是這類的病人，三項最不整齊。」他拿出診察書給他看：「最近的容態，這三項已漸漸接近起來，若沒有特別的變卦，至來年四月可以出院也未可知。」

溫室裡栽植長大的無心之花木，被擲出風霜凜冽的荒野，當會懷戀她的舊居。何妨嬌養成性未曾刻離父母的懷抱的她，苦煞於過這單調無味的病院生活已是十二分了。自然一聽這話，歸心似箭，馬上就想回家去。

至十一月末便出了院了。

在家裡雖經幾多的西漢醫的手，但病態卻一反一復，到三月便像越過堰堤的溪流，滔滔地奔騰來，容態已非常的險惡了。

再入這療養所的四五日後吧。

她們將往何處去 240

母親因家務不能長住，雇來看顧她的東來姆才來的早上。

她半醒半睡地躺在榻上，母親將雜事交附了她後，湊近肥胖體軀的耳朵說了不幾句，她的臉上漸露驚愕，睜大小眼睛，大了嗓子⋯

「噯喲！怎麼阿雲這樣沉重了嗎？前日國源先敢不是講沒有什麼要緊，包管會好，這裡又講什麼無救⋯⋯」

「默！你這老人，講話不仔細。」

母親忙把東來姆的嘴掩住，探看她還睡著，才放了心。

其實半睡的她，已被東來姆嚇醒，卻還裝睡著。

她已明白一切的意思了，腦髓像被閃耀轟轟的雷電一擊，遍身的感官麻木起來了。也如由嶮高的絕頂巔撲落深淵。片刻間全世界頓成茫茫渺渺的黑暗世界。

三

她以右手在額上遮住強烈的光線，默默地跟在千代子的背後，一步一步慢下這遊山的羊腸小徑。

迎面的那輪赫赫的太陽，已隨赤紅的光芒漸由山頭攢出面來了，蒼鬱繁茂的樹木裡的小鳥兒，還不斷地嘈雜喧[1]他們的早晨，灰白的薄靄消散

編按：
1 依原文所示。

了的玲瓏清澄的空氣還有些涼。濡宿露水的草木，放著鮮烈的芳氣。穿草履的足底浸在這冰涼的爽感裡。寬蔽的夜衣在微風裡顫抖著。樹上的枯葉一片一片向頭上紛落。

她忽又想到若沒有病的挫折，自己也已經畢業了。

學校裡的雲雀般的浪漫生活，也像過去的幻夢，模糊地不明。

志願女醫生的雲娥聽說已考進女子醫專去了。瓊英、寶秀、月琴們和自己相好的淑女進入高等女學院了。清香、玉燕已經嫁去了。華珠、金枝、雪嬌呢？……

同學們的印象又再一一重新浮出。

她忙彎了腰，拾起由左手的一把洋花中落掉之心愛的娜利耶。

娜利耶是花中的女王！我也欲做女人中的女王！

花卉盛開一時，才肯凋謝，我卻在含蕾未開，就要夭折！

不！不！我還不願意死的！

我也不希冀長壽，只望做了生平之願，死了甘願瞑目！

走到池塘的時候，她已有些疲乏了。她倆坐在池邊的「鑛即」，樹下已有人垂釣竿了。漪漣的水面，池中潺潺淙淙濺潑水沫的噴水，映照成燦爛的黃金色。

她打了微咳，停歇一會說：

「千代子姊，我想世間的事情，若會照自己想的做去，不知道是怎樣的爽快。」

她還不住凝視水面的釣竿，沉思半晌方才再慢慢地：

「是的，但這樣的世間，那是一件難中之難的事。」

她們將往何處去

「唉！我想世上，若能夠像現在這樣的清淨無垢，無憂慮的，不知道是怎樣快活。」

「……」

千代子忽又想什麼似的：

「原口先生聽說後禮拜要和河本舉結婚式，你準備賀禮沒有？」

「真的嗎？我可是不知道的，聽說原口先生父母不肯，忽又什麼要舉結婚式呢？」

「河本是這裡住最久的看護婦，誰也都知道他們的戀愛已是很久的事。這次說是經院長的斡旋，父母才肯承應的。」

她也不再往下問了。

「戀愛！結婚！年輕的人應該享受的權利，我已沒有資格去享受了！

且不得享受，就要永遠地由地上消逝去了！」

四

大哥忙跑出了病室的原口先生的身旁。

「沒有法子了！連酸素吸入都吸不來。待一刻，再注射『千佛兒』看，我想大概只有今晚或是明朝之久，蘇兄，你還是趕快回去，準備些後事要緊。」

午後嘩噗下來的傾盆的西北雨。更索性落得駭人，簷下的漏水鉛管，猶響得厲害。

243　　青春

轟轟的雷鳴中，倏然閃耀的電光，將擠滿昏黯黯的迴廊和病室裡的女友及親近的人們，照得光亮。

「植源！」

踱出病室的母親，用手巾拭了臉上的流涕，叫了大哥，指在身旁的千代子：

「你代我向她說謝，她病已經痊癒，本是昨天就要出院，因為你妹沉重，所以才逗留著。」

略解臺灣語的她，點點頭，用很不完全的臺灣話向母親道：

「阿姆，你不可煩惱，沒法度啦。」

「唉！這麼年紀就要夭壽！……枉費我十八年的心神……可憐！她還不願意死，昨天還吩咐她大嫂講，由廈門買來的鷯鴣，須待幾天舒服了些，才合藥送來。」

斷斷續續，淒涼的嗚咽，使別人都靜寂起來。

「阿雲，你要吃什麼沒有？」

母親和大哥入病室向她問。

她也沒有答應，把頭擺搖，似乎很難煞急促地呼吸，且帶了咻咻的聲音。黝黃的臉上，深陷的眼窩底混濁的眼珠，輪視在床圍的人們。

——作於一九三五年二月十七日，原載《臺灣文藝》第二卷第四號，一九三五年四月一日

她們將往何處去　　244

憂鬱的詩人

―― 張文環

韓承澍／譯

下了火車，出到車站前時，簡感覺眼前一陣眩暈。他讓同伴走在前面，自己像凝視著眼瞼內側的黑暗一般佇立原地不動。

「原來下過雨了啊。」

聽到美世的聲音，簡忽然想起了在火車上，當她坦言「富田美世」是她的本名時的神情，一時陷入了某種奇怪的情緒。

「這麼土氣的名字和這種工作很不搭對吧？」

「怎麼會！很好聽啊。」

簡當時對這突如其來的問題感到有些驚慌失措。他搖了搖頭，將頭髮向後撥，重新擺好聽她說話的姿勢。然而，美世原本看著他的視線已經移向窗外景色。外頭是一片濡溼的風景。

「基隆似乎總是在下雨呢。」簡聽到她的聲音彷彿是從遙遠的地方傳來。鋼琴家也不一定都要配上時髦的名字吧。當簡這麼想著時，不知不覺已經抵達基隆了。剛剛似乎不小心睡著了。

簡慌忙起身，從行李架上取下粗布製的手提包。

雨後的柏油路面在早晨的日光下閃閃發亮。昨晚在嘉義的最後一場公演結束，一行人便直接搭夜車來到基隆。記得美世在火車上說，大和丸的出航時間是下午兩點，這樣還有些許空檔在基隆購物。

「簡先生，你的手杖呢？」

簡經常忘記帶走那支在屏東買的手杖，因此美世每次要下車前都會提醒他。直到這次抵達基隆車站，美世反而忘記出聲提醒。但當簡將拿在右手的手杖高高舉起時，她馬上露出笑容…

她們將往何處去 —— 246

「啊，太好了，萬歲！」

聽到這句話，簡感覺自己總算完全清醒過來了。

「富田小姐，接下來有什麼打算呢？是要先去船上放行李再出去買東西，還是？」

簡匆忙地跟在美世她們的身後問道。

「嗯……怎麼辦好呢，老師？」

美世轉過頭看向吉野女士，懇求般詢問老師的意見，同時一把將行李放下，單手敲著肩膀說：「啊，好重啊。」

「富田小姐，就把行李交給杉山先生吧，妳可以直接去買東西沒關係。」

吉野女士彎下腰，準備提起美世的行李，美世連忙阻止道：「不用啦，老師。」正好，前來送行的Ｒ社記者杉山走了回來，就站在吉野女士面前。

「杉山先生，富田小姐的行李就麻煩你了，她說想在基隆買點東西。」

「好的，沒問題。」

「杉山先生，真不好意思，那就拜託您囉！」

美世鬆了口氣，向杉山點頭致意，隨後轉頭看向簡。

「那麼簡先生，就麻煩您陪著富田小姐吧。她說想買一個蛇皮手提包。」

「好的。」

簡原本也對簡點了點頭。

簡原本想直接在臺北下車的，但如果會社沒有派其他人到基隆送行，自己當然也就無法

247　　　憂鬱的詩人

在臺北車站，除了社長，女職員們也大陣仗地在月臺列隊送行，偏偏社長特地囑咐簡代表大家把他們送到基隆。於是，簡撐著一臉倦意，重新坐回車廂。

「簡先生會送我們到碼頭嗎？真是太開心了！」

吉野女士向美世問道，高興地笑了。簡對於吉野女士的客套話微微點頭，說道：「這次大家真的都辛苦了。」雖然只擔任短短一週左右的公演隨行，但簡彷彿已經完全融入、成為他們的一員了。

陪美世購物實在麻煩得很。她總是挑挑揀揀、左翻右看，卻還是找不到滿意的商品，只得再去別家店找，最後逛了兩三家才終於把東西買齊，要回船上去了。因為他們沒吃早餐，簡原本想著可以找間喫茶店吃點東西，美世卻說不用，她不餓。他想起從前在東京，和妻子一起去逛百貨公司或書店時，總是會以吵架收場，回到家之後，兩人往往互不理睬，一臉鬱悶。妻子在百貨公司買布料時老是翻來翻去地挑選，把所有商品都翻遍了，最後卻連一反¹布也沒買，而簡也只能站在一旁乾等，等得他心生不耐。逛書店則是另一種狀況。妻子會悶悶不樂地跟在他後面走進書店，而簡一進到書店便會深陷其中，似乎沒打算再出來一樣。妻子就只能百無聊賴地翻著書架上的女性雜誌、插花或料理的書籍來消磨時間。回過神來，看到簡還沉浸在書海無法自拔，她的內心便開始煩躁不快。

「我說，我先回去好嗎？」

譯註

1　布料的單位。一反約長 12.5 公尺、寬 37 公分，大約可以裁製一套和服。

她們將往何處去　　248

但簡總是沉默以對。妻子既不能不告而別，也不可能一直問到他回答為止，最終只能忍下這口氣繼續等。出門時明明是兩個人一起，要是只有其中一個人先回家，氣氛就會變得很僵。被留在原地的人自然越來越不想回家，簡常常因此拖到很晚才回去，一到家便如同屍體般倒在床上，一動也不動。正因曾發生過幾次這種狀況，兩人出門到最後總是各懷心思，帶著對彼此的悶氣回家。

「當男人真好，淨做自己想做的事就好了。」

「說什麼傻話！女人一直在那裡買東西，男人被晾在旁邊，這還像話嗎？」

結果便是兩人會僵持個一整天，一句話也不說。

簡回想起自己的狀況，又想到今天充當美世導遊的樣子如果被妻子看到了，不知道她會怎麼想，腦袋因此變得像錫一樣沉重。

「人際關係明明是更加灑灑俐落的，絕不能用男女之間那種糾纏不清的情感，來定義一般的人際交往。」

簡一邊拋開腦海中的這些雜念，一邊對美世說道：

「很抱歉沒能好好招待你們。」

「才沒有呢，簡先生。我們都玩得很開心喔。雖然這樣說可能有些失禮，但臺灣是個比我想像中更美麗的地方呢。」

「⋯⋯」

「真是讓人捨不得離開啊。」

249　　　　　　　　　　憂鬱的詩人

兩人抵達碼頭的乘船處，由於送行的人不能上船，美世猶豫著是不是要在這裡再待一會，一副望著遠方水平線的樣子。

「富田小姐，請您上船吧。我會在這裡等到船出發。本來還想要拋彩帶呢，但好像因為節約用紙的關係，已經買不到了。」

「沒關係的，簡先生。那我就先上船。請你也直接回去吧。」

「不，既然專程來了，請務必讓我送您一程。」

「我不喜歡被送行，那樣會很傷感呢。」

「經過這麼漫長的旅程後終於要回東京，您不覺得開心嗎？不知道您的母親有多想念您呢。」

「那麼，我先去放行李再過來找你。」

「沒關係的，富田小姐。這在將來都會成為美好的回憶呢。」

「話是這麼說沒錯，但讓你在碼頭送行，總覺得……」

「不必了，不用再過來沒關係，請您到甲板上讓我看得到就好。──」

美世匆忙走過棧橋，進入船艙。之後，吉野女士帶著她的弟子們登上甲板，倚著欄杆，笑著對船下的人揮手。

「請代我向大家問好！」

真不愧是音樂家，吉野女士的高亢嗓音非常響亮又悅耳。

「謝謝！」

她們將往何處去 250

簡也模仿希特勒那般舉起手微笑回應。已經沒什麼場面話好說了，說了也只是引來周遭的側目而已。送行的人們早就認出了吉野女士，正竊竊私語。簡不時與吉野女士相視而笑，又輪番和弟子們對視致意。這時簡突然感到腦袋像麻痺了那般疲倦，暗自希望船能早點啟航。而美世此刻突然急匆匆地跑過來。

「簡先生，真的很抱歉！」

美世這麼說著，輕輕推了推眼鏡，看了簡一眼隨即又低下頭。似有若無的情愫在兩人之間流動著，彼此都感到手足無措。然而，簡內心卻有種難以理清的情緒，彷彿想要回頭探尋，究竟是什麼讓自己產生了想阻止這寶貴時光流逝的念頭。

「簡先生，什麼都不要想了，忘了吧，當作是一場夢。」

簡愣了一下，美世當時的話猛然攫住他的心緒，讓他陷入沉思。這話是什麼意思呢？簡壓抑住自我貶低的念頭，純粹地思索這句話的含義。是希望他忘記吉野女士反覆無常的行為？還是要他忘記兩人漫步在椰子樹下那時產生的情愫，不要多想？照美世的個性，如果站在某些情況下，也會像大小姐一般天真任性。如果美世當真將這些小事放在心上，那麼她所謂對臺灣有所眷戀的話或許是認真的，這讓簡不由得感到耳朵發熱。美世似乎也對自己所說的話感到不安，於是又加了一句…

「簡先生，真的很抱歉。難得參與這麼有趣的巡迴公演，卻讓你感到不愉快，我深感抱歉。」

251　憂鬱的詩人

「富田小姐！」

簡調整語氣，注視著美世的臉。

「我沒有不愉快喔，反而是在這趟旅途中體認到更多切實的問題！」

美世沉默不語。簡感覺兩人之間好像有別人突然闖了進來，僅只能感受著時間徒然地流逝。美世無疑很高興能回到內地，但她是怎麼看待我這個陌生男人的送行呢？迷霧般的念頭浮現在簡的腦海中。巨大的銅鑼聲響像是要從船裡滿溢出來一樣。

「富田小姐，請多保重！」

「嗯，謝謝！」

美世彷彿胸口被堵住似地不說一句話，輕輕點了頭，便頭也不回地轉身往船艙的方向走去。吉野女士又朝著這邊的欄杆走來。

當船啟程時，一行六個人一起揮手，只能從嘴型看出他們說著「莎喲娜拉」。即便船已經遠離岸邊，看不清乘客的臉，簡依然揮著手帕。只凝視著萬綠叢中一點紅般顯眼的美世的手帕，當船隻越來越小，簡才如夢初醒，感覺心裡缺了一大塊。簡懷著空虛的心情，像漂浮在水中一般坐上了火車，無暇去考慮美世現在究竟是什麼樣的心情，種種的想法如同波浪不斷湧上心頭又流逝消散。美世確實向簡傾訴了大量的心聲，起因正是屏東的那個夜晚，美世慌張地抱著伴奏的曲譜，像小孩子一樣拒絕：「我不要！我不要！」接著又像是要讓安可聲安靜下來般，美世的伴奏博得滿堂彩，臺下觀眾希望鋼琴家追加獨奏一曲的呼聲四起，

她們將往何處去　252

在布幕降下時奔上了舞臺，彈奏今晚最後一首伴奏的前奏曲。簡剛才還在勸說美世彈彈看，畢竟他自己也很想聽，美世卻露出快要哭出來的表情直搖頭——即便如此，她最後還是急忙跑上臺了。每次登上舞臺，美世總是一貫端正的儀態，挺直了背說著：「我先上場！」

美世的伴奏真的很動人。

演出結束後，簡靠上前悄悄對美世說：

「富田小姐，您今晚的伴奏真美妙，讓我感覺已經脫離伴奏而獨立，我都聽入迷了。但不知為何又害怕得很，我的手心都出汗了呢。」

聽了簡這麼說，美世的臉色一變，彷彿要矯正站得七扭八的簡那般向他逼近。美世感覺自己的指尖微微顫抖。這種表現就是對獨唱家無意識的反抗。美世心裡慌亂地想，如果老師和簡有一樣的感受，那該怎麼辦呢？

「真的嗎？哎簡先生，這種事情別開玩笑了。真的讓你有這種感覺嗎？我該怎麼辦？該怎麼辦好呢？太對不起老師了。」

「沒關係的，老師一定會覺得富田小姐只是情緒很高昂吧。」

「不，不是這樣。」

美世搖搖頭，注意著周圍的動靜。

「富田小姐，我很能理解您的心情。如果對獨唱家的尊敬之心減弱了，才會變成那樣。」

美世搖頭表示否定。

「富田小姐，不需要隱瞞。我都感覺得出來。」簡原本不打算說，但看到美世極力隱瞞

憂鬱的詩人

的樣子，終究還是說了出來⋯「雖然我不是像您這樣的藝術家，但好歹也寫過詩，可以體會這樣的感覺喔。」

「嗯，可是⋯⋯」

美世改以直率的態度說道⋯「我等等再告訴你，回旅館後，要再出門散步的話請找我一起好嗎？拜託你了！」

回到旅館後，洗了澡，吃了碗麵，終於到了自由活動的時間。準備出門散步時，看向時鐘，已經接近十二點了。簡也體諒美世的顧慮，就沒跟其他男性一起出門。

上弦月的月光從椰子樹的葉尖滑過，落在螢草[2]上。南國的炎熱被深夜的晚風吹散，甘蔗葉沙沙作響。美世與簡並肩走到公園的入口處，但公園內有些昏暗，兩人便轉身往田間小路走去。

「我的狀況和簡先生說的不太一樣呢，還不到可以明確稱為反抗的程度，只是偶爾會有些煩躁。」

「嗯，我明白，我真的知道。」

「如果我能夠嫉妒，那還算是美麗的吧，不過好像更偏向令人輕蔑的某些感受。」

「可是呢，富田小姐──我說出這種誰都知道的事可能會被您笑，但那種苦楚最終會成為藥方的。藝術家可以客觀地審視痛苦，因此會產生餘裕，然而普通人的痛苦就只是完全沉溺在那痛苦之中而已。」

[2] 即鴨跖草。

她們將往何處去　254

「嗯，這我當然明白，但總覺得那樣有些汙穢。」

「話是這麼說沒錯。但我想表達的是，希望您能從汙穢中擷取精華。」

「不過，這種事情真的有可能嗎？」

美世話鋒一轉，說道：

「不過，需要這麼嚴肅嗎？力不從心的時候，就當作是一時鬼迷心竅，想成是情緒發作不就好了嗎？」

「如果是自由身的話，倒也無所謂，但是已經……這樣還為此而沉溺，我會產生輕蔑之心。」

「不，富田小姐，老師經過這次長期的旅行，也會受到臺灣這樣潤澤的景色所衝擊而眩惑，因此對這種沉溺放縱或許也開始可以接受呢，想得輕鬆一些。」

簡一邊說，一邊有預感美世要生氣了。

「不可能接受的！」

美世的聲音聽起來絲毫未受簡的話影響，彷彿重重地敲下鋼琴鍵那樣堅定。簡抬頭仰望天空，心想神雖然偉大，同時也會做些無謂的事呢。螢火蟲輕盈地在稻葉上交錯飛舞。

「你怎麼想呢？簡先生？」

簡不想再與美世爭論。他既不想承認，也不想否認。自己其實也覺得這件事讓人不愉快。

比起這些，他更希望讓帝都東京的人享受這片景色和天空。

255　　憂鬱的詩人

「富田小姐,這個問題就先到此為止,剩下的等抵達下一個住宿的地方再來討論吧。」

美世在沉默不語,但似乎已經理解簡的意思,輕嘆一口氣後,她抬起頭環視四周。簡注意到美世在轉換心情時,好像有不自覺推眼鏡的習慣。月亮在清澈的蒼穹中微微移動著。

火車駛入隧道,汽笛聲響起。簡追憶著過去,感覺自己像在一條沒有盡頭的路上孤獨地走著。

「老師怎麼想、您怎麼想,不都一樣──」

簡像是凝視著走在遠方的田間小路上嘀嘀咕咕的自己。螢火蟲輕飄飄地飛舞,感覺周圍的一切都不在意他的同時,自己碩大的頭顱像顆巨大的南瓜一樣載浮載沉,逐漸被水流沖走。直到回到臺北車站,他才終於返回現實,原來是一場船隻出海的幻象。

「真是憂鬱啊,乘船回到東京,又有什麼好的呢⋯⋯」

簡懷疑自己是不是還被美世的話所牽動。他步出車廂,努力睜大眼睛環顧四周。

已是臺北車站了。

──原載《文藝臺灣》第一卷第三號,一九四〇年五月一日

財子壽

——
呂赫若

鄭清文／譯

一

一條石子路穿過牛眠埔村落家屋密集的地方，向南下了坡路，眼前就展開一塊右側墓地，左側河流的狹窄草原。墓地中央通過一條白色的路，在搭在河上的橋頭，和自村落那邊穿過來的路匯合。這一條路再向南直伸，是通往鎮上的唯一一條出路。這條路，只有拖車勉強可以通行的寬度，人跡稀少，只看到早晚學生上下課時，幾個學生在灼熱的陽光下氣喘吁吁搖晃經過的影子而已。這條橋叫燈心橋，是用兩片木板併合而成，非常簡陋，走起路來上下搖動。據說，這裡自古就有鬼魅出沒，就是現在，一到黃昏以後，村民也害怕，很少靠近過。據說，文明時代的今天，過橋的時候，還會有黝黑的手從橋下伸出，摸捉行人的腳，或流水的聲忽然轉變為笑聲。這種傳說，在村民之間傳來傳去。

河流的兩岸密生著竹叢，在竹葉深處，經常有花眉和青鳥在鳴叫。墓場經過庄役場[1]整頓之後，現在只剩下四五個墓龜而已。墓主至今不明，根據老村民的說法，是埋葬著被殺的土匪。

每年清明節也沒有人來掃墓，附近的田地，這幾年來都種植甘蔗，所以，村民就更加相信鬧鬼的事了。

顯得更加陰森，到處長著高砂草[2]和野葡萄，除了村子裡的牧童來放水牛以外，人跡罕至。墓地對岸是一片碧綠的稻田，過了燈心橋，除了通往鎮上的路，在北邊還有一條狹窄的保甲道路。

譯註
1 約略等於現在的鄉公所。
2 原文「高砂げんごらう」，由文脈看，似應為一種野草。但高砂是日人指稱臺灣，或臺灣高山，げんごらう（源五郎），是一種叫龍蝨的小甲蟲。原文可能有錯誤，所以暫譯高砂草。

她們將往何處去 258

這條保甲道路，消失在一座紅屋瓦的門樓之中。因為附近沒有什麼人家，所以門樓的紅瓦在蒼翠的田園間顯得更加鮮明。行人走到了墓地，就會被陰涼的氣氛所懾住，但一旦跑過了燈心橋，看到那紅色門樓就會舒一口氣。門樓前面，是一片低田，從流過前面的小河，有笒白筍的長葉露出田路，在風裡颯颯作響。沿著河流，長著相思樹，絲瓜棚上的黃花一開，招來了許多黃蜂。麻雀成群，從相思樹飛往門樓，而後再飛往本家的紅屋瓦上。麻雀的叫聲，使靜謐的田地熱鬧起來。從門樓兩側，種植著剪短的觀音竹，整然圍繞著家屋。在觀音竹的上面，露出種植在院子裡的果樹的枝葉。

門樓是座舊建築物，裝飾在牆上的人物和色彩都已剝落，只留下依稀的痕跡。門上有一幅青字的匾額，寫著「福壽堂」，這也快剝落了，上面張滿著蜘蛛網。一入門樓，就在旁邊的電線桿上繫著一隻見人就吠的土狗。牠露出白牙，拉緊著繩子，向人撲過來，好像快要拉斷繩子。所以村民除非有什麼重大的事，是不會輕易走近的。這正是主人的用意。在院子裡，有個半月形的池塘，鵝和鴨在上面游動，或在池畔打盹。池水也因此混濁不清，池邊也撒滿著糞便。池塘面向正廳的一邊，種植著扶桑花、玉蘭、薔薇和仙丹花，兩旁的蓮霧、柑橘、龍眼和番石榴枝葉交錯，蔚然成蔭。地面溼潤，因人跡罕至，已長滿了蘚苔。「後龍」共有四幢。後龍後面，高高堆積著甘蔗的枯葉，也蓋著豬檻、雞舍和廁所。這家屋給人的印象是古老而缺少人的氣息。有四幢之多的後龍，牆壁大多剝落，窗板已脫落，差不多已荒廢，所有的門都關閉著。只有最靠近門樓的一幢的最後一個房間，牆壁也塗得白白的，門板也漆上青色，看來還美觀，室內打掃得一塵不染，還放著客廳用的交椅。門口還掛著一塊大木牌，

寫著「六角庄第三保保正事務所」[3]。這個房屋緊接著門樓，只能看到院子的一部分，至於正廳卻完全看不到。這正是主人的意圖，故意不讓客人進入家中，也可以狗的吠聲知悉客人的來訪。由於地點遠離一般人家，再加上客廳的位置，別人就更無法知道家內的情況了。但依照主人的說法，這種設計，是因為怕女眷和來客接觸有道德上的不便，還拿出自己的家教，來宣示一番。鄰接的房間果然都關閉著，而且都上了鎖，自然無法見到眷屬。這四幢後龍共有二十個房間，在分家之前，是主人的兄弟們所居住，在分家之際，排除一般的均分主義，要以抽籤決定家宅全部均屬一人，結果由現在的主人抽得，其他喜歡洋房的兄弟，各自在自己的土地上蓋了洋房，搬過去之後，這三房子就一直讓它空著。經過外庭院到正廳那裡，就有另一個門通往內庭院，拱門上掛著電燈。內庭院和外庭院完全不同，是經過人手細心整理，裡面種植著桂花、山茶花和變葉木，一絲不紊地圍繞著花圍草[4]。在涼棚底下，排著許多蘭和洋蘭的盆子，棚上放著枸子、噴壺和小鏟子，表示日常照料的情形。

正廳光線不足，裡面看不清楚，但眼睛一習慣之後，就可以看到許多祭器，表示這個家庭的家世和典雅的特點，歷代祖先的牌位和八仙桌也都極為精緻，從天花板掛下來的彩燈，也很華麗而相稱。這些東西，都是在分家時其他兄弟認為太陳舊，而留下來的，到現在還保持著原狀。

正廳左側的「大房間」是母親桂春夫人的房間，右側是女主人玉梅所居住。桂春夫人是上一代主人的繼室，是現今主人的生母，現在已六十多歲了，她身體病弱，終日深居簡出，為了安享餘年，她把家事全部交給兒子，絕不插

---

[3] 庄等於現在的鄉，保等於里，全文可譯「六角鄉第三里里長辦公處」。
[4] 原文「オルタナンヤーラー」，不詳暫譯。

她們將往何處去　260

，身體比較清爽的時候，就撐著拐杖到正廳來晒太陽，感慨無量地望著這個家。所以，她和家人見面的機會也少，一日三餐都是由媳婦玉梅端到房間裡來的。玉梅是後妻，身體健壯，是個古典型的美人。她的娘家也曾經是附近聞名的富豪，雖說是後妻，卻也是初婚，臉還鮮嫩，脾氣也好，很為桂春夫人所喜歡。她已三十開外，少女時代也是受盡寵愛的「小姐」，到兩個哥哥以一支鴉片煙桿把財產抽盡了之後，才和母親搬到這個牛眠埔來，躲在家裡編織大甲帽做副業，而錯過了婚期。目前的主人的先妻過世之後，有人做媒，主人也很好色，一眼就看中了這個皮膚未晒過太陽還很雪白而身材豐滿的中年女人。玉梅也自認為是命運，不再計較，所以不到一個月，兩個人就結婚了。

「玉梅也太可憐了，她過世的父親如知道她嫁人做後妻，不知要怎麼傷心的呢。」

老母留著眼淚這麼說，但心裡倒高興女兒嫁給了有錢人。

前妻留下三個男孩。老大子豈是在臺南市讀商業學校，只有休假日才回來，他很喜歡這位年輕的繼母。老二子思是小學四年級，老三子賢是一年級，不但不認為玉梅是自己的母親，竟把她當作下女看待，任意使喚她。像子賢下課回來，竟說：

「阿梅，我要上廁所呀。」

他竟直叫她的名字，用下巴指使她，把她拉到廁所去替他擦屁股。

的命，她每每想起幾年前所看的「大舜耕田」一齣戲，認為自己雖是後妻，也要把前妻的孩子當著親生的看待，警惕自己不要像那個可怕的後母，所以整天露出笑容照顧孩子。她對丈夫也一樣，雖然結婚後立即懷孕，還會害羞不敢對著臉看丈夫。她每到丈夫面前，總是默默

地低下頭。她總覺得丈夫是個大富豪，自己實在不配。因為三餐和洗衣是下女素珠做的，玉梅只須待在廚房旁邊的房間，撫摸著每月漲大的肚子就行了。房間裡的裝置都是前妻遺留下來的，都是朱色的古物，每看到這些東西，她就覺得前妻在監視她一般，反省自己是否虧待前妻之子。玉梅自認為是幸福的，自從娘家沒落以來，她已不敢奢望結婚，卻意想不到地嫁到這種不必煮飯洗衣的地方做太太，就一直感激著丈夫。她如閒得無聊，就編織大甲帽，因為有收入，丈夫也高興。但，一旦肚子裡的胎兒開始蠕動，她就必須用肩膀呼吸，無法再工作下去。

「阿娘，休息一下吧，何必做得那麼苦？」

下女素珠很同情玉梅，常常這樣說。素珠是前妻手裡買下來的下女，現在十七歲。當時，她只十二歲，是個紅頭髮的少女，在這四年間，已長大成人，主人也已注意到，所以常常停下來看著她的背影。但她本人，好像對自己的魅力一無所知，舉止行動依然大大方方。她住在廚房後門對面，第二後龍彎角的下女房，戶籍上登記為寄居。

前妻在世時，主人周海文是住在廚房下去的那一幢後龍，兼做他的寢室和書房。但自娶了玉梅之後，就和她一起住在前妻的寢室。但，玉梅一有身孕，那個寢室就改用著一般的起居室了。他年近四十，有一般富翁的白皙皮膚和細弱的體格。他不喜歡交際，平日深居簡出，在家裡守著祖傳的財產，種洋蘭或讀書自娛。他只想著自己，在物質方面只要有利於自己，就不擇任何手段，所以人人稱他吝嗇鬼。比如說，劈柴的工事，雖然為數不多，他也要拖延

兩三個月付款，以賺取利息。他對家人的態度也一樣，看了孩子就感到厭煩，把他們趕到母親桂春夫人的房間隔壁那「角間」。他有自己一個人專用的食物和餐具，一個人喝著補藥的高麗人蔘。他對人生的態度，只有「財子壽」。也就是，多財、多子、多福壽。在他房間旁邊的「後龍廳」正面，掛著一幅財子壽的中堂，他每天至少要去看一次以上。前妻過世時，因投保一萬圓壽險，所以他高興有一萬圓的收入，已超過對喪偶的悲哀。他雖然喜形於色，外人也看在眼裡，但因前妻的娘家已沒落，有個哥哥郭金旺，現在還特別承租一點田地耕作，所以也沒有說什麼。

在設有客廳的那幢後龍的另一端，自早就住著長工林溪河。起先，他是住在門樓旁的小屋，到了周海文這一代，才搬到現在的房間，一聽到狗吠聲，就由他接客通報。他在二十歲出頭，就來替上一代的主人工作，到目前已五十開外，仍未娶妻，已完全是福壽堂的人了。在分家之際，他打算急流勇退，離開這裡，只因為他對本家的性格瞭如指掌，周海文覺得讓他走未免太可惜，才硬把他留了下來。他每天早上依照周海文吩咐前往鎮上買東西，中午前回來打掃內外，有時也代替保正周海文，和村民聯絡公事。一到黃昏，前往墓地的人就會看到他在菜圃裡辛勤工作著，他對周海文的幫助實在太大了。

福壽堂的人只這一些，但因為地點僻遠，再加上家人彼此疏隔，裡面是一片幽靜。出門到門樓外邊的，恐怕只有上學的子思、子賢和長工溪河三人，令人懷疑裡面是否有人居住。溪河要打掃後龍那十幾個空房間，也不是輕易的事。溪河也會埋怨為什麼不出租也不拆掉，但卻不敢對周海文說。對一切家事，周海文已能獨斷獨行的今天，便在竹圍內建立了自己

王國。在分家以前，他已知道大家族生活的繁雜，最討厭麻煩的事，所以分家之後，他就感到格外清爽。在他的房間裡，除了紅色的床，還放置金庫和辦事桌，以便每晚記下當天的費用。有時，花費過多，他就站起來，大發脾氣，要大家更加節儉。但，他立刻發現到在這個大房子裡決定費用的是自己，就不禁苦笑起來。每一分錢的收支，都要經過他的手，玉梅一直提心吊膽，事事討好他，想買東西，也不敢向丈夫開口。前妻的孩子們經常向她要零用錢，卻因為她結婚前在娘家編織大甲帽所存的一點錢，已被丈夫拿走，身邊連一分錢都沒有，而又不敢向丈夫伸手，只好夾在丈夫和孩子們之間獨自受罪。自她懷孕以後，知道丈夫的愛情漸漸冷淡，她就更加懼怕丈夫。她有時身體不舒服，也不敢就醫拿藥。她認為只有丈夫有錢就好，就自己到田裡採些野草服用。這時，只有溪河一個人獨自發脾氣。

「真憨！又不是窮到沒有錢買藥，身體比什麼都要緊，而且快要生孩子了。」

「好了，不要說了，溪河伯。」

溪河一看玉梅默默地笑著，就更加同情這個賢淑的女人，也暗自慶幸周海文能娶到理想的後妻。但，他又想到，對周海文而言，光是賢淑還不夠，而他又是個過來人，很想幫助她，就拿出前妻做例子，要她強一點。但玉梅只是聽著，沒有一點反應。她自己卻認為，前妻和後妻必須有區別，前妻當然要強，但後妻卻身分不同，再看看兩個傾家蕩產的哥哥，她就更覺得開口節儉閉口節儉的吝嗇鬼丈夫做得對，暗自高興。整天，玉梅不敢在丈夫面前抬起頭來，好像做了什麼壞事一般，逃避著丈夫。

二

提起福壽堂,在牛眠埔村落知道的人不多,但說起周九舍,大概的人都能想起來,是本村最有錢、最有勢的人家。就是現在,村民裡面還叫著「九舍、九舍」,緬懷著過去,每談起這個大人物,就滿懷著尊敬之念。最有名的,就是他獨力殺死了十個土匪的故事。那是周九舍還未騰達之前,有一天黃昏時分,他的家遭到土匪突襲。九舍在田裡看到他們高舉火炬前來打劫,就急忙回家,關了大門,帶家人躲到閣樓,把梯子拉上去。當時,他想起四支槍之中的一支放在樓下忘記拿上去,就再放下梯子下來。當他拿齊了四支槍,想上閣樓時,已遲了一步,大門已被土匪敲破了。他知道已沒有時間上樓,自己就躲在下面房間裡的「蚊帳肚」,把槍口對著門口。一下子他和破門而入的土匪展開了激烈的槍戰。但,土匪一衝進房間就中槍倒斃。因為他們以為九舍是躲在閣樓裡,集中火力向著閣樓,所以床上的九舍能化險為夷。槍戰經過了半個小時,死傷累累的土匪已感到不敵,就棄屍敗退下去。其後,許多村民聽到槍聲跑過來一看,看到十具土匪的屍體和連一點擦傷都沒有的九舍,大家大為感服,尊敬他為英雄,流傳下來。

日本占領臺灣後,九舍被推為三庄的總理。當時,他已是當地的富豪,在牛眠埔修築福壽堂。米穀買賣事業和時勢,使他的財富年年增加。他有妻妾三人。正房是與他共甘苦的賢淑婦女,無生,收了一個養子。九舍無嗣而娶了二房時,正房也很高興,還親自為他挑選。不幸,她在娶二房的翌年病故,不久養子也相繼死亡。九舍叫二房抱著剛出生不久的海文,

自己則在一連出了兩個死者的家裡踱來踱去。他感到正房母子的死好像是依照他的計畫進行，心裡難免有所驚惶，但也立即忘掉，當海山繼著出生時，老九舍已充滿著幸福感了。養子的寡妻，只有二十三歲，就帶著一男二女守寡。九舍對這位媳婦監視很嚴，怕她不貞，而敗壞家聲，但她很守貞節，到了九舍死後，分了遺產，才搬到自己的所有地，盡量做出敗壞名聲的行為。在海文十二歲時，家裡又來了一位抱著乳兒的年輕母親，是九舍染指過的村姑到南部的窮苦農家去。五歲的海瑞和三歲的海泉，就照舊由二太太撫育成人。

她是個十七歲的美女，而九舍已五十開外了。雖然九舍熱愛她，卻由於歲數相差太大，招致了不幸，這年輕的三太太，卻於婚後第六年，和年輕村民私通敗露，被九舍痛打之後，再嫁到南部的窮苦農家去。

「海瑞是我的兒子，海泉就很難說了，一定是那個村夫傳的種子。」九舍說，打算把海泉送給他人，只是桂春夫人不肯答應。

「他一定也是你的孩子。把他送給別人，不是太可憐了。」

桂春夫人是個軟心腸而容易流淚的善良女人。九舍一直痛恨海泉，桂春夫人卻很疼愛他。她常常帶海泉出去，告訴村女們說：「他是我的小兒子。」

海泉這個小兒子十五歲時，九舍以七十五的高齡去世，當時老二海文已三十歲，父親死後已掌握了實權。桂春夫人也因年事漸高，實權又落在親生兒子的手裡，也安心把一家大小事務交給兒子們。她只擔心，異腹的海瑞和海泉是否會抱不平。海泉還年少，不會說什麼，但海瑞已二十出頭，正是血氣方剛的年齡，桂春夫人每天都在擔憂。但，最令人感到意外的是，提議分家的竟是親弟弟的海山。海瑞和海泉都自覺是異母親，不敢多言，而二十七歲的

她們將往何處去 ………… 266

海山卻事事與海文作對。海山結婚時，指責海文太小器而發生了衝突以來，兄弟之間就爭執不已。吸過新時代的空氣的海山，喜歡穿西裝涉足都市的花街柳巷，正急欲跳出鄉村。

「海文那傢伙，偷攢著錢，如不早一點分家，我們一定要吃大虧。」

海文對親弟弟的花費嚴加管制，海山就煽動老大的寡婦以及海瑞海泉等分配遺產。結果，桂春夫人哭著反對也沒有效果，兄弟們就在九舍死後四年分家了。

在弟弟們要搬家之日，海文故意早起巡迴家園內外。他怕弟弟們多拿東西，還檢點那些貨物。

「又不是你這種吝嗇鬼，才不會做那種事！」

海山打著斜眼諷刺他，但他一點也不在乎，只滿臉露著勝利的微笑。他覺得很清爽，再也不會有瓜葛了。其實，內心裡他是巴望著分家的。如未分家，就是大顯身手蓄積下來的錢財，也必須分與弟弟。結果，賣力的是自己，有好處的卻是弟弟們，是他無法忍受的。因為他有用自己的本能建立財產的念頭，弟弟們主張分家時，他以家長的立場反對，但在心裡暗暗叫好。當他親切地感到這廣大的家園已隸屬於他，他就像皇帝一般為所欲為了。分家之後三年，死了愛管閒事的前妻，娶了萬事不管的玉梅做後妻之後，更是一切由他做主了。弟弟們以財產做資本經營事業，他卻正相反，認為只要節儉地堅守著祖產，每年都能積存幾千圓。所以，他不交際，也不喜歡和親戚往來，父親傳下來的保正公職，更想找機會辭掉。事實上，分家以後第三年，海文就買了一田地的水田。如此下去，他的財產將日益龐大，現實的村民也不敢得罪他了。

因為他那十幾個空房間一直放著不用，村民有時無屋可住，也問他是否出租。當時，海文正在整理洋蘭，一聽就放下噴壺，怒喝一聲：

「你這死鬼，沒有找錯了門！」

把那農民嚇走了。這以後，再也沒有人和他親近了。

「他到底怎麼打算？」

溪河每打掃那些空房間，就會這樣想，他實在無法了解海文的想法。每天早晨，海文一起身，就要把廣大的家園巡視一周，他很滿足自己的家，也喜歡這符合大資產家外觀的建築。他要是把這些空屋子拆掉，只有損壞建築而無一利，如出租，租金也很有限，而且增加雜居的麻煩。他好不容易才和那些厭煩的弟弟分手，怎麼再要叫他人進來呢？他只靠不動產的收入，便能蓄積，所以除了計算兒子們長大以後要用的以外，他已決心不開放那些房間了。

有一時，連住家都沒有的海山一家回來了。分家後，海山到臺中投資開酒家、撞球店、計程車行等，弄得有聲有色，但不到四五年，就一敗塗地了。海山一家回來時，海文剛好午睡起來，一看到弟弟，就緊皺著眉頭，再看到行李，就冷冷地問：

「你們來幹什麼？」

但他一說，情緒立即激動起來，不讓弟弟插嘴，激烈的言詞不停地進出來。

「你應該知道我不是開旅館的。這些，全都是我的。」

海山臉色轉青，眼睛露出央求的神色。

「哥哥,租金我是會付的,既然回來了,就請哥哥通融一下吧。」

「回來了?什麼話!這屋子是我的,你還記得吧,你要出去的時候說了些什麼?」

一想起分家前的事,海文就更不甘心,情緒也更加激昂,他已伸手接了弟媳婦的行李,但一看到丈夫那可怕的眼神,就趕快放回地上,她心裡想著,反正有那麼多房間,借給他們兩間也不為過,但看了丈夫那凶惡的表情,好像是在斥責自己。所以,她就悄悄地退回到桂春夫人的房間去了。

她想,或者母親有力回復兄弟間的感情。

但,桂春夫人卻搖著頭。

「海山是自作自受。到現在還要來依賴哥哥,也未免太自私了,妳最好不要管他。」

他回來,看到海山很激動地叫著,他臉色發青,嘴唇顫抖不已。垂頭喪氣的海山好像已死心,拿了行李催著妻子走路。這時,玉梅已熱淚滿眶了。

「我如果有房子讓你住,我也要用來養豬!」

海文仍站在門口猛嚷著。門樓的狗也猛吠起來。海山夫婦靠近過來,好像在商量什麼,而後連頭也不回地走出了門樓,消失了。玉梅靠在牆上流淚,她覺得他們太可憐,丈夫也未免太冷酷無情而感到苦惱。但一想到此,突然驚醒過來,以眼睛尋找丈夫,所幸丈夫背向著她在庭院裡走來走去,沒有看到,她才放了心,逃也似地走進屋裡。

在池畔，正在收集樹葉和鴨糞的溪河，手托著鋤頭，把一切看在眼裡，但一看到海文走到庭院，就又若無其事地揮起了鋤頭。

在屋頂上，麻雀的叫聲，響得格外高昂。

| 三 |

有個炎熱的夏日午後。海文一早就去鎮上不在家。溪河正在後面的豬舍清理豬糞。靜寂的下午，四周一無聲息。突然間，門樓的狗猛吠起來，有個挽著包袱巾的中年婦女，噓著聲音，邊罵邊躲著狗進來。女人一看到停下工作出來的溪河，看他愣了一下，也不放在心上，笑瞇瞇地說：

「溪河伯，你還是那麼賣力呀。」

太突然了，溪河一時愣住，這時嘴角才緩和，綻出了微笑。

「我當著是誰，原來是秋香，好久不見了。」

女人的右手拉著一個六歲大的男孩，溪河的眼睛自然地轉向男孩。

「是公子吧，好快呀。」他說，屈指算著。「已有七年了吧？」

女人笑著把視線轉向自己的小孩。然後才抬起頭來，好像在聞著往日的氣味一般，親切地環視全屋。

「好靜呀，大家搬走了吧，我沒有猜錯。可是，只有這屋子還是原來的樣子。」

溪河想起分家前的事，就靜默下來。

「太太過世時，我太忙了不能來。現在的太太，是怎樣一個人？」

女人說這話時，眼睛發出有所企圖的光亮。溪河走在前面領她進去。

「很好的女人，和以前的太太正好相反。」

溪河邊走邊說，女人在後面哼著鼻子聽著，好像有什麼掛慮在心裡的，突然開朗了一般。

兩人走進廚房時，玉梅正好經過那裡，也就停了下來。她茫然望著女人一下，立即把視線移向溪河。

溪河對玉梅說明。

「她是以前的太太的下女秋香，我不是提過她嗎？嫁到南部已七年了，就是那個秋香。」

玉梅這才綻出笑容，略微轉向女人想問好，女人卻以銳利的目光對著她，使她感到被壓倒的可怕印象，玉梅感到尷尬，伸手去摸女人的小孩，小孩卻立即躲在母親後面緊抓著不放。

溪河一出去，秋香就帶著苦笑不出的臉色，放膽漠視這個年輕的後妻，擅自開門進去後面的下女房，她那傲慢的態度使玉梅發愁，她不明白這女人為什麼敵視她，就跟了進去。秋香解開包袱巾，給孩子換上便服，露出諷刺的笑容。

「我不是客人，請放心。」

玉梅不知所措地，露出歉然的笑容。

「妳儘管放心。這個家，我比妳還久，妳不是剛來不久嗎？」

玉梅的面頰抽動起來。她知道女人不喜歡她在旁邊，想快點逃開，但心裡憂慮，丈夫不在的時候，該不該讓以前的下女進來。秋香換好小孩的衣服之後，也斜眼瞅著玉梅，自己也把衣服換了。她的臉，可能由於太陽光的灼晒，看來比二十八九歲老了一點，但她的身體意外的白皙、豐滿而洋溢著青春的活力，使玉梅感到這女人的肉體可能會給這個家庭帶來不幸。

「我要在這裡住幾天。我就住在這個房間，不會增添妳的麻煩。」

什麼？玉梅一聽，不禁瞪目。她要住下來，玉梅最先想到的是，丈夫將會怎麼說。她想起上次丈夫完全不顧情面把弟弟趕走的情景。照那情況，他應該立即把這女人趕走，那她怎麼對丈夫交代呢？換好衣服的秋香，頻頻看著玉梅的臉，追問下去。

「妳不喜歡我住下？」

玉梅張皇失措地露出笑臉，我是沒有關係，只怕丈夫……她想說，卻哽在喉嚨說不出來。

秋香在鼻子裡哼了一聲。

「不喜歡就不喜歡吧。妳不是問題，所以不要說話，不要自以為了不起。」

玉梅在吞氣之間，她就傲然拉了孩子的手出去。

海文在傍晚回來，一看到秋香，臉色突然一變，但立即悄悄地恢復了原來的表情。

「妳什麼時候來的？」

「下午呀。」

「這孩子，也長得很大了。」

玉梅看海文彎下腰去撫弄小孩的手，就舒了一口氣，哪裡還有時間訝異丈夫的態度。小

她們將往何處去 ──────── 272

孩從學校回來，也「秋香、秋香」地整個晚上叫不停。秋香的舉止，對每一個家人都很和善，只有對玉梅始終懷有敵意，這使玉梅更加畏縮。

過了兩三天，秋香並沒有要回去的跡象，又過了十幾天，依然沒有想回去的樣子，她好像已忘掉是自他處來的，已把這廣大的家園當著自己的家一般。所奇怪的是海文依然默不作聲，有秋香在眼前反而高興那樣。但，玉梅只想著秋香的婆家在遙遠的南部，而且已有七年沒有來，當然要慢慢地玩幾天。她每天掛慮的，倒是自己要生產的事。

「秋香打算住到什麼時候？」過了一個月，溪河在屋後遇到玉梅時，禁不住地問。「她到底什麼打算？玩，也未免玩得太久了。」

「哼，海文當然好，那還要說⋯⋯」

「那有什麼關係，溪河伯。她以前也是這裡的人，只要主人不反對，不就好了。」

溪河帶著同情的眼神對著玉梅靜默下來。他心裡想著「因為她什麼都不知道的」，很早就在這家裡的溪河看來，七年前秋香何以非嫁到遙遠的南部去不可，現在這小孩是誰的孩子，已是一清二楚的事了，所以他對秋香這一次久住更加擔心，想要忠告玉梅務必堅定，但一看到她依然百依百順，就感到洩氣。溪河覺得，這最好是去告訴桂春夫人，她恐怕還不知道秋香來遊的事。當時，桂春夫人因視力衰退，舊病也惡化，已步不出房間了。

聰明的秋香，自來那天，看到海文意外地和悅，立即看穿了男人的心理，玉梅又溫順又畏縮，桂春夫人又臥病不起，就把家事總攬在手裡，事事討好海文，她完全不把下女的素珠放在眼裡，先是獨占了素珠所住的下女房，再把她趕到海文的書房隔壁。對這件事，海文要

比素珠吃驚，但秋香假裝沒事，不讓人家有抗議的機會。這是起因於秋香曾經看過好幾次，海文偷偷地看著素珠的背影。素珠哭訴不肯，秋香就雙手插腰地瞪著她。

「這女孩子，已熟透了呀。」秋香想著，然後對素珠說：「那房間有什麼不好？第一，它靠近廚房，而且妳和我一起，小孩子晚上哭吵妳，對發育期的妳也過意不去。在少爺旁邊睡覺有什麼可怕？以前，我不是也在那裡睡過？」

秋香把清掃房間、搭床、以至素珠的衣服棉被等一手包辦下來。當她看到海文正在發呆，就故意瞟他，吃吃地笑著。

海文認為，秋香來得正好，做得也不錯。

秋香已下定決心，不接近桂春夫人的房間，要站在孩子們一邊，要把玉梅壓到底。她只用嘴，好像這廣闊的家裡已沒有什麼可怕的人。有時，一想起七年前，自己怕以前的太太經常走投無路的情形，就暗自覺得好笑，並責罵自己，像現在這位太太，為什麼不早點回來。

因玉梅已快臨盆，也不管家事，廚房卻由素珠負責，所以一到吃飯的時間，秋香就去廚房，像主婦一般指揮素珠，她干涉做菜的次數漸漸地多，除了給海文和孩子們的以外，就悄悄地收在菜櫥裡，再上了鎖，留給自己和小孩兩個人吃。素珠也很不滿，卻毫無辦法。至於玉梅，卻只吃著蘿蔔干和蘵菜湯，只要肚子能夠飽就好了。但秋香卻變本加厲，滿不在乎地拿剩飯給玉梅吃。玉梅已忍不住，流下眼淚，但一想到她是前夫人的下女，主人又疼她，說也沒有用，把一切歸咎於自己的命運。

不但如此，以前每到吃飯，下女的素珠都會去請玉梅，現在連素珠也會偷懶，不去請她了。

她們將往何處去 —— 274

「什麼話，又不是狗，自己為什麼不出來吃，自己有腳，也有耳朵，何必去叫呢……」

秋香故意大聲說，讓玉梅聽得到。玉梅也注意到，自秋香來了以後，素珠的態度也完全變了。她感覺到秋香和素珠可能有什麼計謀，和她們對著面吃飯也感到痛苦，有時就索性不出來吃。那時，秋香就故意將剩飯挑給豬狗吃，故意敲著飯桶底嚷著說：

「沒有飯了，想偷吃也沒有用了。」

玉梅只有躲在寢室裡暗自流淚。

四

周海文從外邊回來，把腳踏車架好，可能桂春夫人已聽到了聲音，在裡面叫著：

「海文，海文。」

海文進去，看到臥病中的桂春夫人從床裡伸出手，把蚊帳略微撥開，從隙縫望著海文。

「好像秋香來了。」

海文驚悸了一下。但立刻露出笑臉說：

「她是來玩的，沒有來看阿母嗎？」

「什麼時候來的？好像已來很久了。」

海文解開上衣的釦子，透透風。在昏暗的房間裡，看不大清楚他的窘相。

「你，不是舊病復發了吧？玉梅太溫順了，也不管你，如阿銀還在<small>前妻</small>，你怎麼辦？」

275　財子壽

「阿母，不是這樣，絕不……」

「那你得馬上把秋香趕走，趕不走，叫她來看我……」

桂春夫人可能感到呼吸困難，喘氣變得很倉促，同時聲音也消失了。

溪河蹲在屋後的窗下，抽著香菸聽著。在他眼前，掃集枯葉燃燒起來的白煙，如香柱的煙上升，和他吐出來的煙一碰，就畫圓圈，或左右搖動著上升，消失在紅色的屋頂上。從果樹的枝葉間，可以看到青空高高在上。溪河已看出秋香利用海文好色的弱點，又想暗地裡幫忙玉梅，也為了他工作多年的這個家能平安，他也很想防範事情的發生。不然，海文就會不自禁地陷入色慾的深淵無法自拔。從廚房那邊傳來了秋香的尖叫聲。

「什麼話！要趕我，就試試看。哼，什麼老太太，妳自己不敢說，還想勞動那老太婆有什麼用？快死了的老太婆，有什麼好神氣的！把眼睛睜大一點，睜大一點……」

溪河過去一窺，秋香正站在玉梅的寢室門口，揮動著雙手。她也聽到桂春夫人剛說的話了吧。海文從母親的房間出來，想看個究竟，但一明白原因，就悄悄地躲到正廳裡去。但，秋香早已看到了他，緊跟著追了上去，擋住了他。她那濃妝的臉已怒容滿面，紅色的嘴唇不停顫抖著。

「來吧，來把我趕走吧。要是你能夠，就把我趕走吧。」

她說，伸手抓著了男人的肩膀。

海文窘困地，小聲勸她，但她卻越叫越大聲。

「我這個人，那麼簡單就可以趕走？我來這裡玩，是誰留了我？七年前，我多傻，才被

她們將往何處去 —— 276

人家丟掉。現在,可沒有那麼簡單了,你光叫,我就出去?我也有個有頭有臉的丈夫呀。好吧,就把我趕看看吧!」

溪河歪了嘴,搖著頭消失在後面去了。海文因為對方來勢太凶,一開始就受挫,一時露出困惑的表情,但對方越是喋喋不休,他就更切實地感到女人的變化,真不相信眼前的秋香和七年前的是同一個人。一時,他又驚又怕,深加懊悔早知道她是那種女人,就不應該做那種事。但,當他記起母親剛才對他說的話,他就湊近秋香耳邊,想叫她放低聲音。

「妳生什麼氣?好傻。」

「對,我傻。傻,才有人要把我趕走。聰明的女人,有誰敢趕她?」她繼續說,而後又好像越說越有勁。「好了,你要趕我,你就說出理由,這個髒屋子,不是我來了之後,才變乾淨?廚房,不是我來了之後,才像個廚房?那個女人像什麼?她像太太?」

「知道了,知道了,妳不要再叫了。」

海文沒有辦法,把秋香拉到自己的房間去,想盡量遠離母親的房間。

生產不久的玉梅,只是望著躺在自己身邊的女嬰兒吞著眼淚。她在床上,也清楚地聽到秋香的叫嚷聲。玉梅聽了秋香一叫,倒覺得一切都是自己不對,疲然自責起來。尤其是自己生產之後,自廚房到家內雜事,以及月子裡的一切,都由秋香照料,就更感到對不起她。她如可以行走,也想立即出去院子裡安慰秋香。

這件事以後,秋香的態度日益惡劣。之前,秋香雖然不太情願,還替她端食物,張羅雞酒,但現在,再也不會到她的房間裡來了。這以後,素珠也好像放了心地偷懶不工作了。所

以，在玉梅的月子裡，只有臨時請來的紅葉嫂一個人，替她洗衣服了。可是，紅葉嫂到了晚上就得回去，晚間就只剩下玉梅一人了。紅葉嫂覺得太過分，想住下來，海文卻不肯。因為，素珠說要陪她。其實，這些日子來，天一黑，素珠好像更樂意躲在海文書房旁邊的寢室裡。

「即使是晚上，如無法照料自己，有什麼資格做母親？」

不知不覺之間，素珠也不管玉梅還在月子裡，竟敢坦然地說這種話了。

在晚上，玉梅就像蝙蝠，自己起來換尿布，或溫雞酒。就是雞酒，秋香也滿不在乎地夾給自己的孩子吃，到了玉梅前就只剩下兩三根骨頭了。這情形，玉梅也沒有一句怨言。紅葉嫂打開蓋子一看，時常看到裡面沒有東西，不禁長嘆一聲：「也真是的！」

「好可憐呀。有錢人的太太，殺了許多雞卻吃不到。」有時紅葉嫂因離去時在門樓遇到溪河，也會按捺不住地說。「真想不到秋香和素珠竟是那種人。這樣子，不是下女變成了太太，太太變成了下女？」

「這是個奇怪的家庭，一點也不錯。」

溪河說，厭惡地哼著鼻聲。一看，紅葉嫂也偏著頭，想不到海文那麼穩重的人，竟任它這樣下去，再回頭對溪河說：

「海文為什麼裝聾作啞呢？他真的會不知道？」

溪河猛搖著頭，默不作聲，而後又說：

「他哪裡不知道。對那秋香，恐怕只有老舍娘和阿銀兩人才有辦法。現在，阿銀已死，老舍娘生了重病，已沒有人管得住她了。至於海文，秋香敢這樣無法無天，也都是他寵壞的。」

但，紅葉嫂還是不懂。

有一天，紅葉嫂因家裡有事，早上來洗好了衣服，煮好了雞酒，過了中午就回去。她回去的時候，把雞酒放在寢室，玉梅可以自己舀著吃，但一到了黃昏，玉梅打開蓋子一看，裡面卻是空的。

那天晚上，一直沒有人送給她食物。等到人聲靜了以後，玉梅才起來，走進廚房，飯桶裡也是空的。玉梅拿著碗，回到寢室，但已支持不住，整個人昏倒在床上。不知睡了多久，玉梅被孩子的哭聲驚醒，頓覺得肚子已餓得發痛，喉嚨又乾又渴，玉梅又去廚房。她摸索著開水喝了。突然，她聽到從下女房傳來人聲，趕忙放下了碗。當她聽清楚了說話的是誰時，就好像做錯了事一般，趕快跑回寢室。她一抓住床緣，就又昏了過去。連日連夜的操勞和疲乏過度，她的身體已全是毛病了。

翌日，玉梅就發了高燒。她一看到紅葉嫂，就兩眼無神地，抓住了她的手叫著‥

「阿母，阿母！」

五

秋天已過了一些日子。院子裡的仙丹已開了紅花。龍眼樹結果累累，終日招來了成群的蜜蜂。門樓頂上的瓦，反映著柔和的陽光，鎖在樓壁日蔭處的狗，瞇細著眼睛，伸出舌頭，臉頰貼地地睡著。秋香拉了孩子的手，站在院子裡的樹蔭下，搖著頭，把鬢髮攏一攏，抬頭

看著福壽堂紅而帶黑的屋瓦，皺起了眉頭。而後，好像想起了什麼，呸了一聲，又細著眼，望著全家的建築，露出滿足的表情，看來充滿著幸福感。孩子離開了母親的手，發現了棒塊，就跑近池旁，看著鴨子倉皇逃開，高興地笑著。溪河正在土牆上修剪著觀音竹，在只聽到剪刀聲的靜寂中，他突然聽到鴨子振翅驚叫的聲音，不禁停手回頭一看。門樓的狗一起來就吠著。鴨子又叫著，往池塘上逃逸。

秋香抬起頭來，兩個正好眼對著眼。

「溪河伯，很熱吧，休息一下吧。」

溪河看秋香這般和悅，突然想起了什麼，翕動著嘴，卻說不出話來。溪河鬱悶地想著，現在，他對下女的秋香也必須要有一些顧忌了。

「從這裡望過去，這屋子還算不錯。但一進去裡面，就煩悶得要死，不知道為什麼呢？溪河伯。」

秋香挨近土牆下。

「以前，也是一樣，到處都是病人，真教人討厭。」

溪河皺了鼻頭，哼了一聲，但趕忙吞了下去。

「老的已快死了，卻死不掉，年輕的整天說些奇奇怪怪的話，真煩人。這個家，已越來越怪了。」

溪河一聽，很想開口講一兩句，卻依然講不出來。

「唉，都是命，有什麼辦法呢！」

她們將往何處去　280

溪河最後還是說了，卻對自己心口的不一致感到生氣。溪河從土牆上往下看，秋香的濃眉毛和烏黑的眼睛在陽光下露出強烈的脾性，使他感覺觸及到什麼可怕的東西。

次日，溪河又在修剪觀音竹，秋香又出來和他談話。那是在前來診治桂春夫人和玉梅的漢醫回去之後，海文出去開保甲會議[5]不在，只有玉梅的老母親來看女兒的病，家裡一片寂靜。那時，素珠從後院出來，好像在尋找著什麼。她聽到說話聲，一看到秋香，就滿面怒容，快步過來。

「鑰匙還我。」

秋香愣了一下，隨即明白了對方的意思。

「鑰匙？妳說什麼？」

「不要裝傻。我清楚得很。阿娘(太太)病得那樣子，除了妳，誰會偷鑰匙？」瞬間，秋香比素珠氣得更凶。「妳說那種話，不怕嘴巴爛掉！妳以為我那麼窮，要拿妳的鑰匙？妳講話要小心一點。哼，妳不要以為有人家疼妳一點，就神氣了！」

「反正還給我，我清楚得很，妳不要再裝蒜了。」

素珠湊前一步，秋香也不認輸地湊前一步。

「嗬，」秋香把素珠的臉上下地掃了一眼。「素珠，妳哪裡學來這一套，好大的口氣。妳把我當作什麼？」

「小偷，我把妳當作小偷。」

---

[5] 保等於里，甲等於鄰，相當於里鄰長會議。

「少爺疼妳一下，就神氣了。這到底是誰替妳安排的？哼，妳要記著。妳不要以為很精，人家要不要妳，都還不曉得。」

「好哇。我倒要看看人家不要誰，人家不把鑰匙交給妳，妳卻嫉妒，偷起來了。」

「哈，哈。」秋香以手搗嘴，爆笑起來，但只有眼睛不笑。她實在無法忍住忿懣的情緒，表情也變得很凶惡了。

「妳以為我怕妳，嫉妒妳？鑰匙是我拿的，妳不配，是我收起來的。我拿了，妳又怎樣？」秋香邊說，邊用手指扎著素珠的臉。那時，素珠好像已在等待什麼似地，就把她的手指抓住，送到嘴裡咬了下去。

「哎呀！」秋香叫了起來。

「危險！」這次溪河叫了起來。他一直默默看著，這一下趕忙從土牆跳了下來，把兩個女人拉開，讓素珠躲到後面。

的頭髮，右手拔下髮簪。

也不顧用力縮回來的手指還痛著，秋香不甘心吃了這小丫頭的虧，左手亂抓，抓住素珠

「妳這淫婦，當人家的玩物還不知道，神氣什麼！溪河伯，你讓開。」

秋香的手被溪河抓著，嘴巴還一直嚷。但，當她看到溪河的手也受殃及，正在流血，略微躊躇一下，便立即趁著溪河抓著，嘴巴還一直嚷，越嚷越大聲起來。

「小偷，小偷！」素珠也一面理著頭髮，對嚷起來。

「不要這樣子，太難看了。那鑰匙到底是誰的？」

她們將往何處去　　282

「是我的。她偷走了。」素珠已哭出來了。

「溪河伯，你聽我說。」溪河放開了秋香的手之後，她反面抓住了他的手說著。「你看看這個外家婆娘，趁著太太生病，也不知怎樣地討好少爺，竟把少爺的金庫鑰匙拿走了。少爺的人也太好了。」

溪河說畢，覺得她們又要重整旗鼓了。他的眼睛自然地轉向素珠。那小姑娘的素珠已長大成目前這個成熟的女人了，他不覺大吃了一驚。他心裡不禁低吟著，素珠要像秋香一樣地嫁出去，日子恐怕不會很久了。

「妳不要撒謊。鑰匙是少爺教我保管的。」

「妳們這樣說，那鑰匙是少爺的了。」

「真的是金庫的鑰匙嗎？真了不起。」

「嗯，溪河伯。」秋香趕快附和溪河說。「叫這種小丫頭拿鑰匙，也不知道會出什麼錯。」

溪河使了一個眼色，秋香也默默地綻出薄笑，素珠連忙插嘴說：

「她說謊。那只是把抽屜的鑰匙。少爺說，那是日用費的錢，不要緊，才教我保管的。」

「裡面有多少錢呢？」

「昨天開了看看，有五十圓左右。」

溪河一聽，就抱膝笑了起來。

「呵呵呵！」

兩個女人好像已忘記在爭吵，怔怔地望著溪河在發笑。這時，溪河也走開了。他爬上土

牆，拿起剪刀厭惡地，用力剪著竹子，心裡暗嘆素珠這傻女孩，被騙了還不曉得。

兩個女人一走，四周又恢復平靜，只有剪刀的聲音響個不停。

有一天黃昏時分，福壽堂全家漲滿著沉悶的氣氛，來了許多陌生人。突然，有人用大扁蘿覆蓋著祖先的牌位[6]，有人關了門戶，顯得慌忙起來。

在鄰室，似乎在睡覺的玉梅，非常迅速地坐了起來，張開著嘴唇，眼睛直望著天花板。

她喃喃地說，把腳伸出棉被外，想下床來。她老母親吃驚地跑過來，想壓住她，但玉梅猛摑著母親的臉，叫嚷著把她撞開。

「乖，不要哭了。肚子餓了，想吃奶？」

「妳聽聽，嬰兒在哭著。」

「玉梅，玉梅。」老母親又抓住了女兒的衣服。

「愛哭！那麼愛哭，趕快嫁出去！愛哭！妳不吃奶，就想嫁人了！」

玉梅一邊叫著，又把母親撞開，連拖鞋也不穿，就像貓那麼敏速地跑出了房間。

老母親跌坐在地上，已沒有追趕的力氣，簌簌地哭了起來。

那天晚上，天完全黑了下後，福壽堂來了很多的佃農。親屬得到通知，也陸續來了。時而，一聽到門樓那邊傳來了女人哭聲，就看到頭罩著白布，手巾搗臉的女人哭著進來，沒入正廳裡去了。每次，狗就猛吠起來。

海文到深夜以後，才發現秋香的失蹤。他一想，打開抽屜一看，八十圓已

---

[6] 依照本地習俗，家人斷氣前要移到廳邊，要用大扁蘿把案桌上的神明和公媽牌位罩住。

她們將往何處去　284

不翼而飛了。他想起素珠告訴過他秋香偷了鑰匙時，不但完全拿她沒有辦法，反而覺得她拿了鑰匙能使她高興也不錯。但，現在想起，就不禁罵自己太糊塗了。他整天板著臉孔，在家中走來走去，深怕弟弟和親戚他們，是否也會像秋香那樣偷東西。

「秋香那傢伙，為什麼挑母親過世這一天逃跑呢？這樣忙的日子，而且玉梅又發瘋了，而且拿了八十圓之多。」

他停下來喃喃幾句，而後又踱來踱去，這樣子，他氣惱自己的感情已漸漸消失之後，他就更切身地感受到八十圓的損失，他望著天空長嘆了一聲。

淡淡的月，高掛在竹梢。

六

桂春夫人的葬禮，做了兩個晝夜。在貧窮的牛眠埔，這位「九舍娘」盛大無比的葬禮，是村民談不完的話題。鑼鼓和鼓吹的聲響，整天從村落的南邊傳過來，村民在田裡聽到，就談個不休。

夜幕一垂，做完了工作的村民就趕著幽暗的畦路，到村子的南邊去看法事。來到了燈心橋，就可以看到全庭院點滿電燈的福壽堂。在鼓吹的聲音之間，可以聽到道士的唱誦聲和遺族的哭聲。那時，趕著畦路去的人，心胸裡就會湧起一股熱流，談論著九舍娘的好命，哭她的人也多。門樓的狗已繫到後院子，大家可以放心進去門內。

那一天晚上，最引人注目的，恐怕是多少帶有戲劇性的「耙砂」。在院子中央堆著小砂堆，遺族穿著蔴衫坐在鋪著稻草的周圍。在砂堆上攔著兩個蛋作為眼睛，再點上蠟燭。遺族摒息看著。兩個扮著牛頭和馬面的道士隔著砂堆對罵、旋轉。他們退下之後，胸部繫著白布的道士出來，帶領遺族巡繞著砂堆哀哭。他一步一駐足，一哭泣，便以白布擦眼。遺族也出聲哀哭。道士一邊哭，一邊唱著「十二月懷胎」悲哀文句，感念母親養育之恩的哀切聲音，伴著遺族思念母親的慟哭，使參觀的人深受感動，女人更是哭腫了眼睛。現在，他們追思著母親，自懷孕、生產、以至於養育，受盡了無數的苦楚，而今卻要和母親永訣，一想到此，就不禁陪著簌簌地哭了起來。但他們還是不鬆懈地注意著每個遺族們好奇心的焦點。尤其是四個「孝男」之中，海瑞和海泉並非桂春夫人所出，會不會真心哀哭，親生的海文和海山的悲慟是否足夠，正是他們最關心的話題。他們認為，要知道「孝男」的真心，是在「耙砂」懷念母恩之時，所以就是陪著哭的時候，也睜大著眼睛監視著。在他們看來，躲在鄉下過著樸實生活的庶子海瑞和海泉的哀慟更為深刻，至於親生的海山，在孝服之下穿著洋裝革履，連動也沒有動。至於海文，卻連孝服也不穿，也不參加法事，只忙著在家中打轉。參觀的人都感到很意外。有人開口說：

「海文是主人，要張羅一切大小事務，怎麼有時間待在那裡呢。」

經這麼一說，大家也點頭稱是

「有大孫子豈代理他父親的呀。」

她們將往何處去　　286

大家一聽，眼睛就一齊轉向遺族之中尋找子豈。女人都在注視著媳婦們的哭泣情形，因為看不到玉梅，就拉了隔壁的人互相問起來。

「怎麼沒有大媳婦？」

「剛生了孩子呀！」有人帶著責罵的聲音回答。

「耙砂」也漸漸到了尾聲，觀眾也好像在哀慟中甦醒過來一般，開始嘆氣。天空中，正吹著冷風。

突然間，玉梅披散頭髮，跑了出來。她好像啞巴，望著夜空咿呀咿呀地叫著，而後伸起雙手，跌倒在遺族的稻草蓆上面。因為來得太突然，大家驚著閃開。那時，玉梅又站了起來，把女人頭上的蔴罩一個個拿走，大聲罵著：

「愛哭，哭什麼！」

那時，從後面趕來的老母和哥哥才衝過來抓住她。

「玉梅，我們到房間裡休息。」老母勸她。

「一定偷吃了豬肉，不然還哭什麼？」

玉梅雖然雙手受制，還是不停地掙扎，不停地叫著。在明亮的電燈下，三個人拖拖拉拉的情景，活像小孩子在扭打。道士和樂師看了三人一眼，嘴角漾出了淡淡的笑意，繼續做著法事。海文從後院裡出來。他站在玉梅面前，瞪著她，怒喝一聲。

「玉梅，進去！」

正在亂動的玉梅一聽，就像被罵的小狗一般，垂著頭，乖乖地讓老母帶了進去。

「怎麼了？好可憐，難道是發瘋了？」

有人這麼一說，大家才從知情的人的嘴裡聽到了玉梅的發瘋，不禁都張口結舌，驚異不已。

「一定是和九舍娘死的時候相沖。產婦和老人，是最怕相沖的。」有人說，大家也點頭稱是。大家都怕十二生肖的相沖，趕忙算著自己的八字。

「不對。」有個知道詳情的人開口說。「她是因為做月子時，營養不良引起來的。可憐她是因為產褥熱，再加上操勞過度致使的。她還可能吃到什麼不好的東西。」

唉，大家眨眨眼睛，嘆口氣。他們臉上由「耙砂」而來的感動已消失了一大半，都皺起眉頭露出不可解的神色，不相信大富豪周海文之妻做月子時還營養不良，一定是多吃了雞酒致使的，一方面也羨慕，一方面也以窮人自慰。

法事一過半夜，就只剩下道士的讀經。唯有道士單調的沙啞聲和木魚聲，在靜寂的夜氣中響著。親族都相錯而睡，不停打著鼾聲。跪在道士後面的，只剩下子豈和海泉二人。雞已開始啼鳴了。

到了清晨，玉梅才略微入睡。在旁邊照料的老母，這才嘆了一口氣，又哭了出來。正高興她嫁到富人之家，才多久，想不到竟發了瘋。她自己不用說，就是玉梅的父親也沒有做過傷天害理的事，如果這是報應，一定出在海文的失德。想到這裡，淚水又不停湧出，同時她也更加怨恣海文了。月子裡的營養不良和休養不足也是一理，但海文為什麼會吝嗇到這地步呢！但，當老母想到自己那麼無力，只能找出這樣的解釋，作為自己抗辯的理由，又痛哭自己的

貧窮和可憐了。玉梅假寐了片刻，在翻身的時候，打開空茫的眼睛望著母親，而後在自己的脇下尋找起來。老母立即明白，但也來不及同情她，以為玉梅已經清醒過來，在她耳邊高興地叫起「玉梅、玉梅」。不知道玉梅是否明白，她看看母親，又閉上眼睛。玉梅所生的嬰兒，她一發病，就寄養到村子裡的奶媽家裡了。

老母怨恨海文的薄情，因為自玉梅病發以後，他就沒有到過她的房間。對海文而言，這還不算什麼。母親的死給了他一個刺激，使他認知秋香來了之後自己的愚蠢。其實，使他清醒的是不甘心。他用以作餌，想討好秋香，才讓她看到八十圓，卻眼巴巴地被偷走了。不必支出現金，比如秋香的三餐那種看不見的花費，他是可以忍受的。但現在被偷，他就無法坐立了。再加上母親之死所必要的費用以及親族家弔祭等，他已無暇哀傷母親的死，也無暇顧及妻子的病了。他只忙著看顧家裡，是否吃了什麼虧。再加上，母親的喪葬費當然要由兄弟五人分擔，因為來得太突然，所以一切支出都由他代墊，已夠他整個晚上忙於整理那些帳目了。

在為母親舉行葬禮的三日間，海文已瘦得有如病後初癒。

當葬禮結束，一切都整頓完畢之後，海文就把寡嫂和各位弟弟聚在新設母親靈位的正廳。大家都因睡眠不足，臉色蒼白，眼眶發黑。他們一坐下來就想睡，但靈位前香柱的薰味、紅燈上的漆味、蔴服的氣味等刺激著鼻子，使他們頭腦更不清楚，而昏昏欲睡了。但，當海文提出即時分配喪葬費，大家才睜大了眼睛，重新坐好。海文用傲慢的口氣說：

「葬事已辦妥了，你們必須馬上還錢給我。我代墊的部分，照理應該加算利息。但利息可以免，條件是我所墊的款項，今天要全部還清。」

海文誇大其事地翻著紅色表面的古式裝釘的收支簿，說出總數，再把它五等分。當時，海文臉上露出分文不減的認真表情，眼神也和平常不同。這表示他對所決定的事，絕不退讓。弟弟們自始就知道，他在喪葬費裡，毫不遺漏地加入燃料費、物品損壞費，如砸破碗的價錢等，甚至於連他的所有物，都一一加上，但他們一看到海文的態度，大多照碼支付。無力支付的，只有親弟弟海山一個人。他靠以前玩票性質所學來的漢藥方當密醫，或替人占卜，才勉強可以餬口，哪裡還有整筆的現款？他要求延期償還，海文當然不答應。

「不行，不行。我再也不敢領教你的了。雖然是親弟弟，卻是壞蛋一個。對你就只有分文的利益，我也不幹！你既然把分到的財產都花光，我怎麼知道你下一步會做出什麼來？」

他們兄弟還留著兩甲田左右的祭祀公業的共有田地。海文說要把海山的部分拿過來抵充。海山一聽，重新看著哥哥的臉，想從那裡找出骨肉的感情。但，他長嘆了一聲，不禁在心裡詛咒徒有美名而已的骨肉兩字。他暗自下了決心，再也不跨入這座門檻了。但他心有未甘，很想申斥對方幾句。

「我負擔了母親的醫藥費，也算盡了哥哥的職責。」海文繼續說著。

「不要囉嗦！」海山怒喝了一聲。「好了，統統給你了，反正你的心也已髒了！我雖窮，也可以生活下去。反正，你黑著心肝也要錢。你不要太天真，別以為這樣在世上行得通。嫂嫂為什麼發瘋呢？我的統統給你了，你要對國家社會做些有益的事。不要太自私了，你懂嗎？」

她們將往何處去 290

海山說完，就走出了房間。一看，其他的弟弟也都走了。至於海文，他還是若無其事地走到院子裡，把家裡巡視一下，自忖麻煩的事已解決清楚，心情也清爽了許多，雙手仰向天空，打了一個哈欠，把這幾天一直繫在後院的狗又帶到門樓來。在陽光下，狗貼首地面，閉了眼睛，而後微微張開眼睛看著主人還在，討好地搖著尾巴，不停地嗅著鼻子，而後再閉起眼睛。

有一天早晨，躺在地上的狗忽然站起來，豎起耳朵正想吠叫，但立即把耳朵一貼，猛搖起尾巴。溪河在前，手提著提箱，玉梅的哥哥拉著她的手從內庭出來。和往日不同，今天她已梳好了頭髮，也抹了粉，笑嘻嘻地，好像很喜歡出來一般。老母跟在後面，眼眶漲滿淚水。

「我們走了，你不必擔心。」走出門樓時，玉梅的哥哥向在後面送行的海文行禮說。海文立在門樓的門檻邊說：

「溪河馬上要回來呀。」連看玉梅一眼也沒有。

溪河用力點點頭，而後走到玉梅的身邊。

「玉梅，畦路又窄又滑，走路要小心呀。我們到醫院去，很快就會好的。」

田裡，佃農正在施肥，看到他們，就停了下來。

「溪河伯，去哪裡呀？」

「去入院。」溪河和悅地說，好像這是他自己的事。「那是一家叫城北醫院的，很有名的醫院呀。」

「唉。」佃農的嘆息，很清楚地傳了過來。

哥哥一聽，知道海文要把玉梅送到公立的精神病療養所的城北醫院，對他的吝嗇又感到氣憤，但卻不表露出來。老母已忍著聲音哭泣著。她悲傷，自己的女兒這一去，恐怕再也不回來了。

老鷹在竹叢上的天空裡盤旋著。玉梅像小孩子一般地望著老鷹，但哥哥一責她，就溫順地挑著腳步踩在畦草上行走。田水溢過畦路，也沾溼了靴子。提著提箱的溪河頻頻回頭看著。海文一直目送著把玉梅擁簇在當中的一行都消失到竹叢背後。他的表情看來那麼落寞。

突然間，狗又吠了。他一看，從相反的方向來了一個老婦人。

「海文舍，怎麼了？一個人在那裡發呆。」

來的人正是媒婆的文福嫂。他突然想起曾拜託她替素珠物色對象。於是，他便帶著威嚴的聲音說：「怎麼樣？有好對象了？」一逕地往前面走進去。

—— 原載《臺灣文學》第二卷第二號，一九四二年四月二十八日

引自鍾肇政、葉石濤主編，《光復前臺灣文學全集五・牛車》，臺北：遠景出版，一九九七年

作家簡介

呂赫若
(1914—1950？)

出生於臺中州豐原郡潭子庄（今臺中市潭子區一帶），主要創作小說、劇本，並擁有聲樂歌手身分。

自臺中師範學校畢業後，任教於新竹峨眉公學校、南投營盤公學校、潭子公學校。後赴東京學習聲樂，加入東寶聲樂隊。戰後擔任臺北建國中學、北一女中等校音樂教師。

1935 年首次以「呂赫若」為筆名創作，日文短篇小說〈牛車〉獲刊於日本《文學評論》2 卷 1 號，為其成名代表作，此後創作不輟。1942 年於《臺灣文學》2 卷 2 號發表短篇小說〈財子壽〉，1943 年以此作榮獲「臺灣文學賞」。1944 年出版短篇小說集《清秋》，收錄〈鄰居〉、〈柘榴〉、〈財子壽〉、〈合家平安〉、〈廟庭〉、〈月夜〉及〈清秋〉等作。戰後亦有中文小說創作，1947 年於《臺灣文化》2 卷 2 期發表最後一篇中文小說〈冬夜〉。

1945 年曾參加「三民主義青年團」，隔年擔任《人民導報》記者；1948 年任《光明報》主編，針砭時政，且投入地下組織工作。1949 年政府發布《臺灣省戒嚴令》，1950 年呂赫若進入石碇山區「鹿窟武裝基地」從事地下工作，自此失蹤。

她們將往何處去
日本時代女性的十字路與青春夢

主　　編 ── 張文薰
作　　者 ── 張文薰、李心柔、林宇軒、阮芳郁、周欣、韓承澍、黃亮鈞
責任編輯 ── 林蔚儒
美術設計 ── 吳郁嫻

出　　版 ── 這邊出版／遠足文化事業股份有限公司
發　　行 ── 遠足文化事業股份有限公司（讀書共和國出版集團）
地　　址 ── 231 新北市新店區民權路 108-2 號 9 樓
電　　話 ── (02) 2218-1417
傳　　真 ── (02) 2218-8057
郵撥帳號 ── 19504465
客服專線 ── 0800-221-029
客服信箱 ── service@bookrep.com.tw
網　　址 ── https://www.bookrep.com.tw
法律顧問 ── 華洋法律事務所　蘇文生律師
印　　製 ── 呈靖彩藝有限公司
定　　價 ── 新臺幣 450 元
ＩＳＢＮ ── 978-626-98580-7-1（紙本）
　　　　　 978-626-98580-8-8（EPUB）
　　　　　 978-626-98580-9-5（PDF）

初版一刷　2025 年 6 月
Printed in Taiwan
有著作權　侵害必究
※ 如有缺頁、破損，請寄回更換

有關本書中的言論內容，不代表本公司／
出版集團之立場與意見，文責由作者自行承擔。

她們將往何處去：日本時代女性的十字路與青春夢｜張文薰，李心柔，林宇軒，阮芳郁，周欣，韓承澍，黃亮鈞著｜張文薰主編｜初版｜新北市｜這邊出版，遠足文化事業股份有限公司｜2025.06｜296 面;17×23 公分｜ISBN 978-626-98580-7-1｜平裝｜863.57｜114003984